mare

# Ein extraherrlicher Meersommerabend

Achtzehn Geschichten
mit Salzwasser

Herausgegeben
von Jan Christophersen

mare

Die Deutsche Nationalbibliothek verzeichnet
diese Publikation in der Deutschen Nationalbibliografie;
detaillierte bibliografische Daten sind im Internet
unter http://dnb.ddb.de abrufbar.

1. Auflage 2013


*Typografie* Farnschläder & Mahlstedt, Hamburg
*Schrift* Swift
*Druck und Bindung* CPI Clausen & Bosse, Leck
Printed in Germany
ISBN 978-3-86648-173-2

MIX
Papier aus verantwortungsvollen Quellen
FSC® C083411

www.mare.de

# Inhalt

Jan Christophersen

# Segeltörn

*Ein Vorwort*

Das Wasser, auf das ich aus der Kajütentür des Segelbootes schaue, glitzert eigentlich nicht, es leuchtet eher in der milden Augustsonne. Für einen Segeltörn, wie ihn mein Skipper und ich an diesem Tag planen, ist es fast schon zu windstill. Wir wollen von Rostock die Warnow hochfahren und dann in Ufernähe auf der Ostsee bis nach Kühlungsborn segeln. Der Außenbordmotor wird helfen müssen, und meinem Skipper, einem alten Schulfreund und passionierten Segler, gefällt diese Aussicht ganz und gar nicht.

Eigentlich stammt der Satz, den ich beim Blick auf das Hafenbecken dachte, nur zur Hälfte von mir. Genau genommen ist er, leicht abgewandelt, einem Roman entliehen, den ich trotz seines Umfangs aufs Boot mitgebracht habe – *Das Meer, das Meer* von Iris Murdoch, ein Ziegelstein von einem Buch –, und der Einstieg dieses Romans, am Vortag im Zug gelesen, kam mir in den Sinn, während wir uns für die Ausfahrt vorbereiteten. Wie mir überhaupt der eine oder andere Meersatz einfällt, sobald ich mich einem Ufer nähere. Hier, in Rostock, könnte das ein Satz des berühmten Mecklenburger Autors Uwe Johnson sein, vom Anfang seiner *Jahrestage*, wo er so wunderbar die Wellen mit ihren »zitternden Kämmen« beschreibt, die »schräg gegen den Strand« treiben. Die

Beschreibung endet mit einer Formulierung, die in meiner Familie sprichwörtlich geworden ist. Wann immer wir auf die leicht bewegte Oberfläche der Ostsee schauen, sagt mit einiger Gewissheit einer von uns: »Das Wort für die kurzen Wellen der Ostsee ist kabbelig gewesen.« So prägt Literatur mitunter die Wahrnehmung. Heute ist das Wasser allerdings ruhig, kaum ein Lüftchen. Johnsons Satz würde nicht passen.

Es folgt die obligatorische Sicherheitseinweisung für mich, das Segel-Greenhorn. Mein Skipper nimmt das sehr genau, und ich bin ihm dankbar dafür. Eine Schwimmweste wird mir gezeigt, ich muss sie mir umlegen und die kleine gelbe Signalpfeife hervorholen, die ich benutzen soll, falls ich über Bord gehe. Das GPS-Gerät wird mir erklärt, das Funkgerät inklusive Notruftaster. Hier befinden sich die Seekarten, dort das Fernglas. All dies stärkt mein Vertrauen in das Boot, die Ausrüstung und meinen Skipper, denn ein gewisses Unbehagen kann ich nicht verhehlen. Ich lerne: Es gehe darum, die Situationen auf See zu beherrschen, verhindern könne man sie nicht. »Das Meer vergibt einem so leicht nichts«, sagt mein Skipper und startet den Motor. Wir tuckern los. Ich darf an die Ruderpinne und steuere uns zwischen roten und grünen Bojen raus Richtung Meer.

Der Kurs stimmt so weit, nicht nur für unser Boot, sondern gewissermaßen auch literarisch. Ich habe mich schließlich auf diesen Segeltörn eingelassen, um etwas zu erleben, über das sich unter Umständen anschließend schreiben ließe, in diesem Vorwort für den Band mit Meeresgeschichten. Noch beschränken sich meine Notizen allerdings auf die eigentümlichen Begriffe, die es in der Segelsprache gibt. Alles heißt anders auf dem Wasser. Nicht links oder rechts, sondern backbord und steuerbord. Wanten gibt es, Backskisten, die Plicht, in der wir sitzen. Mein Skipper zeigt mir ein durchgescheuertes Tau und nennt den Fachausdruck für diese Art Abnutzung: Schamfilung. Er hält das für ein literarisch verwendbares Wort: Seine Seele war nach mehreren Ehejahren schamfilt ...

»Wahrschau!«

Das bedeutet auf See so viel wie »Achtung«. Wir haben inzwischen die Mündung der Warnow erreicht, hier übernimmt mein Skipper das Ruder. Es ist einiges los. An einem Ozeanriesen vorbei, der am Kai liegend einen neuen Anstrich erhält, sehen wir das Meer vor uns. Wir müssen zwischen Segelbooten und Hochseefischkuttern hindurchmanövrieren, und kaum sind wir auf dem offenen Meer, nimmt der Wind zu. Gesine Cresspahl aus den *Jahrestagen* hätte die Wellen, die uns hier begrüßen, kabbelig genannt. Mein Skipper hisst das Vorsegel und stellt den Motor ab. Die Stille ist angenehm. Knappe vier Knoten machen wir mit leichtem Rückenwind und genehmigen uns ein spätes Frühstück. Es ist die Gelegenheit, die Gedanken ein wenig schweifen und den Blick übers Wasser gleiten zu lassen.

In der Literatur ist das Meer nicht selten ein ferner Sehnsuchtsort. Man kennt das: Jahre vergehen, bis der Held oder die Heldin endlich einen Blick hinauswerfen kann auf diese weite, immer bewegte Fläche. Die Größe beeindruckt und überrascht, vor allem die Kraft, die sich durch ein beständiges Rauschen in der Luft vermittelt. Der erste Blick bleibt unvergesslich. In meinem Fall ist es nicht sicher, wann ich zum ersten Mal bewusst am Ufer stand und auf die See hinausschaute. Falls meine Eltern nach meiner Geburt keinen eigentümlichen Umweg vom Krankenhaus genommen haben, bin ich bereits auf meiner ersten Autofahrt am Meer vorbeigekommen, genauer, am Flensburger Hafen. Das Meer war von Anfang an da und gehörte dazu. An den überwältigenden ersten Eindruck kann ich demnach keine Erinnerung haben. Dennoch ist der erste Eindruck jederzeit wieder neu erlebbar. Wo immer ich ans Meer trete, ist es anders. Das Mittelmeer am toskanischen Strand von Marina di Massa beispielsweise: azurblau, tosend, meterhohe Wellen. Der Atlantik, den ich von einem Cottage-Fenster in Wales aus im Auge hatte: eine bleifarbene, irgendwie grüblerisch wirkende Platte. Die Nordsee am Tag nach einer Sturmflut: schwer, pulsierend, als hole sie Luft für den nächsten Anlauf. Diese Eindrücke sind jedes Mal wieder frisch und unverbraucht. Etwas aber bleibt gleich: Obwohl das Meer ja im Grunde nur ein riesiges Bassin ist, angefüllt mit Wasser, Lebewesen, Schwebstoffen, Treibgut, strahlt es doch etwas Verheißungsvolles aus. Das vor allem spiegelt sich in der Literatur, die sich seit jeher der See angenommen hat, als würde sie archetypisch dazugehören. Odysseus' Seefahrt, Robinson Crusoe, Moby Dick – häufig sind es besonders die abenteuerlichen, um nicht zu sagen, bedrohlichen Seiten, die Autoren bewegen, vom Meer zu erzählen. Ob es etwas zu bedeuten hat, dass mir ausgerechnet diese Geschichten in den Sinn kommen, während ich über die Bordwand aufs Wasser blicke?

»Wahrschau!«

Wieder ruft mein Skipper dieses Wort und deutet voraus. Wir haben höchstens einige Minuten den Horizont aus den Augen gelassen, und nun türmt sich dort eine graue Wand auf, die alles verdunkelt. Regen schraffiert das Himmelsstück zwischen Wasser und Wolken. Wie weit entfernt sich dieses Wetter befindet, ist schwer zu bestimmen. Bewegt es sich auf uns zu? Gegen den Wind? Mein Skipper jedenfalls scheint der Ansicht zu sein, und mit norddeutscher Nüchternheit, die in wenigen Worten viel auszudrücken vermag, sagt er etwas, das mein ohnehin vorhandenes Unbehagen augenblicklich zu ernster Sorge anwachsen lässt: »Oha.«

Wir machen kehrt. Die Entscheidung ist schnell getroffen. Nach einer Halse – auch so ein Meerwort – segeln wir vor dem Wetter davon, das uns mit erstaunlicher Geschwindigkeit folgt. Mein Skipper schmeißt den Motor an, um zusätzlich Fahrt zu gewinnen. Das Boot schlingert zwischen den Wellen hin und her, auf und nieder. In Regenzeug hocke ich mich vor die Kajüte und ziehe den Kopf ein. Wäre es nicht so besorgniserregend, was uns da oben am Himmel folgt, könnte es faszinierend sein. Einzelne Sonnenstrahlen brechen durch die graue Wolkenwalze, die immer wieder blassblau aufleuchtet. Der Wind nimmt noch einmal zu. Nur mit halbem Ohr lausche ich meinem Skipper, der die Fakten über ein Gewitter auf See aufzählt. Kurz und knapp: Schlägt ein Blitz in den Mast ein, dann gute Nacht. Einen Blitzableiter besitzt dieses Boot nicht. Mir wird mulmig zumute. Als ich einen Blick voraus wage, sind alle Boote, die vor Kurzem noch vor der Mündung segelten, verschwunden. Die scheinen es alle früher gemerkt zu haben als wir. Plötzlich setzt der Regen ein. Sekunden später sind wir klitschnass.

Literatur hilft. Ich denke, während das Boot durchgeschaukelt wird, an die Geschichten, die ich in den vergangenen Wochen für diesen Erzählungsband gelesen habe. Sie spielen an, auf, in und vor allem mit dem Meer, und neben allem anderen kommen darin auch dessen angenehme Aspekte zum Tragen. In der Nähe des Meeres kann man sich verlieben, sich hinterfragen, zu sich selbst finden, man kann es durchschwimmen, sich danach sehnen, es als etwas Schönes erleben. Alles Mögliche kann am Meer geschehen. Davon habe ich gelesen. Besorgt nur frage ich mich, was wohl mit mir geschehen wird.

So schnell, wie der Regen gekommen ist, verzieht er sich auch wieder. Wir sind kaum zwischen den Molen hindurchgefahren und haben den Ozeanriesen neben uns, an dem jetzt niemand mehr arbeitet, da öffnet sich der Himmel, und die Sonne scheint hernieder, als wäre nichts gewesen. Noch schaukelt das Boot, noch ist das Wasser in Aufruhr, doch es ist kaum zu glauben, dass es wenige Augenblicke zuvor Anlass gegeben hat für berechtigte Sorge. Mein Skipper macht den Vorschlag, wieder hinauszufahren. Jetzt hätten wir es hinter uns. Mein Körper widerspricht. Ein andermal vielleicht.

»Das Meer war doch freundlich zu dir«, sagt mein Skipper und runzelt die Stirn. »Es hat dir nur mal gezeigt, was es könnte, wenn es denn wollte.«

Ich nicke und bin beeindruckt, wie immer, wenn es ums Meer geht.

*August 2012*

# Achtzehn Geschichten mit Salzwasser

Frank Schulz

# Flaschenpost

*Mit Dank CC gewidmet*

Inbrünstig schnieft sie. Sauerstoff! Jod! Die Windfront harsch, doch als sie über den Pass durchs Dünenmassiv voranstapft, hebt wenigstens jener Rabe vom Geländer der Aussichtsplattform ab. Stumm überlässt er die Lufthoheit den helleren, heitereren Segelkünstlern – Silbermöwen? Lachmöwen? Mühelos durchdringt deren Gelächter den Raschelrhythmus der vermummten Wanderin, und schnurstracks flieht der klobige, düstere Vogel, ja zieht, wie unfreiwillig, im Schlepptau noch die letzte Wolke von der Neujahrssonne. Die nun ungehindert das Panorama ausleuchtet: vier Fünftel Himmelsgewölbe in Babyblau – mit ein paar Zirrusvolants, die das Waschbrett des Watts nachahmen, das die Struktur der See nachahmt. Horizontale Linien, so weit das Auge reicht. Nur vier, fünf kurze, lotrechte Pinselstriche: weitere Wanderer. Ockerfett gescheckt der Sand, und gleich darauf knistert und knirscht der Muschelteppich unter ihren Gummisohlen. Stetig naht das Raunen des Meeres.

Dennoch, bis sie anlangt, braucht's noch sieben, acht Minuten, in denen sie die Stiefelsiegel in den Rippelmarken um ihre eigenen ergänzt. Dann schreitet sie ein Weilchen den Flutsaum ab. Hochbeinige Schnepfchen trippeln vor ihr her.

Sind das die Alpenstrandläufer, von denen ihr Gemahl in spe am Vortag sprach? Mit ihren Stilettschnäbeln picken sie nach Krabben, Würmern, Schnecken oder so.

Hier ungefähr haben sie beide den »Bamsefanten«-Ritus vollzogen, vergangene Nacht, sie und ihr Gemahl in spe. Sie waren allein. Fast. Innerhalb einer Stunde verfärbten nur zwei, drei Feuerwerksexplosionen das Dunkel. Nur einmal von landeinwärts her ein menschliches Aufjohlen in der Naturstille von lascher Brandung, Vogelkreischen und Windstärke drei bis vier. »War genau die richtige Entscheidung«, sein warmes Wispern an ihrem Ohr, »auf dieser einsamen Insel zu feiern.«

»Gell?« Es freute sie wie eine Blöde. Mit Engelszungen hatte sie daheim auf ihn einreden müssen, um sein Argument aufzuweichen, bei einer zwölfstündigen Anreise könne man ebenso gut Australien zum Ziel wählen. Aber sie waren beide noch nie an der Nordsee gewesen, und kaum eingetroffen, empfand selbst er Amrum als exotischen Kontinent. Allein die Fährüberfahrt. Die Straßennamen, Bideelen, Bräätlun, Letj Jaat ... Naierhuuch, Blöögam, Sjüürenwai. Der eisige Wind. Der riesige Kniepsand bei Wittdün. Die Sache mit der Tide. »O mei, das Meer zieht sich zurück«, hatte er im Weihnachtstelefonat mit ihrer Schwiegermutter in spe gescherzt, »ich muss auflegen: Ich glaube, es naht ein Tsunami!«

Als dann das neue Jahr eine halbe Stunde alt war, kehrten sie ineinander verschlungen aufs Apartment zurück, um zu verschmelzen.

Umso wonniger, nach acht Stunden Tiefschlafs wieder als sie selbst erwacht zu sein. Die andere Hälfte jedoch existent zu wissen, etwas, worauf sie würde bauen können, nach einem langen Neujahrsspaziergang an der rauen Nordsee auf eigene Frauenfaust.

Das Trillern der emsigen Vögel im Ohr, schaut sie nordöstlich übers Meer, hinüber zur Nachbarinsel – strandhelle Küste, bewachsene Dünenhügel, paar Häuser: Sylt. Hoch überm dortigen Leuchtturm steht ein Kondensstreifen wie ein kursives Ausrufezeichen. Selbst ihre Sonnenbrille vermag derlei verheißungsvolle Zeichen nicht wegzufiltern. Ob ihre Botschaften, ihre Neujahrswünsche und -pläne der letzten Nacht *dort* angelandet sind? »Je nach Strömung«, hat er doziert, »vielleicht ja sogar bis nach Schottland oder so.« Ohnehin ist sie des alltäglichen Argwohns, des Haders und nicht zuletzt der Selbstzweifel – ehrlich gesagt – überdrüssig. »Sind zwei Jahre nicht genug?«, hat er einmal gefragt. »Oder wie lang willst du mich den einen Fehltritt noch büßen lassen?«

Sie schlägt den Bogen vom Wassersaum über die prieldurchzogene Schwemmzone zurück bis zum Strand. Bis an den Fuß jener Sandgletscher mit Grasbehaarung. Ein einziger riesiger Buddelkasten, das. Ein Kindertraum. In einer Nische eine Wippe. Daneben zwei deltaförmige Gestelle, überbrückt von einer Stange, an der eine Schaukel baumelt.

Und der Hundestrand, wo wäre der?

Es ist lächerlich, doch sie fühlt sich so ... so befruchtet. Ja, bereits nachgerade gluckenhaft. Und diese Rabenkrähen allenthalben, sie stören dabei. Sie mag zum Beispiel Amseln, aber diese Rabenkrähen – fünf Nummern zu groß. Nicht dass sie im Übermaß zum Aberglauben neigt – »Bamsefanten«-Ritus hin oder her. Bloß, dass sie sich schwer aus ihrer selektiven Wahrnehmung lösen kann. Und dieser Hans Huckebein da … steht in der Düne, buckelt bei jedem Krächzer … ach, schleich dich.

Jetzt ist es eh genug. Sie ist seit einer Stunde unterwegs. Der Rückweg in den Ort führt am Naturzentrum vorbei, das sie zwischen den Jahren besucht haben. Hummer, Scholle, Schlangenstern. Butterfisch, Aalmutter, Steinbutt. Seepocke, Seenelke, Seeskorpion. Die Gezeiten: *tagtäglich das eindrucksvolle Naturschauspiel … Hoch- und Niedrigwasser sind die Wendepunkte im Auf und Ab des Meeres … Ebbe und Flut, die Zeiten dazwischen, nennt man auch Tiden …* Poster von Brandgans, Graugans, Austernfischer. Dohle, Rabenkrähe, Silbermöwe.

Nun die Sackgasse wieder zurück, landeinwärts. Fahrbahn nebst Fuß- und Radweg, hier eine kahle kleine Birkenschonung, dort ein paar Fichten, die Kurklinik, Sitzbänke, Abfalleimer, Lampen. Schade, dass kein Schnee liegt.

Strunwai. So, da rechts hinauf, und dann wird sie wieder bei ihm sein.

Plötzlich jedoch ein Bedürfnis nach – Aufschub. Gepaart mit einem parasexuellen Appetit auf heiße Schokolade. Im Apartment gibt's nur Tee.

Da war doch … hier, in der Fußgängerzone … da ist es. Ein Bungalow in der Häuserreihe. Im Panoramafenster: *Ekke Nekkepen Café Eis Spezialitäten.* Ekke was? Und die Leuchtschrift in Blau und Rosa, hi, hi.

Nachdem er ihr die Schokolade serviert hat, wienert der Wirt pastellfarbene Eiskelche und sortiert sie in die indirekt beleuchteten Glasregale ein. Das Dreivierteldutzend Gäste scheint einstweilen versorgt. Die Bistrostühle sind aus schwarzem Stahlrohr. Ihre Polster – Grundfarbe Lachs – zieren bunte, kantige Muster, vermasselten Idiotentests nachempfunden. Von den Tischplatten aus Granit-Imitat ragen die Eiskarten auf wie Wolkenkratzerattrappen. 1 Waffel mit Vanilleeis und Kirschen, warm. Spaghetti-Eis. Pinocchio: 1 Kugel Vanille, mit Waffeltütchen als Hütchen, Waffelröllchen als Nase und Kaugummikugeln als Augen. Auf der Rückseite ein Kurzporträt von Ekke Nekkepen, dem Meermann, der auf dem Grund der Nordsee hause und mit den Inselbewohnern Schabernack treibe seit jeher.

Die Schokolade schmeckt sehr gut. Heiß, sehr cremig und süß, aber nicht zu süß, und nachdem sie zwei-, dreimal davon geschlürft hat, wird ihre Aufmerksamkeit auf das Gespräch in nordisch gefärbtem Hochdeutsch gelenkt, das am ovalen Bistrotisch vorm Panoramafenster stattfindet. Grad als sie bemerkt, dass die spiegelverkehrten Leuchtschriftzüge an der Scheibe ungeniert Kabel und Stecker herzeigen, fällt dort ein Begriff, der sie förmlich elektrisiert. Sofort versucht sie angestrengt, jenes Gespräch von dem drum herum rauschenden Plauderstrom zu isolieren. Verstohlen beobachtet sie die Sprecher in dem großen Spiegel – Form: halbe Orchideenblüte – an der Wand neben ihrem kleinen runden Tisch. Darin ist die Fassadenschrift auch wieder lesbar: in Blau *Ekke Nekkepen*, in Rosa *Café Eis Spezialitäten*.

Drei Burschen sind es, halbwegs ausgewachsen, rund fünfzehn Jahre jünger als sie. Garantiert keine Insulaner. Großstadtbewohner, jede Wette. Hipster. Angeber. Langweilen sich hier. Den einen hat sie schon mal gesehen, es ist der hübsche Zivildienstleistende aus dem Naturzentrum. Wegen ihres Schocks reimt sie sich erst später zusammen, dass die beiden anderen ihren Kumpel über Silvester in seinem Exil besuchen. Schier greifbar, die coole Katerstimmung. »Bamsewas?«, fragt der, der seine Fellmütze partout nicht abnimmt. Er ist am schwersten zu verstehen, weil er mit dem Rücken zu ihr sitzt.

»Bam-se-fant«, wiederholt der mit dem Norwegerpullover. »Oder Fan-ten-bam-se.«

Nie gehört, sagt der mit der Fellmütze wahrscheinlich, oder so ähnlich. Und etwas wie: »Was soll das sein? Woher hast du das?«

»Was«, sagt der Zivi, »quasselt ihr da?«

»Passt auf, Leute«, sagt der mit dem Norwegerpullover und rappelt sich aus seiner Lümmelhaltung auf. »Kleines Rätselraten.«

Der Bursche mit der Mütze fasst sich stöhnend an selbige, murmelt etwas und lehnt sich zurück. Greift nach seinem Pott mit Pharisäer, der friesischen Version von Irish Coffee, wie sie gelernt hat.

Ungerührt, konzentriert fährt der mit dem Norwegerpullover fort. »Ich heut Morgen um acht Uhr schon wach. Dachte, ich lass mir die dicke Birne durchpusten, und bin ans Meer. Und was seh ich da in der Brandung kullern? Eine Ponysektflasche. Und in zehn Metern Abstand noch eine. Beide leer. Das heißt, jede mit zwei Zetteln gestopft.«

»So was«, sagt der hübsche Zivi, »nennt man Flaschenpost.«

Ohne die ohnehin schwache Ironie im Geringsten zu würdigen, sagt der mit dem Norwegerpullover: »Ja, ja. Im Prinzip ja. Wobei, aber dazu komm ich gleich, der Adressat ist reichlich unklar.«

»Der ist immer unklar«, sagt der Zivi, »sonst würde der Absender ja wohl den konventionellen Postweg –«

»O. K., nennen wir's Flaschenpost. Ich wiederhole: pro Flasche zwei Zettel. Je einer in weiblicher, einer in männlicher Handschrift beschriftet. Achtung: Flasche eins.«

Er langt unter seinen Norwegerpulli in die Hemdtasche und kramt zwei zigarrengroße Papierröllchen hervor, prüft sie kurz und liest den ersten Zettel vor: »In weiblicher Handschrift. A: *Glückliche und zufriedene Zukunft mit Lorenz.* B: *Fantenbams oder Bamsefant, am besten gleich im Zweierpack.* Smiley. C: *Rhodesian Ridgeback dazu.* So. Das war, wie gesagt, die weibliche Handsch–«

»Rhodesian what?«

»Ridgeback. Das ist 'ne Hunderasse, soweit ich weiß. Irgend so 'n mokkafarbener Modeköter.« Er entrollt den nächsten Zettel. »Jetzt die männliche Handschrift. Überschrift: *Für Dorothea.* A: *Bamsefanten/Fantenbamse.* B: *Rhodesian Ridgeback.*« Er lehnt sich zurück und lümmelt wie zuvor.

»Hm«, macht der hübsche Zivi, und der mit der Fellmütze grunzt auch irgendwas. »Ach so«, sagt der hübsche Zivi nun. »Nachwuchs. Bamsefanten. Kinder. Fantasiecode. Intimer Pärchencode.«

»Genau«, sagt der mit dem Norwegerpullover. »Denk ich auch. Aber was soll der Quatsch. Das meinte ich mit der unklaren Adresse. Wenn man 'ne Flaschenpost abschickt, erhofft man sich Antwort aus Amerika oder so. Aber an wen soll *das* hier adressiert sein. An den lieben Gott? Oder Ekke Nekkepen?«

»Dann«, lacht der Zivi, »hat's doch geklappt!«

Der Mützenbursche sagt etwas, von dem sie nur »... Neujahrswünsche ...« versteht.

»Genau«, sagt der Zivi. »Klar. Die hatten kein Blei zum Gießen oder Kaffeesatz zum Gucken. Hatten einen sitzen vom Ponysekt. Feiern zweisam in der Ferienwohnung oder im Hotel, wollen um Mitternacht ans Meer, schreiben sich die Wünsche auf ... Dorothea hat – wie heißt *er* noch mal?«

»Lorenz«, sagt der mit dem Norwegerpullover.

»Lorenz. Lorenz und Dorothea. Dorothea hat ihre Wünsche fürs neue Jahr aufgeschrieben und in die Flasche gesteckt. Und wie Weiber so sind, weil sie ja immer wollen, dass der Kerl sich dasselbe wünscht, was sie sich wünschen, hat Dorothea Lorenz dazu verdonnert, aufzuschreiben, was *er* sich für *sie* wünscht, fürs neue Jahr, und umgekehrt hat *sie* ja wahrscheinlich –«

Der Mützenbursche unterbricht in skeptischem Tonfall.

»Na, weil man das so macht«, sagt der hübsche Zivi. »Wenn du eine Wimper von der Wange deiner Süßen wegbläst, darfst du dir was wünschen, darfst aber nicht verraten, was. Genauso, wenn du eine Sternschn–«

Der mit der Fellmütze unterbricht erneut.

»Von was für einem Schiff denn. Nee, das glaub ich nicht«, sagt der mit dem Norwegerpullover. »Da geb ich ihm recht: Ist doch klar, dass das Neujahrswünsche oder -pläne sind. Wir haben ja nun mal grad Sil–«

Wieder unterbricht der Mützenbursche.

»Auch wahr«, lenkt der Zivi ein. »Normalerweise könnte das schon mal bis zu einer Woche dauern, bis irgend 'ne Flaschenpost wieder angeschwemmt würde; da spielt die Windrichtung eine Rolle, meist ist ja Westwind, und äh, je nach Stärke; und strömungsmäßig vor allem, da kann das Vortrapptief wirksam werden, und äh ...« Der Rest verliert sich in einer Art fachlichem Selbstgespräch.

»Dann schau doch die Tidezeiten mal nach«, sagt der mit dem Norwegerpullover, und der Zivi, womöglich verlegen, dass er nicht selbst drauf gekommen ist, zückt sein Smartphone und begibt sich scheint's ins Internet.

Der Mützenbursche sagt etwas.

»Das Gleiche in Grün. Teilweise«, sagt der mit dem Norwegerpullover mit unterschwelliger Vorlust und entrollt einen weiteren Zettel. »Zweite Flasche. Lorenz' Flasche. Erster Zettel. Dorotheas Handschrift, d.h. ihre Wünsche für Lorenz. A: *Projekt@MFFC AG.* B: *Stadt- und Landwohnung München/Grünwald.* C, in Gänsefüßchen: *Reizblase.*«

»Das dauert hier immer auf der Scheißinsel«, sagt der Zivi und starrt aufs Display seines Smartphones.

Der Mützenbursche sagt noch etwas.

»Na ja«, entgegnet der mit dem Norwegerpullover. »Mit ›Reizblase‹ wird kaum ein Wunsch gemeint sein. Eher die Heilung, du Hirni.«

»So, jetzt«, sagt der Zivi, übers Smartphone gebeugt. »Erster Januar. Niedrigwasser war 0:52 Uhr. Könnte tatsächlich hinkommen. Da dürften sie ihre Flaschen noch so eben bei ablaufendem ... Also, Hochwasser war um 6:43 Uhr – und ... tja, klar, um acht, da lagen die Dinger noch da. Wo hast du sie gefunden? Direkt am Flutsaum?«

»Klar.« Der mit dem Norwegerpullover grinst. »Die haben einfach nicht damit gerechnet, dass der Klabautermann ihre Flaschen postwendend –«

»– wegen Unzustellbarkeit –«

»– hehe, genau! Adressat unleserlich!«

»Lustig, lustig«, ruft der Mützenbursche, voreilig resümierend. »Diese Bazis ...«

»Mooooment«, sagt der mit dem Norwegerpullover. »Der Knaller kommt ja erst noch. Auf dem zweiten Zettel in Lorenz' Flasche. Handschrift Lorenz. Pass auf.« Er setzt sich in Positur, und sein spöttisches Grinsen ist im Orchideenspiegel nahezu surrealistisch deutlich erkennbar. »A: *Stadtbüro.* B: *Landhäuschen.* C: *Annalena – zum letzten Mal.*«

Es dauert eine ganze Weile, bis Dorothea sich traut, den Mantel anzuziehen. Bis sie sich genügend gewappnet fühlt, um etwaige Blicke im Rücken auszuhalten, aufzustehen und zum Tresen hinüberzugehen, um zu zahlen. Eine ganze Weile, in der sich die drei Intelligenzija-Volontäre ausmalen, dass die beiden Absender der Flaschenpost ja dann höchstwahrscheinlich noch auf der Insel sind. Sich ausmalen, wie sie zu dritt mit dem Megafon-Jeep ganz Amrum abfahren und Lorenz aus München ausrufen, sie seien im Besitz eines brisanten Schriftstücks, was ihm der Rückkauf denn so wert wäre. Oder nein, besser noch: Dorothea ausrufen, sie hätten eine hochinteressante Nachricht für sie. Und noch drei Dates frei. Und so weiter, und immer lustiger.

Es dauert noch eine ganze Weile – doch dann traut sie sich, und ein prüfender Seitenblick durch die Panoramascheibe von außen, von der trostlosen Fußgängerzone aus nach innen, bestätigt, dass die Burschen hinter den blauen und rosafarbenen Schriftzügen sie vermutlich nicht bemerkt haben. Blau und Rosa, die Farben, von denen ihr nun kurz flau wird.

Im klaren, verlogen strahlenden nordischen Licht macht sie sich auf den Weg zurück zum Apartment. Die Straße steigt unsanft an, sie rudert hinauf, und das rhythmische Rascheln des synthetischen Ärmelstoffs klingt nunmehr –

anders als vorhin, in der Weite des Strandes – hysterisch. *Umfassende Wunsch- und Planänderung,* spricht eine sarkastische innere Stimme, die Stimme eines hässlichen, in sie gefahrenen Assistentinnenspuks, und wiederholt es, *umfassende Wunsch- und Planänderung,* wiederholt es kühl, ganz im Gegensatz zur besessenen, rudernden Chefin, deren Lippen zur gleichen Zeit sexuelle Flüche formen, ein nur für sie hörbares Zischen, und im weiteren Gegensatz zu einer *dritten* Stimme, irgendeiner übergeordneten Psychoinstanz aus der bereits wieder befriedeten Zukunft, die sich auf ironische Weise in die Vergangenheit des Ichs einfühlt und Prosa formuliert wie: *Das Eindrucksvollste, was der ehemalige künftige Bamsefantenvater vom neuen Jahr zu Gesicht kriegt, dürfte eine schallende Watschn sein.*

Doch kurz bevor sie um die letzte Straßenecke biegen müsste, macht sie auf dem Gummiabsatz kehrt.

Und eilt den ganzen Weg zurück, wieder wild rudernd, wilder sogar, weil straßenabwärts, zurück Richtung *Ekke Nekkepen*, und als das Panoramafenster mit dem rosafarbenen und hellblauen Schriftzug wieder in ihr Blickfeld gerät, spürt sie eine euphorische Wut hinterm Brustbein auflodern.

Keiner der drei Angeber nimmt ihr erneutes Erscheinen wahr. Erst als sie am Tisch steht. Sie klaubt die Zettel einfach von der Platte. Den vierten zückt sie dem mit der Fellmütze aus den Fingern.

Der mit dem Norwegerpullover schaut, wie jemand nun mal schaut, dem auf frischer Tat die Schau gestohlen wird.

Der Zivi ist hinreißend erschrocken. Am liebsten würde

sie ihn an den Ohren zu sich heraufziehen und abbusseln. Zuckersüß fragt sie ihn mit übertrieben bajuwarischem Zungenschlag: »Und? Hobt's ihr drei Hübschen scho was vor heut Nacht?«

Und ab.

Diesmal wählt sie die andere Route. Weg vom Panoramafenster. Um nicht in Versuchung zu geraten, den Anblick zu genießen, wie es aus ihren Pharisäerhirnen dampft. Um die Wucht des Abgangs nicht durch allzu große Gier nach Genugtuung abzuschwächen.

Und um nicht ihm, dem Bamsefantenmeister, der womöglich nach ihr suchen wird, zu früh über den Weg zu laufen, fährt sie mit dem Bus nach Süddorf. Schaltet das Handy aus. Marschiert eine weitere Stunde lang, um sich zu beruhigen, über die Bohlenwege durch verwunschene Kieferndickichte mit Nadelteppichen, durch Heide, entlang dünn vereister Tümpel und durch spektakuläres Dünengebirge – miniaturalpin die unbewachsenen, windschnittigen Seiten.

Nur einmal nimmt sie einen buckelnden Raben wahr. Einmal eine einzelne Möwe, wie sie aufwärts gegen den Wind segelt. Die zweite ein Stückchen weiter.

Je länger sie unterwegs ist, desto deutlicher läuft alles auf eine ganz andere Frage hinaus: Wie konnte er nur so borniert sein, das mit dieser Annalena einer *Flaschenpost* anzuvertrauen? So betrachtet, erhält der Begriff eine ganz neue Bedeutung. Und das, wo doch er es war, der ewige Dozent, der das Gras noch in Schottland wachsen hörte, und der ewige Rationalist, der *die ganze Sache* albern fand: »An wen soll das denn überhaupt gerichtet sein?!« »Ans Schicksal, du unromantischer Ochs.«

Nichtsdestoweniger, beziehungsweise eben gerade drum: *Sie* wäre nie und nimmer auf die Idee verfallen, zum Beispiel das mit Ivo in die Flaschenpost aufzunehmen. Erstens hat die Sache mit Ivo keinerlei tiefer gehende Bedeutung. Zweitens schon gar nicht für einen Bamsefanten-Ritus. Und drittens traut sie Riten überhaupt nur so weit, wie die Macht von Riten nun mal reicht: bis zum Tellerrand. Was die Gemeinsamkeitsstiftung, um die es schließlich geht, aber nicht schmälert. Und die Natur, das hat sie nicht gerade eben erst gelernt, geht eh ihre eigenen Wege.

Die Zettel in ihrer Hosentasche wärmen ihre Lende homöopathisch.

Sie hat ihm nie erzählt von Ekke Nekkepens Schabernack.

Bei ihrer Rückkehr ins Apartment gewahrte sie Lorenz' Aufruhr mit einer Befriedigung, die nur leicht von Liebe verwässert wurde. Akzeptierte ruhig seinen Vorwurf, er habe ihretwegen die Polizei zu alarmieren sich beinah gezwungen gesehen. Gab vor, eine heftige Krise habe sie nach dem Erwachen befallen, sodass sie zu diesem langen Spaziergang über die halbe Insel aufgebrochen sei; berichtete von erstarkten Zweifeln daran, dass er zu ihrem Bamsefantenplan stehe. Das Fliegengewicht seiner eigenen Empörung, der Sog seiner eigenen Beteuerungen zwangen ihn in die Knie, den Gemahl.

Bis heute, noch als zweifache Mutter, pflegt sie in Lorenz-Krisen ihr Schmuckkästchen zu öffnen – ein Erbstück von ihrer heiß geliebten Großmutter –, und zwar nie, ohne den doppelten Boden kurz anzuheben. Eigentlich ist sie sich sehr sicher, was sich darunter verbirgt; immerhin hat sie es eigenhändig hineingetan. Nennen wir es einen Ritus.

John von Düffel

# OST SEE

Die meisten Menschen haben ein falsches Bild von der Kälte. Sie meiden sie, ohne sie jemals wirklich kennengelernt zu haben. Sie schrecken vor ihr zurück bei der ersten Berührung und verbringen den Rest ihres Lebens mit einem Kälte-Vorurteil, dessen Lächerlichkeit ihnen nie bewusst wird. Sie sterben und haben die Kälte nicht einmal lachen hören, dabei lacht sie sehr laut an ihren spöttischen Tagen. Doch das werden sie nie erfahren. Sie werden nicht mit ihr lachen und nicht mit ihr träumen, bis zu ihrem Tod.

Wie kann ein Mensch sterben, ohne zu wissen, wie gnädig die Kälte ist.

Sie ist übrigens auch nicht stumm, die Kälte, nicht still und nicht starr. In ihr erheben sich viele Stimmen und Gestalten, herrscht größte Bewegung. Man muss nur das Eis brechen. Genauer: Man muss durch den ersten Schrei und Schrecken hindurchgehen, hindurchtauchen. Dann.

Die Kälte hat ein Gedächtnis und eine Gegenwart. Und sie ist vollkommen klar.

Das Wasser an einem Wintertag. Der Himmel über der See ist hauchblau. Eine Bläue, die allen Dunst und Nebel, die Wolken und Schwaden in sich aufgesogen und verwandelt hat in einen Reifatem, der die Sonne blass macht, eine gefrorene Scheibe aus Licht. Der strohige Bewuchs der Dünen ist frosttrocken und knistert, wenn er unter Schritten zerbricht, der Sand hart wie Stein, eine Mondkruste, und wenn man tief Luft holt, ist es, als hätte man die ganze Nacht mit offenem Mund geschlafen.

Ich stehe am Strand und schaue auf das winterglatte Wasser. Das Eis ist nur eine Haut, ein Film, noch nicht fest, nicht versiegelt an den meisten Stellen, nur ein Flaum aus Kristall, weicher Eiswasserflaum. Ich sage, hallo, See, wir kennen uns. Ich bin mit dir durch das Frühjahr gegangen, jeden Tag, während dein Wasser immer heller, leuchtender wurde und geschmeidig unter den Händen wie Gras. Ich war bei dir unzählige Stunden im Sommer, als die Sonne steil im Wasser stand und man abends beim Kraulen die Mücken erschlagen konnte, wie für immer eingehüllt in die Sommergerüche von heißem Sand und Kiefernharz. Und dann weht doch wieder der Herbst herein, lässt die Küstenlinie noch einmal aufleuchten und löscht sie aus, weißgrau, farblos, bis auf ein paar spärliche Striche unter dem Wind, die Segel eingeholt, Sturm gehisst, bis das Eis kommt und alles endet.

Es riecht nach Schnee, Ostwind, sagst du laut vor dich hin, so als würdest du dich wundern. Über die eisfreien Priele läuft ein Schauder. Jedes einzelne Härchen an deinen Armen stellt sich auf. Aber du kannst die See nicht lassen.

Es ist ganz einfach: Wenn du jedes Kleidungsstück genau so ausziehst, wie du es immer ausziehst, wenn du alles genau an die Stelle legst, wo du es immer hinlegst, wenn du genau den Weg ins Wasser gehst, den du immer gegangen bist, Schritt für Schritt, dann kannst du den Körper über die Kälte hinwegtäuschen, über ihre Zumutungen, ihre Ungeheuerlichkeit. So als wäre alles wie immer, jede Bewegung vertraut, und du würdest in die Kälte gehen wie ins Bett.

Der Trick ist, den Selbsterhaltungstrieb auszuschalten, dieses sehr mächtige Kommando im Gehirn, da nicht reinzugehen, das nicht zu tun, auf keinen Fall. Raus hier!

Aber darauf darfst du nicht hören, während du durch die Uferwellen watest. Du musst besser wissen, was du tust, besser als dein Körper. Hör nicht auf ihn, aber beobachte ihn ganz genau, mit äußerster Wachsamkeit und größtmöglichem Abstand, wie eine interessante Maschine in einem sehr gewagten Experiment, es ist wichtig, dass du ihn von oben, von außerhalb siehst, ohne ihn auch nur eine Sekunde aus den Augen zu lassen, du musst auf jedes Zeichen achten, jedes Alarmsignal, die Sirenen, die an den verschiedensten Stellen losschrillen, alle zur selben Zeit. Nimm das zur Kenntnis, schätze es ein, aber hör nicht darauf, sonst verlierst du die Kontrolle, sonst wird die Panik deines Körpers total. In dem Moment, wo sie dein Denken erfasst, bist du verloren. Doch denk nicht daran. Es ist im Grunde ganz einfach, du musst Ruhe bewahren, nur die Ruhe. Du bist der Wissenschaftler in diesem Experiment mit dir selbst, ruhig, ruhig.

Das Schwierigste ist der erste Schock. Du weißt, du musst atmen, aber du kannst nicht. Du weißt, du musst jetzt den nächsten Gedanken fassen, aber du bist starr vor Entsetzen, gefangen in diesem Augenblick der Todesangst, aus der kein Gedanke dich befreit. Du sagst dir, dass du das kennst, dass du an diesem Punkt schon oft gewesen bist. Es ist nicht das Ende, sondern nur eine Grenze, die du verschiebst, sagst du dir. Aber es ergibt keinen Sinn, du verstehst nicht, was du da sagst, dein Körper versteht es nicht, die Bedeutung oder was auch immer dringt nicht durch, du bist eingeschlossen in ein System im Ausnahmezustand, in einer Krise, die alle Zugänge blockiert und keinen Gedanken einlässt. Das System streikt, es nimmt keine Befehle mehr an. Und du kannst nur warten. Du kannst diesen Moment nur überstehen – falls du ihn überstehst –, indem er vorbeigeht.

Und dabei liebe ich mein Leben.

Dann gelingt dir der erste Atemzug. Nur ein kurzer, ein kleiner Schluck Luft, noch einer und noch einer. Du wagst es, schaffst es, tiefer zu atmen und immer mehr Luft einzuziehen, auch wenn mit ihr die Kälte einströmt über deine Lippen, durch deine Haut, die nicht länger ein Panzer ist, keine Front, sondern bloß eine dünne Membran, auf der sich der Schock in Schmerz verwandelt und die Kälte zu einer Empfindung wird, während sie hindurchzieht. Aber das muss sein, das weißt du, es ist gut, wenn es wehtut, wenn es anfängt, wehzutun. Du darfst nur nicht auf deine Haut vertrauen. Haut ist dumm. Haut denkt nicht voraus. Sie spürt Heiß und Kalt, Hart und Weich, die Schärfe der tausend Wasserklingen, ihre fleißigen Schnitte überall, aber sie sieht nicht, dass auch das vorbeigeht. Haut kennt immer nur den Moment und nimmt ihn für eine Ewigkeit. Sie kann die Uhr nicht vorstellen bis zu dem Punkt, an dem sie nichts mehr spüren wird, gleich schon, in zwei, drei Minuten, fast nichts, nur einen leichten Nesselbrand von Kälte, feinste Nadelstiche, wie Frische, Salzkristalle oder Bahnen von kühler Seide, die vorübergleiten, weil sich die Kälte längst nicht mehr auf deiner Haut abspielt, sondern ein Teil von dir geworden ist. Du stößt dich vom Grund ab und schwimmst.

Jedes Mal denke ich, ich könnte die See wärmen. Wenn ich nur oft genug schwimme, wenn ich nur lange genug durchhalte, kann ich die See wärmen, und dann ist es morgen nicht mehr so schlimm und übermorgen noch weniger. Ich heize das Meer auf mit jedem Zug, und das Eis weicht. Ich glaube das jedes Mal, für einen Moment, und muss mir dann eingestehen, dass ich nicht einmal imstande wäre, das Wasser in meiner Badewanne auf Körpertemperatur zu halten. Sogar in meiner Badewanne würde ich irgendwann an Unterkühlung sterben. Und trotzdem gibt es etwas in mir, das an die Macht des Schwimmers glaubt, auch wenn das Meer, der kleinste Teil dieses Meeres, so unendlich viel mächtiger ist als ich.

Ich drehe mich auf den Rücken, trete mit dem Beinschlag eine hohe, schaumweiße Fontäne los und schaue zurück zum Ufer. Wie verwaist und winterlich es daliegt, wie versunken in der Zeit, ein Bild, in dem ich der Fehler bin, der einzige. Es ist meine Bewegung, die das Kältesiegel über der

See und dem Sand aufbricht und die Stille zerschlägt. Ein Hochgefühl überkommt mich, so als hätte ich die Zeit besiegt, so als könnte ich weiter und immer weiter schwimmen, über den Rand der Zeit hinaus, und das Prasseln und Prickeln der Kältekristalle ist wie Jubel auf meiner Haut.

Ich will mich zum Kraulen umwenden, da sehe ich ihn wieder, etwas weiter strandabwärts, den alten Mann, der immer da ist, jeden Tag, und den Sand entlang der Wasserlinie umgräbt. Gott weiß, was er sucht. Aber er sucht unermüdlich, bei Wind und Wetter. Manchmal gräbt er mit einem Stock, einem Stück Treibholz, manchmal mit bloßen Händen, in der Hocke oder auf den Knien – obwohl er Tag für Tag gräbt, hat er nie Werkzeug dabei, Schaufel, Spaten, nicht einmal Handschuhe. Er gräbt, aber behilft sich nicht. Dann richtet er sich auf, steht und schaut auf die Stelle, das hereinströmende Wasser, die Wunde im Sand, bis das Meer sie überspült und der gewölbte Rücken des Ufers sich wieder schließt, als wäre nie etwas gewesen. Und der Mann steht da und sieht dem Verschwinden zu. Regungslos.

Anfangs habe ich ihn für einen pensionierten Wissenschaftler gehalten, einen Naturschützer oder Meeresbiologen, der nach Würmern oder einer seltenen Muschelart forscht. Seine Kleidung ist unauffällig, keine Spur von Verunreinigung oder Verwahrlosung, graue Windjacke, blaue Jeans, festes Schuhwerk. Er wechselt seine Sachen nicht oft, aber sie sind immer tadellos, ordentlicher und weniger leger als die der meisten Strandgänger. Seine Gesundheit scheint robust, sein Lebenswandel regelmäßig, geradezu überkorrekt. Er fehlt nie. Aber er ist verrückt, davon bin ich mittlerweile überzeugt, völlig verrückt, es kann gar nicht anders sein. Nicht nur, weil er immer allein ist und mit niemandem spricht. Es ist die Art seiner Einsamkeit. Er hat so etwas an sich, um sich, dass man ihm lieber aus dem Weg geht, einen Glassturz des Absonderlichen, eine Aura der Unberührbarkeit.

Es ist so weit. Ich tauche den Kopf unter Wasser und kraule los, das Stechen an den Schläfen geht von Ohr zu Ohr, die Kälte schließt sich um meine Stirn, hält sie fest umklammert und drückt zu, drückt sie zusammen, aber die Angst kommt nicht zurück, ich atme, keuche, muss den Kopf noch zwei, drei Mal über die Wasseroberfläche recken, weil der Kältedruck auf die Stirnhöhlen zu groß wird, ein Kopfschmerz bis in die Gesichtsmuskeln, die Nasenwurzel hinein, aber abklingend, in Klarheit umschlagend, ich nicke ins Wasser zurück, brauche mich nicht einmal hinunterzuzwingen, sondern tauche ein in den Rausch aus Eiswasser und Salz wie in Schlaf, in Überwachheit, hellen Traum.

Es tut gut, etwas zu haben, woran man denken kann wie an den alten Mann am Strand, den ich »den Graber« nenne. Jeder Gedanke schlägt die Kälte, bahnt einen Pfad durch sie hindurch. Für einen Moment bin ich dem Alten geradezu dankbar, ich könnte ihm um den Hals fallen, weil er mir über die Eisschwelle hilft, die sonst so viel Willen und Überwindung kostet und über die ich in Gedanken an ihn hinweggleite, als wäre es das Folgerichtigste überhaupt. Ich frage mich, was für ein Leben er hat, jenseits der See, ob es eine unsichtbare Frau gibt, die ihm seine Sachen wäscht, oder nur eine Waschmaschine, ob ihm jemand vorm Verlassen der Wohnung die Schuppen von den Schultern streicht oder ob er sich in einem fleckigen Spiegel selbst korrigiert und sich so unauffällig macht, als wäre er gar nicht da. Er sieht wirklich jeden Tag gleich aus, nicht einmal die grauen Haare werden länger. Sein Erscheinungsbild hat die Unverwüstlichkeit der Erdkundelehrer oder Hausmeister meiner Schulzeit. Ich sehe über einen sanften Wellenhügel hinweg, wie er in die Hocke geht, auf die Knie fällt und einen Stock in den Sand stößt. Dann greife ich nach dem graublauen, graugrauen Wasser in äußerster Reichweite, und vor meinen Augen ist nur noch das Meer.

Jeder Kraulschwimmer hat ein prekäres Verhältnis zur Überwasserwelt. Er nimmt nicht an ihr teil. Für ihn zählen nur die See, sein Atem und die Kälte, nicht auf der Haut – seine Haut bildet längst keine spürbare Grenze mehr zwischen ihm und dem Meer –, sondern im Körper. Auf die Kerntemperatur kommt es an, auf den Griff der Kälte nach den Knochen und Eingeweiden, um die sich sämtliche Muskeln und Sehnen zusammenziehen wie ein Netz um ein Kilo Orangen. Immer enger, einschneidender werden die Maschen, die ihn zusammenhalten, diesen gegen die Kälte anhämmernden Organismus, der alles verbrennt, was er hat, ohne Sinn und Verstand, und dennoch nicht aufgibt, der immer weiter will, über die Kälte hinaus, aufs offene Meer. Und irgendwie bin das ich, irgendwie ist das alles, was ich bin, dieses Faserwerk, diese Verdichtung auf den engsten Zusammenhang meiner selbst. Wenn ich den kleinen Finger abspreize, spüre ich das im Nacken, wenn ich den Kopf zum Luftholen wende, zieht es in den Fußsohlen. Ich bin ein sich durch die Kälte wringender Strang.

Was über Wasser geschieht, ist wie entrückt: flüchtige, dahintreibende Bilder beim Schulterblick, Momentaufnahmen, Schnappschüsse, die vom Kampf mit der Kälte nichts wissen und die ich mir zusammenreime, zusammenträume zu einer von mir losgelösten Wirklichkeit, die vor dem Blick in die Tiefe verblasst. Im Sommer, natürlich, ist es wichtig abzuschätzen, ob und wie schnell ein Boot sich bewegt, ob ein anderer Schwimmer meine Bahn kreuzt oder ob es nur Bojen sind, die zwischen den Wellen herumdümpeln. Ich muss mir Fixpunkte suchen und Entfernungen vermessen, Vergleiche anstellen zwischen jetzt und vorhin, ich muss die Außenwelt im Wasser nacherfinden, so wahr wie möglich, und ich habe keine vierundzwanzig Bilder pro Sekunde, ich habe fünf, sechs Seitenblicke in der Minute und dazwischen nur Wasser, Bewegung und Atem. Doch jetzt ist das Meer gelöscht und leer gefegt, die Boote liegen winterfest in ihren Docks, die meisten Bojen sind eingeholt, und ich bin mit dem Wasser allein. Ich schaue unter der Tropfenspur meines Schlagarms hindurch über die geriffelte See, eine leichte Brise kommt auf und treibt die Kälte vor sich her, doch selbst das ist im Wasser nicht wahr. Es gibt kein Außen mehr und kein Ende.

Das Einzige, was ich im Blick behalten muss, ist der Strand. Ich zwinge mich, an den Rückweg zu denken und daran, dass er mindestens doppelt so lang werden wird und jeder Zug um ein Vielfaches schwerer, ich sage mir das, denn in der Kälte ist die Entfernung launisch und ohne Maß. Wer zu lange wartet, zu sehr auskühlt, für den können schon hundert Meter zu weit sein.

Ich schwimme einen leichten Bogen, drehe den Kopf in den Nacken und entwinde mich dem Sog ins Offene. Der Graber kehrt in mein Blickfeld zurück. Der dürre Stock, mit dem er im Sand gestochert hat, ist nicht mehr da, weggeworfen oder zerbrochen, nehme ich an, aber vielleicht hat er auch nie existiert. Jetzt schaufelt der Alte mit bloßen Händen und häuft einen Sandberg auf vor seinen Knien. Ich kann das alles noch erkennen, aber kleiner, denke ich, winziger darf er nicht werden, und auch nicht der Strand, den er umgräbt. Dann wende ich mich wieder dem Wasser zu. Beim nächsten Atemzug sehe ich nur noch eine gefurchte, schaumgeäderte Schräge. Die See gerät unter dem Wind in Bewegung, Wellen kommen auf, langsame, gemächliche, mit weit auseinandergezogenen Schaumkappen. Die Schneeluft in meinen Lungen schmeckt nach Blut. Ich muss zurück, ich muss umkehren, höchste Zeit, sage ich mir und denke, »jetzt schon« und »endlich«.

Bereits nach wenigen Metern mit Kurs auf den Strand merke ich, dass es die richtige Entscheidung war. Ich brenne herunter, so rasend schnell und erbarmungslos, dass es kaum noch ein Zustand ist, sondern freier Fall. Ich habe der Kälte nichts mehr entgegenzusetzen und zittere von innen her. Mit einer Art von Wut, von Aufbegehren versuche ich, meine Züge zu beschleunigen, doch der Faserpanzer schnürt mich ein, meine Arme waren noch nie so kurz, ich bringe kaum noch Druck hinter den Zug meiner Handflächen, mein Beinschlag ist ein einziges Baumeln und Taumeln, ohne Kraft. Ich schlingere, statt vorwärtszugleiten, keine Bewegung läuft mehr rund. Es fühlt sich an, als würde die Entfernung zum Ufer immer größer, unüberwindlicher, zusehends, doch das kann nicht sein, sage ich mir, nein, nein, ich bin es, der kleiner wird, immer kleiner wie ein Kind, das sich verlaufen hat.

Ich kann nicht mehr, kann nicht mehr schwimmen, stöhnt das Kind und krümmt sich, will sich hinsetzen, hinlegen, seiner Not überlassen, aber ich weiß, dass das falsch ist, ich schwimme ohne Unterlass, ohne Pause, es muss sein. Der Mann am Strand darf nicht in die Ferne rücken, nicht weiter zusammenschrumpfen, sonst ist alles vorbei. Ich kann den Kopf kaum noch heben, aber ich weiß ganz genau, wo er ist, halte direkt auf ihn zu und kraule unbeirrbar durch Kältescherben und Wassergeklirr, ohne nach links oder rechts zu schauen. Die See wird dünner, durchsichtiger, grünlich gläsern fast, mit eisscharfen Kanten. Dann ist da Meeresgrund, Muschelstückchen und Sand, ich stehe, stolpere durch seichte Wellenausläufer ans Ufer, ducke mich unter dem Wind und torkle an dem Mann vorbei, der kurz aufschaut und durch mich hindurchsieht. Er hat mich gerettet, denke ich, aber wir grüßen uns nicht.

Handtuch, Hose, Jacke, Kapuze, ich brauche mir keine Befehle zu geben, die Ankleideroutine ist eingespielt, dieselben Handgriffe wie vorhin, nur in umgekehrter Reihenfolge. Meine größte Anstrengung ist, das Zittern im Griff zu behalten. Socken lasse ich weg, Schuhebinden auch, zu kompliziert. Ich muss nach Hause, mich aufwärmen, schnell. Als ich an der geschlossenen Würstchenbude am Hauptsteg vorbeihusche, mit hochgezogenen Schultern, den Blick gesenkt, steht die Besitzerin da, eine wasserstoffblonde, immergebräunte Endfünfzigerin in einem blau-weiß geringelten Kapuzenpulli. Sie nennt sich Rosi oder Babsi, trinkt gern einen Korn mit ihren Gästen und manchmal auch allein. Ein, zwei totgedrehte Locken ihres spröden, strohigen Haars flattern im Wind, als gehörten sie nicht zu ihr. Wir kennen uns ohne Worte, aber heute spricht sie mich an mit einem leicht hängenden, leicht verhangenen Lächeln.

»Büschen verrückt sind Sie schon, junger Mann!«

»Sind wir das nicht alle«, sage ich und versuche zu grinsen trotz eingefrorener Gesichtsmuskeln und Kiefersperre, »wenigstens ein bisschen.«

Mit einer Kopfbewegung deute ich strandwärts Richtung Graber, schließlich ist er um einiges verrückter als ich. Doch was, denke ich auf einmal mit Schrecken, wenn er gar nicht mehr da ist? Ich drehe mich um und entdecke den Alten erst auf den zweiten Blick. Er hat sich weit nach vorne in seine Grube gebeugt und holt mit beiden Unterarmen den Sand ein.

Die Kioskbesitzerin folgt meinem Blick. »Ja«, sagt sie und lässt ihr Lächeln gänzlich fallen, »so hat jeder sein Päckchen zu tragen.«

»Sagen Sie bloß, Sie wissen, wonach er gräbt!« Ich will hier auf keinen Fall stehen bleiben und einen Plausch abhalten, stutze aber doch.

»Na, wegen seinem Sohn«, sagt sie und schaut auf meine offenen Schuhe. Für einen Moment bin ich wie vor den Kopf gestoßen, ein Sohn kam in den Geschichten, die ich mir vom Graber erzählt habe, nie vor, aber ich frage nicht nach, sondern denke nur, gut, dann werde ich mir eben morgen eine andere Geschichte von ihm erzählen. Ich bin in Gedanken schon an Rosi vorbei, als sie kaum hörbar hinzufügt: »Der Junge wollte rüberschwimmen, in den Westen. Seine Leiche wurde nie gefunden.«

## Artur Becker

# Hells Angels

Christina war einundvierzig, Konrad erst neunzehn, aber sie liebten einander, und niemand kannte dieses Geheimnis. Allen war zwar bekannt, was Christina hatte, dass sie seit einem Jahr vergeblich gegen den Brustkrebs kämpfte, indem sie weder zum Arzt ging noch irgendwelche Scharlatane aufsuchte, doch niemand kam auf die Idee, die charmante und lebenslustige Einundvierzigjährige und den jungen Mann aus Polen, der erst in einem Jahr sein Abitur machen sollte, als Liebespaar anzusehen: das auf keinen Fall. Und selbst wenn jemand aus ihrem Bekanntenkreis auf solch ketzerische Gedanken gekommen wäre, hätte er sofort eine plausible Erklärung geliefert: »Na ja, sie ist doch todkrank: Kein Wunder, dass sie den Kopf verloren und einen jungen Burschen verführt hat! Und der Kleine muss Erfahrungen sammeln – außerdem hat sie ihm Deutsch beigebracht, und wer weiß, was noch alles ...«

Christina hatte die größten blauen Augen, denen der junge Mann aus Polen bei einer Frau jemals begegnet war, und im Sonnenlicht des Sommers wechselten sie ihre Farbe und schimmerten silbern – Konrad nannte sie deshalb Meeresaugen. Und wie hatte er diese Meeresaugen kennengelernt? Konrads Mutter setzte vor zwei Jahren eine Annonce in die Zeitung: »Suche für meine begabten Söhne eine private Deutschlehrerin.« Dann kam Christina zu ihnen nach Hause, sie sagte, sie habe bereits einige Erfahrungen mit Türken gesammelt. Schon nach wenigen Monaten küsste Konrad seine private Deutschlehrerin auf die Lippen – unter dem Vordach eines Fahrradschuppens, nachdem sie gemeinsam eine Theatervorstellung besucht hatten.

In ihrem niedersächsischen Städtchen musste man natürlich aufpassen, denn jeder kannte hier jeden, und Christinas Mann war Rechtsanwalt und daher für die Klatschgeschichten wie geschaffen. Die Provinz besaß bekanntermaßen ihren eigenen, unnachahmlichen Atem, und die große weite Welt stellte für sie keine Gefahr dar. Das Städtchen liege im Bermudadreieck von Hamburg, Bremen und Hannover, behauptete Christina, denn sobald man das verschlafene Nest an der Aller betreten habe, drohe man dort von der Erdoberfläche zu verschwinden und in Vergessenheit zu geraten, und zwar für immer und ewig.

Doch ab und zu gab es auch in der Provinz eine angenehme Abwechslung, und als Konrad davon hörte, dass Christina und ihr Mann eine Reise nach Schweden planten, zögerte er keinen Augenblick und fragte den Rechtsanwalt, ob er sie beide begleiten dürfe, er sei nämlich noch nie in Schweden gewesen, und seit zwei Jahren habe er in Deutschland nur eines gemacht: die deutschen Wörterbücher auswendig gelernt. Von solch einer weiten Reise habe er außerdem schon immer geträumt: mit einem Schiff auf dem Baltischen Meer in das Land der schweigenden Priester, der Polarlichter und der Angler – in das Land, in dem man auf Felsen an kargen Meeresufern mit dem Tod Schach spiele, wie in dem Film

*Das siebente Siegel* von Ingmar Bergman, Konrads absolutem Lieblingsregisseur. Seine Vorstellung von Schweden war gewiss ziemlich beschränkt und klischeehaft, er glaubte, jeder Schwede sehe dem Schauspieler Max von Sydow ähnlich, jede Schwedin Liv Ullmann, obwohl sie eine Norwegerin war, und in den Großstädten würden an jeder Ecke polnische Emigranten anzutreffen sein: jüdischer Herkunft oder politische Flüchtlinge. 1968 begann in Warschau die antisemitische Vertreibungsjagd, und viele polnische Juden gingen damals nach Schweden. Die zweite Emigrationswelle folgte erst 1980 zusammen mit der Entstehung der Unabhängigen Gewerkschaft in der Danziger Werft, und die Einführung des Kriegsrechts ein Jahr später verstärkte diese zweite Welle. Konrad erinnerte sich noch sehr gut an den Film *Die letzte Fähre* von 1989, dessen Handlung ganz simpel war: Die polnische Fähre *Wilanów* aus Swinemünde sollte nach Hamburg fahren, und an einer bestimmten Stelle sprangen die Passagiere ins Meer und wurden von der bundesdeutschen Küstenwache herausgefischt. Für die Passagiere, die auf dem Meer von der Einführung des Kriegsrechts am 13. Dezember 1981 erfuhren, bedeutete das eiskalte Wasser ein Tor zur Freiheit. Der Regisseur hatte sich nichts aus den Fingern gesogen, solche Geschichten hatten sich einst wirklich abgespielt.

Christinas Mann hieß Karl-Heinz. Er spielte in seiner Freizeit Tennis, hatte ein weiches Herz und liebte seine Frau. Konrad wusste, dass er ihm seine Bitte nicht abschlagen würde. So geschah es auch, und zu Anfang interessierte es den jungen Mann aus Polen nicht sonderlich, warum Christina, die von Tag zu Tag immer schwächer, weltfremder und erdabgewandter wirkte, die Reise nach Schweden geplant hatte.

Konrad packte also eine bescheidene Reisetasche und erinnerte sich an den Danziger FKK-Strand, den er 1983 besucht hatte.

Das Meerwasser, obwohl es fast den ganzen Planeten bedeckte, war für den Durst tödlich, und da Konrad seine Kindheit in dem masurischen Süßwasserparadies mit den »Dreitausend Seen« verbracht hatte, erschien ihm das Baltische Meer bedrohlich, zumal Christina, auch wenn er es sich nicht eingestehen wollte, vielleicht schon bald ihren Schierlingsbecher austrinken musste.

Einen Tag vor der Abfahrt traf Konrad seine Geliebte, die genauso alt war wie seine Mutter, und fragte sie: »Was wollen wir eigentlich in Schweden tun? Es ist ein großes Land! Und dein Mann wird uns auf Schritt und Tritt überallhin folgen – wir werden keine einzige ruhige Minute haben.« – »Du machst dir unnötig Sorgen ... Wir werden zusammen in die Sauna gehen. Karl-Heinz hasst Sauna.« Dann erklärte sie den Grund dieser kurzfristig organisierten Reise.

Sie sagte, sie wolle das letzte Mal die drei Sommerhütten in der Provinz Värmland in der Nähe des Vänersees besuchen, das Grundstück im Wald habe einst ihrem Vater gehört, und nun wolle Karl-Heinz es samt den Bungalows verkaufen. Dafür müsse man in der nahe liegenden Stadt Hagfors die juristischen Formalitäten erledigen.

Es ist also wahr, es gibt keine Hoffnung mehr, dachte Konrad, sie sagte nämlich auch, sie wolle sich von ihrer Kindheit verabschieden, denn sie habe dort im Wald einige der heißesten und schönsten Sommerferien ihres Lebens verbracht, in dem Dreiseelennest Skoga an dem kleinen Busjönsee. Aber mittlerweile war schon Ende September, und Konrad hatte bereits den ersten Saunabesuch mit seiner Geliebten absolviert: Ihre Brüste sahen gesund und einladend aus, niemand würde bei dem Anblick dieser wunderbaren rosafarbenen Brüste auf den Gedanken kommen, dass in ihnen der Krebs wütete und diese Frau von innen auffraß.

Der Tod ist ein skrupelloser, stumpfsinniger und barbarischer Zeitgenosse, dachte er sich, selbst vor der Schönheit hat er keinen Respekt.

Auf der Autofähre von Kiel nach Göteborg kaufte Christinas Mann in dem zollfreien Shop eine Flasche Johnnie Walker, Süßigkeiten, Zigarillos und eine 12er-Packung Präservative. Konrad musste gegen seine Eifersucht ankämpfen, er hatte bis jetzt nur mit seiner Freundin Jolka geschlafen, aber sie lebte in Danzig, und er sah sie nur zwei- oder dreimal im Jahr, wenn sie an der Universität, an der sie Polonistik studierte, Ferien hatte. Er durfte normalerweise gar nicht eifersüchtig werden, ein Kuss unter dem Vordach eines Fahrradschuppens war doch völlig unbedeutend, und außerdem war Christina todkrank, und ihr Mann, der Freizeittennisspieler und Rechtsanwalt, hatte bis jetzt stählerne Nerven bewiesen. Konrad bewunderte ihn sogar, weil er alle Eskapaden und Exzesse seiner Frau stets toleriert hatte: Christina wechselte regelmäßig ihre Liebhaber, sie verbrachte kaum einen Abend zu Hause und kümmerte sich kaum um den Haushalt und um die beiden Kinder, die nur drei Jahre jünger waren als Konrad. Sie war Privatdozentin – so nannte sie sich zumindest in den Zeitungsanzeigen –, malte impressionistische Bilder und lernte, französische Chansons zu singen. Wahrscheinlich liebte sie ihren Mann gar nicht, sondern verachtete ihn, empfand jedoch gleichzeitig Mitleid für ihren herzensguten Karl-Heinz, den man jederzeit anrufen und um Hilfe bitten konnte.

Karl-Heinz, du bist kein richtiger Mann, dachte sich Konrad, bei uns in Masuren hättest du deine Frau längst verprügelt; die *Szenen einer Ehe* von Bergman kannten wir aus dem Fernsehen, aber in unserem masurischen Städtchen an der Łyna hätte Christina ihre Fluchten vor dem langweiligen Ehemann nicht so erfolgreich betreiben können. Die Eifersucht und der Wodka hätten dich, Karl-Heinz, in einen strengen Richter verwandelt, und irgendwann hättest du den Verstand verloren und in einer Kneipe aus Verzweiflung eine Handgranate entsichert.

Konrad war gegenüber dem baldigen Tod Christinas jedoch genauso ratlos wie der verständnisvolle Rechtsanwalt. Er fühlte buchstäblich, dass ihm die Hände gebunden waren, und gleichzeitig musste er sich eingestehen, dass er noch nie solches Glück empfunden hatte wie auf dieser Schiffsreise, denn da war eine einundvierzigjährige Frau in sein Leben getreten, die er liebte und deren Tage gezählt zu sein schienen, aber *sein* Körper war gesund und tadellos, er würde weder morgen noch in einem Jahr sterben, nicht an einer Krankheit zumindest, das war für ihn unvorstellbar. Selbst wenn er im gleichen Alter wie Christina sterbenskrank werden sollte, so hatte er noch mehr als zwanzig Jahre vor sich. Sein Glück war ihm erst auf der Autofähre, als Karl-Heinz den neuen Volvo 740 Kombi auf dem Parkdeck parkte, klar geworden. Es war ein warmer Abend, der Altweibersommer dauerte länger als gewöhnlich, und plötzlich war dieser Gedanke da: Du bist gesund, du wirst noch nicht sterben. Karl-Heinz parkte seinen Wagen vor ungefähr zehn Bikern, die ihre schweren Motorräder inspizierten, in ihren Rucksäcken herumwühlten und sich für den Einzug in die Kabinen vorbereiteten. Auf den Rücken der Motorradfahrer, auf ihren hässlichen und kitschigen Rockerlederjacken, stand geschrieben: HELLS ANGELS. Und Konrad wurde den Eindruck nicht los, dass dies Christinas letzte Fahrt nach Göteborg werden würde, ausgerechnet nach Göteborg, zu einer Burg, auf der, wie er sich das in seiner polnischen Vorstellung von germanischen Sprachen ausmalte, die Götter residieren mussten – dieses Bild ließ ihn den ganzen Abend nicht mehr los, und überall auf dem Schiff, im Shop, im Gang zu ihrer Kabine, in der vier Personen übernachten konnten, und auch draußen auf dem Sonnendeck und später an der Bar begegneten sie ständig den HELLS ANGELS, als wären diese Christina von Gott persönlich geschickt worden, damit ihre letzte Fahrt übers Meer zur Burg der Götter ohne Komplikationen verliefe.

Christina war seit der Ankunft auf der Fähre die meiste Zeit still. Hatte sie Schmerzen? Sie verließ ab und zu die Bar und ging nach draußen, um das Meer und den Himmel in weiter Ferne zu beobachten. Ihr Mann war kein Trinker, er begnügte sich mit zwei Gläsern Bier und zwei Zigarillos, dann ging er in die Kabine zurück und legte sich mit einem Buch in der Hand in seine Koje. War er dumm? Nein. Warum merkte er dann nicht, dass Konrad mit Christina allein sein wollte? Vielleicht merkte er es doch und stellte sich bloß dumm. Oder er wusste über alles Bescheid, vielleicht sogar aus dem Munde seiner Frau, und es war ihm klar, dass jede Aufregung sinnlos wäre: Zwei Idioten liebten ein und dieselbe Frau, die aber dem Tod geweiht war.

Als Konrad mit Christina draußen auf dem Sonnendeck endlich allein war und sie beide am Schiffsheck an der Reling standen und schweigend das dunkle Meer und den dunklen Himmel anschauten und der Arbeit der gigantischen Motoren ihrer Fähre nach Göteborg lauschten, fassten sie sich an den Händen, wie ein altes Ehepaar, das sich ausgesöhnt hat. In der nächtlichen Luft war ein seltsames Schwirren zu hören, als würde irgendwo ein Hornissenschwarm sein Nest anfliegen, doch sie wussten, dass das merkwürdige Geräusch von den Schiffspropellern und dem im Kielwasser aufgeschäumten Meer erzeugt wurde: Es kam jedenfalls von ganz unten, aus der Tiefe, sie spürten das bedrohliche Rauschen deutlich in ihren Bäuchen.

Nach vier Tagen an Land und fast eintausend mit dem Auto zurückgelegten Kilometern waren sie wieder auf dem Meer. Die Rückfahrt zog sich unerträglich in die Länge, und Konrad konnte in der Vierpersonenkabine keinen Schlaf finden. Er dachte die ganze Zeit an Christina und daran, was sie ihm in der Sauna auf dem Grundstück ihres Vaters in Skoga gesagt hatte: »Ich muss es tun ...« Nach dem ersten Saunagang war er nach draußen gerannt, in den Regen, um ein wenig abzukühlen, während Karl-Heinz sich auf der Terrasse des Bungalows, in dessen Kamin seit mehreren Stunden Holzscheite brannten und drinnen für angenehme Wärme sorgten, einen zweiten Drink einschenkte und trotzdem weiterhin fror.

Wie hatte sie das gemeint? Die Frage ging ihm nicht aus dem Kopf. Was musste sie tun? Hatte sie sich für den Tod entschieden? Als hätte sie eine andere Wahl gehabt.

An dem Saunaabend hatte Konrad sogar Whiskey getrunken, er und der Rechtsanwalt saßen am Kamin und unterhielten sich bis spät in die Nacht, während Christina längst ins Bett gegangen war. Nach dem dritten Johnnie Walker wurde ihr Mann redseliger und sagte mitten im Gespräch über die wunderbaren Hechte aus dem Busjönsee plötzlich einen völlig aus dem Kontext herausgerissenen Satz: »Sie will ihn ausbrennen lassen.« – »*Wen* oder *was*, und wer ist *sie*?«, fragte Konrad. »Na, Christina, unsere Freundin ... Sie will den Krebs ausbrennen lassen, damit er nie wieder in ihre Familie und ihr Leben zurückkommt. Sie leidet wie Christus, kannst du dir das vorstellen?«

Jetzt wälzte sich der junge Mann aus Polen im Bett und lauschte dem leisen Schnarchen des Rechtsanwalts. Er wusste, dass Christina, die unter ihm ihre Koje hatte, auch nicht schlafen konnte. Er glaubte sogar, ihren leisen Atem zu hören: So atmete also das Baltische Meer, und wenn es andere Meere gab, und auch andere bewohnbare Planeten, die solch für den Menschen und seinen Durst tödliches Wasser auf ihren Rücken trugen wie die Erde, so konnten sie alle, diese fremden Meere und Himmelskörper, Christinas stillen Atem hören, weil sie gegen den Tod kämpfte.

Das Grundstück ihres Vaters war erfolgreich verkauft worden, der neue Besitzer sah Max von Sydow tatsächlich verblüffend ähnlich, kam aber aus England, und während der vier Tage war Christina ruhig und still gewesen. Manchmal hatte sie vor dem Kaminfeuer gesessen, sie schwitzte dann und starrte ununterbrochen ins Feuer. Der Rechtsanwalt hatte recht: Sie wollte den Wendekreis des Krebses zu Fuß, aus eigener Kraft, erreichen und damit auch sich selbst besiegen, die Krankheit sollte ausbrennen, endlich ausbrennen, und der brennende Wendekreis des Krebses sollte dann für jedes Auge auf Erden und am Himmel sichtbar werden. Die ganze Welt, so schien es Konrad, musste von Christinas Schmerz und Sterben erfahren.

Seine alte Geliebte war nicht traurig darüber, dass das Grundstück im Wald von Skoga verkauft wurde, und während dieser ganzen vier Tage am Busjönsee in der Provinz Värmland war der junge Mann aus Polen mehr mit dem Angeln der Hechte beschäftigt gewesen und damit, auszuspionieren, ob die im zollfreien Shop gekauften Präservative verbraucht worden wären, als mit dem Gedanken, dass er eine todkranke Frau liebte, die so alt war wie seine Mutter, und dass er niemals imstande sein würde, seiner Jolka in Danzig von dieser Liebe zu erzählen – von diesem ketzerischen Geheimnis!

Plötzlich wurde Konrad klar – er konnte diese überraschenden Gedanken im Geiste lesen, als hätte sie jemand in einem Buch aufgeschrieben –, warum ihn die Schlaflosigkeit quälte. Unter ihm, in ihrer bescheidenen Vierpersonenkabine der Autofähre nach Kiel, lag nicht Christina, sondern ein sterbender, geschundener Körper, gleichzeitig hatte er das Gefühl, unter ihm breite sich ein karges Land aus, und er dachte auch an die vielen unbekannten, einsamen Wälder und Felsen im hohen Norden Schwedens, oberhalb des Vänersees, des größten Trinkwasserreservoirs Europas. Christina war nämlich in Skoga geblieben, bei ihrem schon vor vielen Jahren verstorbenen Vater, im Kiefernwald am Busjönsee: Ihr sterbender Körper fuhr aber nach Kiel, zurück nach Hause ...

Und unter Konrad, unter seinem Bett, befand sich auch das graue Meer, das ihm genauso unbegreiflich und verloren vorkam wie seine alte Geliebte. Christina lebte nun bereits im Jenseits, bei ihrem Vater, und dort herrschten die ewigen Sommerferien des unbekannten Mädchens aus Niedersachsen, dem noch kein rosafarbener Busen gewachsen war und dessen jünglinghafte Brust und neunjährige Haarzöpfe unschuldig und schön waren.

Konrad, der sich nicht einmal die Hose für die Nacht ausgezogen hatte, kletterte die Leiter seiner Koje leise hinunter und schlich sich nach draußen. Dort spürte er immer noch Christinas Blick im Rücken; in der Dunkelheit der Kabine und im Dämmerlicht des Fensterchens hatten ihn ihre Augen aufmerksam beobachtet, aber es waren sterbende und müde Augen gewesen.

Würde man ihn draußen auf dem Sonnendeck erwischen und wieder zurück ins Bett schicken? Nein, auf dieser Fähre herrschte doch Freiheit, er war im Westen, niemand musste ins kalte Wasser springen, um für die Freiheit das Leben zu riskieren. Bevor er mit seinen Eltern nach Westdeutschland kam, hatte er nicht gewusst, dass es auch im Westen den Tod gab ... Christina war sein erster richtiger Freund in der neuen Heimat geworden, und ausgerechnet sie brachte ihm bei, dass der Tod keine osteuropäische Erfindung war, sondern ein universeller und permanenter Zustand des Planeten Erde und seiner Bewohner. Nur das graue Meer unter der Fähre nach Kiel konnte sich vor diesem täglichen Sterben verstecken, und es würde selbst dann noch existieren, wenn die Sonne eines sehr fernen Tages sterben würde, da das Wasser genauso wie das Feuer nicht verloren gehen konnte. Konrad war fasziniert davon, dass es solche unsterblichen Elemente gab, die dem Menschen gegenüber völlig gleichgültig waren.

Auf dem Sonnendeck war niemand, als er am Schiffsheck an die Reling trat und sich im Dunkel der Nacht langsam an die Finsternis der Meereswüste gewöhnte. Er war traurig, weil er sich auf der Hinfahrt nach Schweden gesagt hatte – es war ein altes Spiel, das alle Kinder der Welt kannten und das ihm plötzlich eingefallen war –, dass Christina wieder hundertprozentig gesund werden würde, wenn die zehn Biker am selben Tag wie sie den Heimweg antraten. Aber von den HELLS ANGELS war auf der Fähre weit und breit nichts zu sehen, sie gondelten glücklich durch Schweden und hatten wohl Christina auf eine Fahrt in den hohen Norden mitgenommen, zu Odin, dem Schöpfer der nördlichen Hemisphäre.

Und Schweden hatte Konrad nicht gefallen, was vor allem daran liegen mochte, dass er das Leid seiner alten Geliebten in der dortigen beunruhigenden Wald- und Seestille kaum ertragen konnte: Die Natur hat keine lindernde Wirkung, wenn jemand im Sterben liegt, war seine Erkenntnis. Zugegeben: Er fühlte sich auch ein bisschen in seinem Stolz verletzt, denn schließlich waren die masurischen Seen unbedeutende Zwerge im Vergleich zu solchen Gewässerriesen wie dem Vänern, der einhundertfünfzig Kilometer lang und achtzig Kilometer breit war: wie ein richtiges Meer. Er begriff außerdem nicht, warum so viele Deutsche von diesem Land schwärmten, in dem die kargen Landschaften, die gigantischen Seen und die stillen Wälder den Menschen nur an eines erinnerten: Du bist ein gefallener Engel. Allerdings schwärmten die Deutschen auch für Italien und für Frankreich und so weiter, sie schienen einfach unverbesserliche Schwärmer zu sein. Aber Christina war schön – schöner als Schweden, und mehr zählte für Konrad nicht.

Er blieb noch lange an der Reling stehen und schaute regungslos in den Himmel, aber man konnte nicht wissen, ob es nicht vielleicht das Meer war, das er da anschaute.

Zwanzig Jahre später erlag der Rechtsanwalt selbst einer Krebserkrankung, und Konrad konnte es nicht glauben, als er davon hörte. Er war inzwischen vierzig geworden, und er wusste, wo er Christina eines Tages suchen musste: dort hinterm Meer, in Skoga am Busjönsee in der Provinz Värmland, in den brennenden Wäldern der HELLS ANGELS.

Ulla Hahn

# Willem van de Zee

Sie kennen die Zutaten: ein heller Sommerabend, Juli, mindestens noch 20 Grad, wenn nicht drüber, eine Brise, lau, sofern dies an der Nordsee, dazu auf einer Insel, möglich ist. Unsere (wenn Sie mir diese Vereinnahmung gestatten, schließlich bin ich, die Autorin, ohne Sie, verehrte LeserInnen, ein Nichts im Wartestand, hoffend auf Wiedergeburt durch Ihre Augen) – also: Unsere weibliche Hauptperson sitzt in einem Strandcafé – oder wäre Ihnen ein Strandkorb lieber, oder einfach in den Dünen, bitte sehr, alles schreibbar – Ach, Sie möchten erst einmal wissen, um wen es sich handelt. Können Sie auch gleich haben.

Im Strandcafé, Strandkorb, in den Dünen, egal, sitzt Anja S., Anfang zwanzig, schlankleibig, langbeinig, langblondig, leicht gebräunt, und seufzt. Sie ist allein. Ihr Freund Bertolt B., ein paar Jahre älter als sie (oje, Bertolt B. geht als Name gar nicht, da denkt man gleich – jedenfalls sollten Sie das als gebildete LeserInnen – an, na?, an Bertolt Brecht natürlich) – O. K.: Er heißt also Bertolt G., ist immer noch ein paar Jahre älter und studiert wie Anja Architektur. Die beiden sind so gut wie verlobt, was ihren Familien gefällt. Bertolts Vater ist Rechtsanwalt; Anjas Vater – man munkelt, ihm gehöre die halbe Insel – ist der Bürgermeister. Die Mütter sind Hausfrauen, was aber alles keine große Rolle spielt, nur zu Ihrer Information und damit Sie sich ein ungefähres Bild machen können vom sozialen Milieu der beiden gehobenen Mittelstandskinder. Pläne haben sie auch schon, ganz konkrete, keine freie Minute verging – nun, das ist übertrieben, sagen wir also: kein Zusammensein verging, ohne dass Anja und Bertolt ihr Hotel, ihr Insel-Hotel, planten, bis in alle Einzelheiten. Kein Hotel wie jedes andere sollte es werden, oh nein, Anja vor allem bestand darauf, ein Zeichen zu setzen, wie sie es nannte, und schließlich gelang es ihr, auch Bertolt von ihrem Konzept zu überzeugen. Was nicht leicht gewesen war. Bertolt liebte es traditionell und gediegen, und das entsprach Anjas Vorstellung mitnichten. Was braucht der Mensch?, fragte sie sich. Wie viel Erde Wasser Wärme Luft Licht? Wie viel Raum zum Schlafen braucht der Mensch? Je länger Anja sich dies hatte durch den Kopf gehen lassen, desto rigoroser, beinah unbarmherzig hatte sie die Ansprüche der Hotelgäste zusammengestrichen, am liebsten hätte sie alle in recycelbare Schlafsäcke gesteckt und in den Strandsand gebettet, freies Baden im Meer, Frühstück fangfrisch am Tapetentisch, bei schlechtem Wetter im Strandkorb. Schließlich fanden die beiden den goldenen Mittelweg, für Bertolt noch immer verwegen genug. Die Zimmer schmal und niedrig wie Kojen, Duschen für alle gemeinsam, selbstredend Männlein und Weiblein für sich. Ein langer Tisch für die Mahlzeiten. Und ganz Verwegene konnten sich für zehn Euro in einen mannsgroßen Karton in die Dünen verkrümeln.

Das Grundstück war schon gesichert, Anjas Vater hatte es zur Hochzeit versprochen. Direkt am Wasser gelegen, hoch auf der freien Fläche des Kliffs, tief unten aufbrausend das Meer, nicht wegzudenken aus Anjas Sinnen. Und nicht nur die Melodie. Mehr noch der Geruch, der Geschmack. Der Geruch in der Luft und auf der Haut, in der Haut, in allen Poren, der Geschmack nach See, nach Salz, nach Bertolts Haut und Haar. Zum ersten Mal hatten sie sich nach einem Bad in der See geliebt, auf der sorgfältig festgezurrten Frotteedecke, die Bertolt bei jedem Strandgang unterm Arm trug. Später in der Toskana, wo sie im vergangenen Jahr ein paar Tage verbracht hatten, war Anja beinah frigide gewesen. Das Meer gehörte zum Lieben dazu.

Und nun saß Anja noch immer, wie Sie ja wissen, allein im Strandcafé, Strandkorb? Also ich entscheide mich jetzt für das Strandcafé. Bertolt absolvierte in diesem Sommer einen Lehrgang für Landschaftsarchitektur in den USA, und er würde dort bis zum Beginn des Wintersemesters bleiben.

Anja gähnte, stocherte nach dem letzten Milchschaum ihres Caffè Latte. Ihr Handy piepste. Bestimmt wieder Bertolt. Anja unterdrückte ein weiteres Gähnen. Doch diesmal stand da mehr als das übliche ☺. Anja las: Bitte geh zu unserem Bauland. Habe Nachricht dort steht Wohnwagen. Bitte prüfen. B.

Typisch, dachte Anja, warum soll dort kein Wohnwagen stehen? Stört doch keinen. Mich jedenfalls nicht. O.K., simste sie zurück, ich schau mal nach.

Und das tat sie auch. Ganz ausführlich könnte ich Ihnen nun erzählen, wie das schöne blonde Mädchen in den Abend hineinging, in diesen extraherrlichen Sommerabend, besser noch Meersommerabend, geleitet vom Duft der wilden Rosen, der sich mit dem Salzduft des Meeres zu diesem unwiderstehlichen Inselgeruch verband (und verbindet, fahren Sie hin, riechen Sie selbst), vorbei an Bertolts Haus, wo sie seiner Mutter zuwinkte, vorbei an ihrem Elternhaus, wo niemand zu sehen war, vorbei am Haus des Großvaters, der seinen prächtigen Rasen sprengte. Er kannte die Weltmeere besser als Bayern, war lange Jahre als Kapitän zur See gefahren und hatte die Enkelin in sein weites Herz geschlossen. Sein Boot, eine kleine Segeljacht, trug ihren Namen.

»Ich komm auf dem Rückweg vorbei«, rief sie ihm zu, und der Großvater, in Jeans und T-Shirt, noch immer ein stattlicher Mann mit seinen tief liegenden, lebhaften Augen und dem vollen weißen Haar, signalisierte: Verstanden.

Eine Zierde der Landschaft war der Wohnwagen nicht. Sein fahles Rostrot zog die Blicke von Weitem an, machte neugierig und enttäuschte beim Näherkommen mit jedem Schritt. Ein VW-Kombi, dessen eckige Form in die frühen Neunziger-, wenn nicht in die Achtzigerjahre wies, hatte das Gefährt hierhergeschleppt. Kein Mensch in Sicht, jedenfalls nicht in unmittelbarer Nähe; kaum erkennbar im Wasser ein Kopf, auf- und abtauchend in der Gischt.

Anja hockte sich auf die Stufen zur Tür des Wohnwagens, blätterte zerstreut in dem Buch, das dort lag, *Geschichten vom Meer* – aha, der *Fliegende Holländer* war auch darin, sie hatte einmal mit dem Großvater eine Aufführung in der Hamburger Oper besucht –, las ein paar Sätze und blickte immer wieder aufs Meer hinaus. Die Sonne würde bald untergehen, es wurde Zeit für den da draußen. Der dann auch – Sie sollen sehen, ich weiß Romantik durchaus zu schätzen und einzusetzen –, auftauchend aus der weiß schäumenden Gischt, im Strahlenkranz des versinkenden Gestirns rotgolden glühend das Gestade betrat und auf dem steil gewundenen Pfad die Düne hinaufstieg, ein junger Mann, selbstverständlich schlank und gut gewachsen, nackt. Was Anja nicht davon abhielt, ihn, näher kommend, stetig schärfer ins Auge zu fassen, woraufhin er sich genötigt sah, die Hände zwischen den Beinen zu kreuzen, was seinem Gang, ohnehin im Anstieg mühsam genug, etwas holpernd Debiles gab. Unbeirrt hoppelte er geradewegs auf Anja zu, die grinsend die Stufen räumte und ungeachtet der vorgerückten Tageszeit dem Eintretenden ein gut gelauntes »Moin, Moin« zurief und: »Ich warte.«

Der Bekleidung des Mannes, der kurz darauf aus der Tür trat, ist wenig Beachtung beizumessen; auch was Anja trug, ist nicht von Belang, stellen Sie sich beide in Jeans und T-Shirt vor, so eine Art Insel-Sommer-Tracht, wenn Sie wollen. Aber dass gesunde weiße Zähne aus seinem wettergebräunten Gesicht blitzten, sollten Sie wissen, und seine Augen, hellgrün wie die Südchinesische See, die hätten Sie mal sehen sollen! Dazu strohblondes Haar, was sonst, ein bisschen zu zottig. Sie können es ihm ja schneiden, bitte sehr.

Man begrüßte einander, wie das im 21. Jahrhundert so üblich ist, mit Hi oder Hallo, tut nichts zur Sache, und dann entledigte sich Anja ihres Auftrags, befand, eher beiläufig, der Wagen stehe auf ihrem, genauer, ihres Vaters Gelände, und das sei verboten. Eigentlich. Sie werde aber mit dem Vater reden, fügte sie nach einem ersten Eintauchen in die Südseeaugen hinzu, und nach ein paar Schwimmzügen in der unergründlichen Tiefe der grünen Iris bekräftigte sie: »Das wird sich schon finden.«

Die weißen Zähne Willems van de Zee, so hatte er sich vorgestellt, strahlten zuversichtlich, als er Anja daraufhin zu einem Bier, meereskühl, einlud, doch die wusste, dass der Großvater nicht gerne wartete, und machte sich davon. Auch hatte das Handy wieder gepiepst.

Bertolt wurde beruhigt, so ein Mensch habe da geparkt, nein, das Kennzeichen habe sie sich nicht gemerkt, irgendetwas aus Holland, fabulierte sie. Mit dem Großvater verabredete sie sich zu einem Törn am nächsten Tag, und vom Vater erhielt sie die Erlaubnis für das Parken des fremden Wohnwagens. Ohnehin wusste er schon Bescheid, Bertolt hatte auch ihn benachrichtigt.

Der nächste Tag begann regnerisch und kühl, das Wetter war umgeschlagen, wechselte auf der Insel oft von einer Stunde zur nächsten, kein Grund, dem Großvater abzusagen, finde ich, befand auch Anja. Der Kapitän liebte seine Segeljacht, ein Kielboot mit zwei Schlafplätzen, das sich sportlich manövrieren ließ, was der graue Seebär heute mal wieder unter Beweis stellen konnte. Anja, die nur in ihrer Phantasie vor Experimenten nicht zurückschreckte – denken Sie an das Hotel –, brachte den Großvater immer wieder von seinen geliebten waghalsigen Manövern ab, worauf er sich nicht allzu weit vom Ufer entfernte. Bis sie eine winzige Jolle entdeckten, die scharf auf den Leuchtturm zuhielt, ein Anblick, der Anja ein empörtes »Ist der wahnsinnig!« entlockte und den Kapitän zu einer Halse veranlasste, dem leichtsinnigen Segler entgegen.

Der jedoch, kaum dass er den Verfolger erblickte, nun

selbst mit ein paar geschickten Griffen die Segel Richtung Ufer so setzte, dass er an der *Anja* mit Anja und Großvater vorbeizischte, als drehe er ihnen eine Segelnase. »Toller Bursche, das«, brummte der solcherart Geneckte und jagte nun seinerseits der Jolle hinterher, die durch die zischenden, züngelnden Wellen dem Strand beim roten Wohnwagen entgegenflog.

Und damit gebe ich Ihnen das Stichwort, ja, Sie haben es erraten, es war Willem, der da seine Segelkünste spielen ließ. Gewandt zog er sein Schiffchen ans Ufer und half sodann, bis an die Brust im Wasser watend, dem Kapitän mit seiner *Anja* an einen sicheren Ankerplatz.

Ich mache es kurz: Die Umstände, unter denen die drei sich hier begegneten, konnten günstiger für ein näheres Kennenlernen nicht sein. Neugier und Sympathie auf allen Seiten. Besonders die beiden Männer schlossen innerhalb weniger Tage eine Freundschaft, so mühelos und respektvoll, wie sie nur auf der Basis eines großen gemeinsamen Interesses, mehr noch, einer miteinander geteilten Leidenschaft entstehen und sich festigen kann. Ob im Garten des Großvaters, umgeben von mannshohen Wällen wilder Rosen, oder in den Dünen beim roten Wagen, immer drehten sich die Gespräche um Wind und Wasser, die Schiffe, die See, wobei sich herausstellte, dass Willem aufgrund einer angeborenen Herzschwäche zur Seefahrt nicht tauglich war und als Schiffsbauingenieur bei Blohm + Voss in Hamburg arbeitete. Oft saß Anja dabei, wenn die beiden ihre Köpfe zusammensteckten – das weißmähnige Haupt, der zottelige Blondschopf –, lauschte dem Wechsel von der jungen zur alten Stimme und wieder von vorn; anfangs folgte sie dem, was sie sagten, doch bald löste sich der Klang vom Sinn der Worte, verband sich der Silbenfall mit dem Wellengang, verschmolzen die Stimmen der Männer mit der Stimme der See. Und dazwischen, das dürfen wir nicht vergessen, piepste Anjas Handy, oder es klingelte, dies jedoch nur bei den ersten Treffen, dann stellte sie es stumm, und es ruckte nur noch in Hosen- oder Jackentasche, als rüttle sie jemand aus einem Traum.

Vom Träumen aber war Anja weit entfernt. Oder so weit doch nicht? Bestimmt erwarten Sie schon seit einigen Seiten, genauer, seit Willems rotem Wohnwagen, dass sich da etwas anspinnt zwischen Anja und dem fremden Mann, vor allem, da Sie ja wissen, dass Bertolt in sicherer Ferne weilt und dort auch noch eine Weile weilen wird. Wei wei wi sozusagen. Aber da lassen Sie sich gesagt sein: So eine war Anja nicht. Willem gefiel ihr, ja, zugegeben, aber ein bisschen – mehr als ein bisschen – zu selbstgefällig war er ihr doch, wusste alles besser, jedenfalls als sie. An den Großvater traute er sich nicht ran. Es gibt daher auch wenig zu berichten von allmählichen Annäherungen Anjas an Willem und vice versa; wenn die beiden aneinander dachten, so nicht ohne ein ironisches seelisches Augenzwinkern, ein leicht spöttisches Achselzucken des Gefühls, wenn Sie wissen, was ich meine, auch mir machen es die beiden in dieser Phase nicht einfach. In dieser Phase. Ich sehe schon, Sie schöpfen Hoffnung, dass die Geschichte wieder in Gang kommt. Oder überhaupt in Gang kommt. O.K., ich mach's kurz.

Der Ozeankapitän fasste so viel Vertrauen zu Willem, dem Jollenkapitän, dass er diesem seine Segeljacht anvertraute. Was dazu führte, dass sich Anja an einem strahlenden Augusttag Willem und *Anja* anvertraute. Ohne den Großvater, der zu seinem alljährlichen Check-up ins Hamburger Uni-Krankenhaus gefahren war.

Früh am Morgen ging's los, die steigende Flut brachte prickelnden Salzgeschmack mit. Anja sog den frischen Wind ein und leckte sich die Lippen.

»Gut, was?«, lachte Willem und machte es ihr nach.

Der Wind wehte kräftig aus Südwest, kündigte Regen an, aber das konnte sich, wie gesagt, von Stunde zu Stunde ändern. Kutter, die mit der ersten Morgendämmerung ausgefahren waren, tuckerten mit mehr oder weniger gut gefüllten Netzen vorbei, dem Hafen entgegen. Möwen folgten ihnen, glitten kreischend, gellend, pfeifend landeinwärts. Ein ferner Klang tönte durch den Morgennebel, der verlockende, verführerische Ruf eines Schiffes weit draußen.

Wie ich die beiden beneide! Jung, gesund, sorgenlos, jedenfalls soweit ich weiß, einzig hingegeben dem Augenblick, dem Reiz des Unvorhersehbaren. Jeder Aufbruch, jede noch so kleine Reise birgt ja noch Spuren dieses Reizes, wie viel stärker lässt er sich spüren bei einer Fahrt aufs offene Meer.

Sie sprachen nicht viel, die beiden, ließen das Boot durch die Wogen tanzen im wilden singenden Segelwind, tranken heißen Kaffee aus einem gemeinsamen Becher, wobei sich keinesfalls, wie Sie das wohl schon hundertmal gelesen haben, ihre Hände berührten, oh nein. Einmal klingelte das Handy, ein Anruf für Willem. Nie zuvor hatte sein Handy geklingelt, und nun schrillte es so laut und verstörend, dass Anja den Becher fast fallen ließ. Willem warf einen Blick auf das Display, drückte »Abbruch« und anschließend »lautlos«. Ein seltsamer Klingelton. Anja glaubte, die ersten Takte aus dem *Fliegenden Holländer* wiedererkannt zu haben.

Und dann hörten die beiden nichts mehr als die Harmonien des Himmels und der See. Weiße Gischt, weiße Wolken. Knarren, Klatschen, Rattern der Takelage. So offen die Welt (ein Gedichtband von mir, unbedingt lesen!). Nur ein paar Möwen flogen unter den Wolken, still, wie eingeschüchtert vom gleißenden Licht.

Gegen Mittag legte sich der Wind vollends – ein schönes Wortbild, ein Wind, der sich legt wie ein müder Mensch –, und da lag das Boot über dem hochsommerblauen Mittag der leise dünenden See, Anja verteilte Krabbenbrötchen aus der Kühltasche und einen Apfelsecco vom Bio-Bauern Mählmann aus dem Alten Land – so einen Naturwein, vertraute sie Willem an, würde sie auch in ihrem Hotel ausschenken, trotz Bertolts Einspruch, der Bio für Blödsinn hielt. Willem sagte dazu nichts, zeigte aber großes Interesse an Anjas Vorstellungen eines alternativen Hotels, die er um die Konzeption einer Wohnwagenkolonie – Romantisch leben wie die Roma – phantasievoll bereicherte. Natürlich am Wasser, an der See, wo sonst.

»Nur im Uferlosen ist die Wahrheit, grenzenlos und unfassbar«, sagte Willem plötzlich ernst, fast pathetisch, und ja, er fügte noch hinzu: »Grenzenlos und unfassbar wie Gott.«

Dann, als wäre er zu weit gegangen, wandte er sich brüsk ab, griff zum Apfelsecco und prostete Anja mit ironisch übertriebener Geste zu, als wolle er den feierlichen Eindruck, den sein Satz auf das Mädchen gemacht hatte, in sein flapsiges Gegenteil verkehren. Unter freiem Himmel und auf See aber kann man einen solchen Satz ruhig einmal durchgehen lassen, im Gegenteil, hier gehört ein solcher Satz her, hier und nur hier mochte er geboren werden, nur hier konnten diese Worte Willem, dem verhinderten Seemann, wie zugerufen von weit her über die Lippen kommen.

Anjas Antwort war ein Seufzer. Ein tiefer Seufzer des Wohlbehagens, eines Wohlbehagens, nahe dem Glück, das nicht aus mehr oder weniger schwer erkämpften Triumphen, sondern aus Frieden und Stille erwächst. Und so blieb dieser Satz vom Uferlosen und von der Wahrheit lange Stunden der letzte zwischen dem Mann und dem Mädchen, hing in der Luft, sich vermehrend, verringernd, die Gestalt verändernd wie weißes Gewölk oder blendend gefiedertes Vogelgetier. Auf und ab stieg der Satz in Anjas Kopf, sie ließ ihn fliegen, fing ihn wieder ein, er blieb sonderbar und mit dem Willem an Bord kaum zu vereinbaren.

Und so lagen die beiden an Deck, faulenzten und schauten gedankenlos auf das graublaue Meer oder hinaus in die Wolken, die, geschmeidig dem Wind ergeben wie ihre nassen Gesellen unten, über sie hinwegzogen. So leise blähten die Segel sich, so leise schwamm das Schiff. Vorn am Kiel gluckste das Wasser, sehr weit oben im Raum der Luft ein weißer Streifen, ein leises Donnern, das sich in der Fülle des blendenden Lichtes verlor. Fern am Strand schimmerte silbern die Brandung. Nur einmal schwebte eine Möwe dicht über die beiden hinweg, bohrte ihre gelben Augen in die Tiefe der See. Der Wimpel hing schlaff am Mast. Mittagseinsamkeit legte sich brütend über das Boot, den Mann und das Mädchen.

Wie lange die beiden sich so dem süßen Müßiggang, oder besser, dem süßen Wogen der Wellen überließen? Nur einmal verließen sie ihren Platz, sie den ihren, um zu ihm zu gehen, damit er ihr den Rücken mit Sonnenöl versorge; er, um die Kühltasche unter Deck zu verstauen.

Lange lag das Meer wie flüssiges Silber vor den schrägen Strahlen der langsam sinkenden Sonne. Bis weit in den Nachmittag wehte ein weicher Südost, der nur ganz allmählich wieder nach Westen drehte. Es frischte auf. Wäre ich ein Meteorologe, oder hätte ich wenigstens profunde Kenntnisse von Wind und Wetter, so könnte ich nun glaubhaft schildern, wie die weißen Lämmerwölkchen der ersten Morgenfrühe im Laufe des Tages zunächst beinah verschwanden, um dann zu dicken Walfischbäuchen anzuschwellen, die eisengrau aufeinander zurasten und ineinanderflossen; könnte erklären, wie die glatte See, zunächst kaum spürbar, nach und nach zur Dünung anschwoll. Kein Grund zur Besorgnis, wir wissen ja, Willem und Anja sind nicht leichtsinnig. Willem merkte die Brise als Erster, setzte die Segel, und die *Anja* schüttelte den flinken Schaum vom Bug wie ein schnaubendes Fohlen. Doch bald schlug Willem vor, sich auf den Rückweg zu machen. Anja nickte, reckte sich dem Wind entgegen, der ihr durchs Gesicht fegte und den Salzgeschmack der Gischt auf die Lippen presste. Waren die Stunden vorher still und verhalten, die Luft fast drückend gewesen, so ging die See nun hoch, eine Woge nach der anderen bäumte sich auf wie schallendes Gelächter lebendiger Wesen. Willem hielt jetzt in einem weiten Bogen aufs Ufer zu, die Küste direkt anzusteuern wäre bei diesem Wind unmöglich gewesen. In der schnell zunehmenden Düsternis der grauen Wolken, die vom Land seeeinwärts trieben, war die Insel mitunter kaum noch auszumachen.

»Angst?«, rief Willem Anja zu. Nur ein Mal. Dann gab er bloß noch knappe Kommandos, die Anja schweigend, ohne Zögern und routiniert befolgte. Nur als die erste Woge ins Boot schlug, schrie sie auf. Ein Mal. Die Wolkendecke hing nun so niedrig, dass sie die beiden im Boot zu umschlingen schien. In der Tat gerieten sie in das, was man Sturmgebraus nennt, wenn die Dünung das Boot bis an den Kiel hinanhebt, um es dann jäh bis fast zur Reling wieder abstürzen zu lassen. Mit dem Sturm kam der Regen, was sage ich, Regen, eine Wasserglocke umschloss das Schiffchen, das der Sturm wie einen Federball hin und her warf. Nun vermuten Sie vielleicht, dass ich Ihnen alsbald einen grässlichen Unfall schildere oder eine wundersame Rettung aus Todesgefahr. Tue ich aber nicht, und ich sage Ihnen auch, warum. Weil die beiden unter Aufbietung all ihrer Geschicklichkeit und mit letzter Kraft, wenn auch ein gutes Stück vom Hafen und vom Wohnwagen entfernt, das Ufer erreichten. Wo sie das Boot notdürftig verankerten und nass und fast nackt in den Sand fielen. Reglos wie leblos. Lange. Sicher an Land. Der Sturm ebbte ab, der Regen ließ nach. Zu ihren Füßen die düstere See, herrisch, herrschaftlich, königlich.

Willem watete, kaum zu Atem gekommen, zum Boot, um die Kleider zu holen, die überzustreifen der Sturm ihnen keine Zeit gelassen hatte. Mit fast altmodischer Ritterlichkeit half er Anja aus der Sandkuhle, die sekundenlang den Abdruck ihrer beider Körper zeigte, ehe der Regen ihn löschte.

Das Meer hatte sie hierhergeworfen. Zusammengeworfen. Hatte sie freigegeben. Zusammengegeben? Das könnte man meinen. Könnte annehmen, diese Gefahr, Todesgefahr, in der die See den Mann und das Mädchen bis ins Mark hatte erbeben lassen, hätte die beiden, wie man so sagt, zusammengeschmiedet. Das Gegenteil war der Fall.

In den nächsten Tagen gingen die beiden einander geflissentlich aus dem Weg. Selbst die Besuche beim Großvater wusste Anja so einzurichten, dass Willem schon fort war, wenn sie kam, ja, oft wartete sie hinter den hohen Rosenbüschen, bis er der grün-weißen Haustür den Rücken kehrte, folgte ihm mit den Augen, wenn er dem Kapitän noch einmal zuwinkte, den Kiesweg zwischen den Rasenflächen hinauf zum Gartentor ging, mit den langen Schritten der langen Beine in den verwaschenen Jeans, das T-Shirt eng an der schmalen, ein wenig vornübergebeugten Gestalt, der Nacken blass unter dem sonnenbleichen Haar, das er sich nach jener Fahrt hatte so kurz schneiden lassen, dass es nun wie ein struppiger Helm auf dem Schädel saß. Mein Ritter, dachte Anja, als sie ihn so zum ersten Mal sah, mit spöttisch verzogenem Mund, doch dann kniff sie die Lippen verärgert zusammen. Wieso: mein? Und sie schickte Bertolt eine SMS, überquellend von Smileys.

Anders Willem. Ging er Anja wirklich aus dem Weg? Ich möchte mich da nicht festlegen. Jedenfalls klingelte er gleich am nächsten Morgen bei ihren Eltern, um sich nach ihrem Befinden zu erkundigen, doch wurde ihm von der Mutter recht barsch beschieden, die Tochter liege im Bett und werde dort mit ihrer heftigen Erkältung wohl auch noch einige

Tage bleiben. Verantwortungsloser, bodenloser Leichtsinn sei das gewesen, was am Tag zuvor vorgefallen sei. Und ob er nicht wisse, dass ihre Tochter verlobt sei, so gut wie verheiratet? Damit ließ sie den verdutzten Willem stehen, schlug ihm beinah die Tür vor der Nase zu. Und danach? Suchte Willem Anja? Traf er sie – zufällig, wie es den Anschein hatte, haben sollte? –, fragte er, verlegen, als sei er ihr etwas schuldig: »Wie geht's?« Wartete kaum die Antwort ab, machte sich unter einem Vorwand davon, so fadenscheinig, dass es schon fast wie eine Beleidigung wirken musste.

Doch es verging kein Tag, ohne dass sie einander sahen, und sei es nur von Weitem. Das Wetter blieb ruhig, ausgeglichen, sicher dünte und rauschte die See, mal linde lockend, mal kolossal, doch nie wieder bebte sie wie in jenen Stunden. Dennoch fuhr Anja in diesen Tagen nicht ein Mal mit dem Großvater hinaus, nur noch selten sah man Willems Jolle in Ufernähe kreuzen.

Ein paarmal versuchte der Kapitän, die beiden wieder zusammenzubringen. Was denn geschehen sei, draußen auf hoher See – diesen Ausdruck »hohe See« gebrauchte er stets, wie einen Zunamen oder ein Adelsprädikat. Anja verstand zwar, worauf der Großvater hinauswollte, konnte ihm aber nur mit einem bedauernden Achselzucken und einem knappen »Nichts« antworten. Weder Anja noch Willem wussten, weshalb sie nach jener Fahrt voneinander angezogen und abgestoßen waren zugleich. Und ich? Ich ahne es, aber ich werde es erst genau wissen, wenn ich Ihnen die Geschichte zu Ende erzählt habe. Vielleicht – ich hoffe es – wissen Sie es dann ebenso gut wie ich, und ich muss es nicht ausbuchstabieren.

Gemeinsam blieben Anja und Willem die Wege zum Wasser, vom Land zur See. Stundenlang konnte man sie dort sehen, getrennt, immer getrennt, wie sie ziellos in den Dünen auf- und niedertauchten oder am Ufer der Vorschrift des Meeres folgten, die Schuhe in den Händen, die Jeans hochgerollt und den nassen Sand mit Füßen traktierend, als wollten sie ihn demütigen oder strafen.

Erste Wildgänse aus dem Norden machten halt auf dem Flug gen Süden, die Tage wurden kühler und kürzer, die See verlor ihren gutmütigen Schein, und dann war es nur noch Anja, die auf ihren Streifzügen von den immer nach Neuigkeiten gierenden Augen der Inselbewohner gesichtet wurde.

Ungefähr zur gleichen Zeit, nämlich als Willem zwei, drei Tage fortblieb, besuchte Anja wieder den Großvater. Geschickt, wie sie glaubte – in Wirklichkeit hatte der mit den Wassern der Weltmeere gewaschene alte Fuchs sie beim ersten Stottern durchschaut –, brachte Anja das Gespräch auf Willem, ohne direkt nach seinem Verbleib zu fragen, und der Großvater erbarmte sich ihrer und erklärte, Willem habe plötzlich abreisen müssen, komme aber noch einmal wieder, um den Wohnwagen zu holen. Der stehe doch noch da. Ob sie das denn nicht gesehen habe, fügte der Kapitän ein wenig süffisant hinzu, was er alsbald bereute, da die so Befragte mit einer tiefen Röte bis unter die Haarwurzeln antwortete.

Vielleicht merken Sie an diesem Satz, liebe LeserInnen, wie schwer es mir fällt, zum Ende zu kommen. Ja, Schicksal zu spielen – und nichts anderes tut ja der Autor –, den Schraubstock des Schicksals zu bedienen, ist nicht immer angenehm. Aber das Leben und Schreiben geht weiter.

Und das Lesen auch. Also versuchte Anja, ungeachtet ihrer sichtlichen Verlegenheit, herauszubringen, wann Willem wiederkäme, sie habe da noch ein Buch von ihm. Doch Hand aufs Herz – der Großvater-Kapitän machte diese Geste wirklich, was bei ihm wie angeboren aussah; es ist eben doch etwas anderes, ob ein Banker schwört oder ein Kapitän –: Hand aufs Herz, er wisse es nicht.

Und so schlug Anja am nächsten und übernächsten Tag nur solche Wege ein, die sie unweigerlich in Sichtweite des roten Wohnwagens brachten. Kein VW-Kombi. Der stand erst da am dritten Tag, und Anja sah, wie Willem den Wohnwagen so rangierte, dass er jederzeit losfahren konnte. Als Willem ausstieg, eine Jacke überzog und sich in ihrer Richtung auf den Weg machte, zögerte sie, ob sie ihm entgegengehen sollte, und kehrte ihm den Rücken. Doch ging sie nicht gleich nach Hause, bestellte sich vielmehr im Strandcafé, das jetzt menschenleer war, in eine warme Decke gehüllt, einen Milchkaffee. Willem musste hier vorbeikommen. Sie brauchte nicht lange zu warten.

»Darf ich?«, fragte er, schüchtern lächelnd, doch mit einer ironischen Geste die leeren Stühle umgreifend.

»Bitte sehr«, antwortete Anja, die Geste parodierend.

»Wie geht's?«, fragte Anja.

»Wie geht's?«, fragte Willem.

Gut. Gut. Sagten beide und lächelten verlegen. Gut. Gut. Sagten sie noch einmal, und dann verzogen sich ihre Münder zu einem immer breiteren Lächeln, bis die Lippen auseinanderplatzten und aus dem Lächeln ein Lachen wurde, ein befreiendes Lachen, so befreiend, dass es die beiden loslöste von sich selbst, ihrer Zeit auf See, der Todesgefahr. Und als nun Willems Milchkaffee kam, griffen beide gleichzeitig danach, und ja, diesmal berührten sich ihre Hände wirklich wie im Gedicht.

»Anja!« Die Stimme ließ beide zusammenfahren. Anjas Mutter. »Anja! Wo bleibst du? Bertolt kann jede Minute hier sein. Hast du das denn vergessen? Das weißt du doch seit Tagen! Komm jetzt mit. Sofort. Hörst du! Und Sie«, wandte sich die Mutter an Willem, »sollten sich auf den Weg machen. Sturmwarnung. Orkanstärke ist angesagt.«

Anja reichte Willem ihre Hand, die er auf seine altmodische, formelle Art ergriff und gemessen schüttelte, dann aber an seine Wange legte, so, dass sein Mundwinkel die weiche Mulde zwischen Daumen und Zeigefinger gerade berührte.

»Anja!« Die Mutter machte Anstalten, das Fahrrad abzustellen.

»Mach's gut«, sagte Anja.

»Mach's gut«, sagte Willem und studierte mit gesenktem Kopf den Milchschaum auf dem Kaffee, bis er sicher sein konnte, dass die beiden Frauen um die Ecke gebogen waren. Dann sprang er auf. Nichts, was ihn hier jetzt noch hielt.

Es war schwer zu glauben, dass die Warnung mehr war als ein Vorwand, den Eindringling zu vertreiben. Mittags hatte die Sonne noch warm geschienen, ein paar Windstöße aus Südsüdwesten hielten den Sommer fest. Doch unter den schrägen Strahlen lösten sich schon die Blätter der alten Kastanie, auf die man hier so stolz war, und in den Rosenbüschen prangten die Hagebutten.

Anjas Mutter hatte nichts erfunden. Kaum waren die beiden Frauen gegangen, drehte der Wind auf Nordwest und drängte zur Küste. Dunkelbraune Wolken zogen auf und jagten über einen Himmel, der sich zusehends verdüsterte. Wirbelnde Winde trieben die Wellen strudelnd empor, Wogen hochauf verfolgten einander, rasten gegen den Strand. Eine furchtbare Böe dröhnte vom Meer herüber, Berge von Wasser stürzten übereinander, schnaubten mit weißen Kronen ans Land. Schäumende Wassermassen, eine zischende, tosende, brüllende See, klatschender Regen, Windgebraus. Es tönte und donnerte, als sollte die ganze Welt in Hall und Schall zugrunde gehen.

»Einen solchen Sturm haben wir noch nicht erlebt«, sagten die Leute ein ums andere Mal, als sie sich am nächsten Tag wieder vor die Häuser wagten, die Fensterläden auseinanderstießen. Der Tag war noch im Steigen, und die weißen Möwen schwebten ruhig hin und wider. Schwebten über dem Stolz der Insel, der alten Kastanie im Strandcafé, die den Sturm überstanden hatte, ja, doch den entsetzten Blicken sich nun beinah gänzlich entblättert darbot, die stachligen Früchte am Boden geplatzt, kleine Zweige und Äste verstreut zwischen den gekippten Tischen. Die Stühle hatte man wohl noch früh genug im Haus geborgen. Das westliche Vordach der nahe gelegenen Seniorenresidenz war fast vollständig abgedeckt, Ziegel zerbrochen, einige davongetragen bis hinter die zerrissene Buchenhecke. Auf dem Kinderspielplatz hing das Schaukelbrett nur noch an einer Kette, und das Gerüst der St.-Ansgar-Kirche, deren Turm neu gedeckt werden sollte, lag zerschmettert zwischen den verwüsteten

Gräbern des Friedhofs, der das alte Gemäuer seit Jahrhunderten umgab. Lange ließen sich ähnliche Zerstörungen aufzählen, nicht ein Haus, ein Baum, ein Strauch, den der Sturm nicht gezeichnet hätte. Als »Tag der großen Vernichtung« ging diese Nacht in die Annalen der Insel ein.

Kein Wunder, dass der Kapitän, kaum dass er den Schaden, den die Naturgewalten seinen geliebten Rosenbüschen angetan, untersucht und so gut es ging behoben hatte, sich auf den Weg machte, um nach Tochter und Schwiegersohn zu sehen, vor allem aber nach der Enkelin, deren Furchtsamkeit vor der Macht des Meeres ihm nur zu wohl bekannt war.

Das Haus des Bürgermeisters hatte bis auf einen losgerissenen Fensterladen keinen Schaden genommen, nur der Rasen lag übersät von Kiefernnadeln, Zweiglein und unreifen Zapfen aus dem angrenzenden Wäldchen. Der Amtsinhaber selbst war schon seit Langem unterwegs, um gemeinsam mit Feuerwehr und Polizei nach dem Rechten zu sehen und in der Gemeinde Hand anzulegen, besonders auf dem Zeltplatz. Seine Frau band im Garten die Rosensträucher zusammen, die der Sturm wenn auch nicht zerknickt, so doch weit auseinandergespreizt hatte.

Anja war nirgends zu sehen.

»Beleidigt ist sie«, klärte die Tochter den Vater missmutig auf. »Ich hab ihr gestern wegen Willem, diesem hergelaufenen Wohnwagenhelden, tüchtig die Leviten gelesen. Hab die beiden kurz zuvor beim Tête-à-Tête im Strandcafé erwischt. Bertolt konnte ja gestern leider nicht mehr kommen. Kein Fährdienst. Na klar. Aber gegen Mittag wird er hier sein.«

Der Großvater war schon im Haus verschwunden, seine Tochter folgte ihm.

»Anja! Anja! Nun komm schon herunter. Der Großvater ist da!«

Oben blieb alles still. Blieb so lange still, bis die Mutter verdrossen die Treppe hinaufstürmte, die Tür zu Anjas Zimmer aufriss und mit einem Aufschrei im Türrahmen stehen blieb. Das Zimmer war leer, das Bett fast unberührt, als hätte sich jemand kurz zur Ruhe gelegt, sich dann aber anders entschieden.

Die Haustür schlug zu, Schritte im Flur.

»Anja?« Mutter und Großvater stürzten zur Treppe.

»Ich bin's!« Der Vater war zurück.

»Hast du Anja gesehen? Hast du Anja dabei?« Die Mutter sprang die Treppe hinunter.

»Anja? Nein. Wie kommst du darauf?«

Wortlos fasste die Mutter den Vater beim Arm und zog ihn in Anjas Zimmer. Der Großvater trat beiseite. Der Vater öffnete und schloss das Fenster, die Mutter drückte auf ihrem Handy Anjas Nummer. Kein Dienst.

Zitternd vor Empörung, brach es aus ihr heraus: Bei diesem Kerl sei sie, die Anja, bei diesem Willem, diesem dahergelaufenen Subjekt, diesem dahergelaufenen. Großen Gefallen schien sie an dem Wort zu finden. Dahergelaufen ist eben ganz etwas anderes als alteingesessen, aber das tut jetzt nichts zur Sache.

Das Gesicht des Großvaters wurde sehr ruhig, fast starr. »Wann hast du die beiden gesehen?«, fragte er mit beinah unbeteiligter Stimme. »Gestern doch nicht? Doch eher vorgestern?«

»Gestern!«, triumphierte die Mutter. »Ist doch auch egal.«

Die Augen des alten Mannes erloschen, flammten wieder auf. »Gestern!« Wie eine Maske lag die gesunde Sommerbräune über dem Gesicht des Großvaters.

»Der Wohnwagen«, stieß er hervor. »Der Wohnwagen.« Er griff nach der Tischkante, ließ sich auf Anjas Schreibtischstuhl fallen. Deutete auf ihr Bett: »Setzt euch!«

»Was Wohnwagen?«, empörte sich die Mutter, doch nach einem Blick in das Gesicht ihres Vaters folgte sie ihm.

»Der Wohnwagen ist fort.« Der alte Mann tastete auf der Schreibtischplatte umher, zitternd, unstet, eine Geste, die man zuvor noch nie bei ihm wahrgenommen hatte.

»Ich wollte es Anja sagen. Kein Zweifel. Ich seh den Wagen ja von meinem Haus aus.« Schwer stützte der Kapitän die Arme auf den Tisch, presste den Kopf hinein, brachte so die zitternden Hände zur Ruhe.

»Dann ist sie also mit ihm auf und davon. Im Wohnwagen! Die kann sich auf was gefasst machen! Und Bertolt ist auch gleich hier.«

Aber der Vater hatte schon begriffen. »Im Wohnwagen? Der Wohnwagen ist fort! Aber wo soll er denn sein? Nach dieser Nacht. War doch kein Fortkommen hier. Kein Fährbetrieb bis zum Abend. Auch Bertolt musste warten. Vielleicht ...« Der Vater sprang auf, rannte die Treppe hinunter, schlug die Haustür hinter sich zu.

Der Wohnwagen war fort. Ein Stück des Kliffs, ein ganz kurzes nur, war abgebrochen. Genug, Kombi und Anhänger in die Tiefe zu reißen, hinaus in die See. Nicht sehr weit. Die schweren Gefährte waren schnell gesunken.

Wo sich Möwen wenig später kreischend an einer Stelle versammelten, wurden die zerschmetterten Wagen geborgen. Leer.

Stellen wir uns vor, dass die toten Körper von dem abströmenden Wasser ins Meer gezogen und hinausgetrieben wurden, wo sie langsam am Grunde zugrunde gehen, aufgelöst in Staub und Wasser, in Meer. Doch bis dahin umfängt der Körper Willems Anjas schmale Gestalt, wie das Meer diese Insel umringt und umfriedet. Und der gischende Kamm der Wogen, der sie verschlang, weht ihre Seelen hinauf zu den Sternen.

Und wenn Sie wieder einmal zwei weiße Wolken sehen, die der Wind unausweichlich aufeinander zutreibt, bis sie einander ganz und gar durchdringen, wissen Sie nun, dass Willem seine Anja in die Arme schließt, da oben.

## Jens Sparschuh

# Die Matrosen der Schweiz –

träumen vom Meer.

Meer: Das stellen sie sich vor wie den Vierwaldstättersee, nur eben sehr, sehr viel größer. Größer als das Meer ist in ihren tiefblauen Augen nichts. Nichts wünschen sie sich daher so sehr, als eines Tages ihr bisheriges, zufälliges Leben kopfschüttelnd abzuwerfen, es einfach hinter sich zu lassen, ihren olivgrünen Seesack rasch mit dem Allernötigsten zu packen, eher: zu stopfen, Rasierzeug, Zwieback, Socken, Ersatzbatterien und was sonst noch dazugehört, rundum *Adieu* oder *Ahoi* zu sagen, die enge Treppe unter der splitternackten Glühbirne hinabzupoltern, die flirrende, laute Bahnhofsstraße entlangzulaufen, die sie so oft in ihrem verkappten Leben schon vergeblich entlanggelaufen sind, und in den nächstbesten pünktlichen Zug der Schweizer Bundesbahn zu steigen.

Steigen dann abends über der Stadt, über ihrem Dunst und ihren klirrenden Drähten, über den Schornsteinen mit ihren verwehenden Säulen aus Rauch in schrägen schwarzen Strichen die flüchtigen Vögel auf – fliegende Fische in den Augen der Matrosen, die sich in den Netzhäuten verfangen und die dennoch leichthin, zwischen Luft-Schiffen und Flugzeugen, davonzusegeln vermögen –, folgen die Blicke der Matrosen ihnen bis an den Horizont: Dort hinten, sagen sie leise, dort, irgendwo, ist es ... Es ist wirklich nicht leicht mit ihnen! Ihnen, obwohl sie doch fest im Leben stehen oder, wie man wohl besser sagen müsste, fest darin *verankert* sind (zumindest scheint es so auf den ersten Blick), wäre es tatsächlich recht, führe dieser Zug ohne Halt, ohne ein Besinnen immer weiter, immer nur weiter, so weit, bis er an eine ferne, steile, steinige Küste gelangte, wo ein Prellbock auf den Schienen ihm den Weg verstellte und es nicht mehr weiter ginge. Ginge es nach ihnen, sie wären bereit, ja, diese große Fahrt könnte schon morgen, nein: heute, nein: gleich, jetzt, hier, auf der Stelle, sofort beginnen.

Beginnen aber müssen wir diesen Bericht ganz am Anfang.

Am Anfang ist von den Matrosen der Schweiz noch nicht viel zu sehen, drei oder vier von ihnen, käme es darauf an, würden bequem in einen Seesack mittlerer Größe passen; sie sind also noch winzig klein. Klein, zahnlos und haarlos liegen diese Leichtmatrosen in ihren Kojen, die zu diesem Zeitpunkt noch Kinderbetten heißen, ihre Kajüte ist das Kinderzimmer, und ein knisternder Mond aus Papier lacht von oben auf sie herab; sie warten, sie wachsen, und obwohl sie, erschrocken über ihr heimliches, unaufhörliches Wachstum, oft voller Verzweiflung lauthals schreien oder, ganz plötzlich, verstummen und dann still und ergeben daliegen, ahnen sie noch nichts von der großen Obsession, die sie später einmal umtreiben soll.

Soll man es mit einem kurzen Satz sagen: Da sind die Matrosen noch gar nicht sie selbst!

Selbst wenn man sie im Photoatelier am Marktplatz ablichtet, wie sie bäuchlings mit angewinkelt dicken Babyärmchen nackt auf einem Eisbärenfell liegen und erschrocken auf das Vögelchen starren, das aus dem Apparat flattert, oder sie später, mit der Schultüte im Arm, sogar in einem richtig schmucken Matrosenanzug (!) knipst; sie sind es noch nicht, sie bereiten sich erst vor. Vor allem darauf, dass sie zeitlebens ihr wahres Wesen, ihr zweites Gesicht, verbergen müssen.

Müssen die Matrosen der Schweiz dann – so wie alle anderen gelegentlich auch – ihren Lebenslauf schreiben, füllen sie sorgfältig den Pelikan-Füller mit blauer Tinte und zählen akribisch alle von ihnen durchlaufenen Stationen auf, keine einzige vergessen sie, nicht den Kindergarten, nicht die Schule, nicht die Lehre, sie legen auch sämtliche Zeugnisse amtlich beglaubigt bei – doch das Entscheidende, das alles Entscheidende, umschiffen sie, sie sparen es regelmäßig aus. Aus ihrem Lebenslauf kann also niemand ersehen, wie es in ihnen aussieht und was wirklich wichtig ist für sie.

Sie wählen, wenn sie groß geworden sind, aus Gründen der Tarnung meist einen ganz normalen Beruf, Berufe gibt es schließlich wie Sand am ... Am besten, man spricht mit ihnen nicht darüber, wirklich!; denn dieser Beruf, mit dem sie später ihr Geld verdienen (manchmal sogar erstaunlich viel), raubt ihnen so unendlich viel kostbare Zeit, dass sie beinahe vergessen, wozu sie eigentlich auf der Welt sind.

Sind sie es denn überhaupt noch?

Noch geht es ja irgendwie, aber ...

Aber dann sind Jahre oder sogar Jahrzehnte vergangen, sie sitzen auf einmal in ihrem Büro fest wie Gestrandete, schiffbrüchig auf einer einsamen Insel, der Ventilator dreht schlapp seine Blätter über ihnen, sie schauen auf den Kalender, von dem die Zeit abfällt, starren einen halben Tag lang einfach so vor sich hin ... Hin und wieder merkt man es ihnen – trotz aller Tarnung, trotz Maskerade und Mimikry – also doch sehr deutlich an. An solchen Tagen wirken sie abwesend, wie gar nicht da. Da lässt man sie besser in Ruhe, es ist die Ruhe vor dem Sturm, dem Sturm im Herzen oder dem im Wasserglas, schwer zu sagen: schwere See jedenfalls bei Windstärke zwölf.

Zwölf Uhr mittags jedoch, und das ist das Verrückte, völlig Verdrehte an ihnen, besteigen sie, so als wäre nichts geschehen, den Paternoster, fahren hinunter in die Kantine, stellen sich an und wählen Essen 2, jawohl: die Nr. 2, so wie immer. Immer dasselbe mit ihnen: dass sie an manchen Tagen unversehens aus dem Tritt geraten, keinen Sinn in allem mehr sehen – und dann? Dann löffeln sie trotzdem ergeben, stumm und stur ihre Suppe aus, sitzen einfach nur da. Da fragen wir uns manchmal, sind das überhaupt noch die Matrosen der Schweiz, zu denen man sehnsüchtig aufblicken kann, oder nicht doch eher ganz normale Leute, wie es sie schließlich überall gibt – solche wie du oder ich?

Ich kann hier mit Bestimmtheit nur festhalten: Sie leben unter uns. Unter uns gesagt, es ist also keineswegs ausgemacht, dass die Matrosen der Schweiz unbedingt in der Schweiz leben müssen. Müssen sie nicht; darauf kommt es bei ihnen nicht an. An ihrer jeweiligen Staatsbürgerschaft liegt ihnen herzlich wenig, weil sie im Grunde – am tiefen, stummen Grund ihrer unauslotbaren Herzen – ohnehin nur auf den Meeren zu Hause sind, dort draußen, wo der Himmel auf Erden ist und blau auf den schäumenden Wellen treibt.

Treibt es sie dann endlich einmal im Jahr (meist im August) hinaus in die Welt, in die glückliche Aus-Zeit Urlaub, diese sonnige Zäsur, da vergessen sie alles. Alles ist lange und sorgfältig von ihnen im Voraus bedacht, geplant und vorbereitet worden: Sicher, es wäre kein Problem für sie, sie könnten ohne Weiteres auch an die See, nach Zandvoort oder Ostende fahren. Fahren aber stattdessen, so wie jedes Jahr, ins Gebirge, um dort zwischen Kühen, die gemächlich den Abend einläuten, spitzem Geröll unterm Schuh und steil aufragenden Felswänden herumzusteigen, denn sie wissen: Zandvoort, Ostende und so weiter, das ist es nicht.

Nicht dass Zandvoort oder Ostende nicht am Meer lägen, das tun sie laut Schulatlas, den die Matrosen stets griffbereit zur Hand haben, sehr wohl; nur haben Strandpavillons, eingecremte Badende, Rettungsschwimmer, knatternde Flaggen und ein aufgezogener Sturmball, kurz: alles das, was man an derlei Orten zu gewärtigen hat, nichts, aber auch nichts mit dem zu tun, was ihnen so blau, so überdeutlich und dennoch in schimmernder Ferne so verschwommen verheißungsvoll: so *lapalomahaft* vorschwebt, wenn sie ans Meer denken.

Denken wir uns nun, um ein genaueres Bild zu bekommen, folgende Situation: Einer der Matrosen, nennen wir ihn der Einfachheit halber Enrico, vielleicht heißt er auch wirklich so, aber das soll uns hier nicht bekümmern, dieser sogenannte Enrico also, den wir jetzt schärfer heranzoomen wollen, sitzt eines Nachmittags bei sich in der Küche, er schaut auf die Uhr, er nickt, dann nimmt er seufzend den eingewickelten Blumenstrauß aus dem Eimer (es sind Astern, ein Sonderangebot aus dem Blumenladen, unten, an der Ecke, wo er schon ewig die Verkäuferin kennt) und verlässt pünktlich das Haus.

Das Haus, vor dem er einige Straßen weiter, einige Minuten später steht, ist wild von Efeu überwuchert, es gehört seiner Tante oder seinem Onkel, das ist ganz egal: »Da bist du ja endlich!«, rufen die beiden im Chor, sie freuen sich und machen ihm die Tür auf.

Auf Familienfeiern *(»Schau nur, alle sind schon da!«)* stehen die Matrosen der Schweiz immer ein wenig im Abseits, sie sehen verlassen aus. Aus diesem Grunde schätzen sie derlei Zusammenkünfte nicht besonders. Besonders fatal ist es ihnen, stellt sich jemand mit einem Weinglas zu ihnen und stellt ihnen Fragen, fragt sie, zum Beispiel, nach ihrer Arbeit, da können sie nicht viel, eigentlich gar nichts erzählen. Erzählen hingegen die anderen, die lange schon ungeduldig auf diesen Moment, ihren Einsatz, gewartet haben, ist ihnen das recht, sie hören zu, sagen »Ach ja« beziehungsweise »Ach nein« und stehen nur staunend da.

Da nützt es auch nichts, fasst oder hakt man sie später am Abend, wenn es schon ungezwungener und richtig krakeelig wird, unter: In schunkelnden Runden *(»So ein Tag, so wunderschön wie heute ...«)* schließen sie entsetzt ihre Augen; sie werden schnell seekrank, es schlingert und rollt hin und her, die Dielen des Bodens schwanken unter ihnen.

Unter ihnen, das dürfen wir an dieser Stelle nicht verschweigen, gibt es aber auch ganz andere als diesen Enrico, gewissermaßen: Anti-Enricos, nicht gerade Hallodris, aber doch unerklärliche Frohnaturen, man weiß nicht, wie, und man weiß nicht, woher; reicht man denen, zum Beispiel, ein Akkordeon, spielen die wie die Verrückten darauf, quetschen diese wimmernde, quietschende Kommode sehnsüchtig an ihr krankes Spielerherz, tasten ergriffen die Tasten ab, spielen darauf, bis es spät wird und alle Gäste, der Reihe nach, den Saal verlassen. Verlassen sitzen sie dann auf der dunklen Bühne und spielen weiter, nur für sich, ihnen fällt immer noch was ein.

Ein Matrose der Schweiz, so heißt es in einer internen kassenärztlichen Verlautbarung, neigt in seinen Gedanken und Gefühlen, die man übrigens oft nicht trennscharf voneinander unterscheiden kann (… diffus oder kalt etwa können bei ihnen sowohl die Gedanken als auch die Gefühle sein), ein Matrose der Schweiz neigt stets zu einer gewissen »Ambivalenz«.

»Ambivalenz« ist aber kein Wort, das zu ihrem gebräuchlichen Wortschatz gehört, also streichen wir das lieber.

Lieber sprechen wir jetzt endlich von den Wasserbetten!

Von den Wasserbetten haben die Matrosen der Schweiz nämlich eine ganz schlechte Meinung, das ist für sie lediglich modischer Schnickschnack, absolut verzichtbar, so wie auch eine klassische Seebestattung mit allem Pipapo für sie niemals infrage käme, da bekommt man am Ende nur nasse Füße, einen Schnupfen oder wer weiß was noch.

Noch mehr allerdings als Wasserbett und Seebestattung verabscheuen sie *Tätowierungen*, wie man sie neuerdings, ohne ein Patent vorweisen zu müssen, ja: ohne überhaupt jemals zur See gefahren zu sein, überall, an jeder Ecke, in einem beliebigen Tattoo-Studio anfertigen lassen kann; nein, davon halten sie überhaupt nichts. Nichts läge ihnen ferner, als ihr Innerstes derart obszön auszustellen, sodass alle Welt aus den krakeligen Schriftzügen, den verwaschenen Bildern ihrer Körperbemalung (diesen Blaupausen exotischer Seemannsgräber unter Möwen und Palmen) herauslesen könnte, wie es um sie bestellt ist. Ist das klar?

Klar, ist es.

Ist es Spätherbst oder auch März, Anfang April vielleicht, gibt es Tage, da sitzen sie an einem See, über dem so viel Nebel liegt, dass man das andere Ufer nicht sieht, und sie denken schon: Endlich, wir sind da ... Da lichtet der Nebel sich unversehens, Einzelheiten (Schilf, ein Steg, Bootshäuser, ein Dorf, eine ferne Kirchturmspitze) fallen nacheinander und äußerst unwillkommen ins schöne Bild ein, das sie sich gerade gemacht haben – und nun?

Nun schießt es haltlos aus ihren blauen Augen, die grau und undurchsichtig werden vor lauter Wasser, sie schmecken das Salz auf den Lippen und schütteln ungläubig den Kopf. *Den Kopf immer oben behalten*, lautet daher ihre Devise, sie putzen sich heftig (fast schon trompetend) die Nase, dann stecken sie das nasse Taschentuch wieder weg und gehen mit eingezogenen Köpfen nach Hause oder wohin auch immer.

Immer, wenn ihnen so etwas passiert, sagen sie sich: Wir dürfen nicht ungeduldig sein, wir müssen nur abwarten, der Tag kommt schon noch. Noch ist es ja nicht zu spät.

Spät am Abend, wenn alle schlafen, stehen die Matrosen der Schweiz lange auf dem Balkon, sie rauchen, hören auf die Rufe des Kuckucks und zählen jeden einzelnen an ihren Fingern mit, sie starren in die Dunkelheit. In die Dunkelheit, die sie nachts im Bett umgibt, versuchen sie mit den Taschenlampen ihrer funzelnden Träume hineinzuleuchten, doch gelingt ihnen das selten, nur manchmal.

Manchmal genügt auch ein einziges, zufälliges Wort –

Hotel *Maritim* etwa –, das sie mitten am Tage, irgendwo im Stadtzentrum, rasch im Augenwinkel streift und das sie dann nicht loswerden, das ihnen folgt und bis spät in die Nacht als fixe Idee im Kopf bleibt.

Bleibt noch hinzuzufügen, dass sie am nächsten Morgen wieder einen erstaunlich klaren Kopf haben (auch die Haare dort oben lichten sich ja schon) und unter dem Schwall der Dusche plötzlich rufen: »Jetzt!« Jetzt hören wir sie endlich auch einmal singen, immer dasselbe Lied, es sind die alten Matrosenlieder von Leonard Cohen: *»Everybody knows that the boat is leaking. Everybody knows the captain lied«* oder: *»Jesus was a sailor …«*; Cohen ist zwar keiner von ihnen, doch er bedeutet ihnen sehr viel.

Sehr viel wäre hier noch zu berichten über ihre merkwürdigen Morgenrituale, diese täglichen Rückrufaktionen ins Leben, etwa, dass es ihnen neuerdings gefällt, ein bläulich-prickelndes Duschbad der Marke *Meeresbrise* zu benutzen, sie stehen inmitten chemisch schäumender Wogen (… wogen sie früher sechzig, vielleicht siebzig Kilo, sind es heute fast anderthalb mal so viel!), ihr Rumpf ist der gewaltige graue Rumpf eines Containerschiffes, das behäbig unter dem Kreuz des Südens seine Spur in den Ozean zieht.

Zieht sie am Ende womöglich nichts anderes als die blaue Ferne an, wenn sie, nachdem sie sich gründlich, Bahn für Bahn, rasiert haben, ein äußerst verwegenes Rasierwasser mit der flachen Hand in ihr brennendes Gesicht schlagen, ein Rasierwasser, das *Karibik* heißt und das ihnen wohl helfen soll, ihre Tage auch ohne Karibik (auch ohne Meeresbrise) zu bestehen?

Bestehen ihre Tage, müssen wir uns hier schließlich besorgt fragen, denn wirklich nur noch aus Arbeit und aus nichts anderem mehr?

Mehr oder weniger schon, das ist nun mal so.

So wichtig ihnen auch für den flüchtigen Moment ihre kleinen Ablenkungen, Abschweifungen und Zerstreuungen sind, mit denen sie erstaunlich viel Zeit verbringen, um nicht zu sagen: vertrödeln, nichts täuscht darüber hinweg, dass dies nur Ausflüchte sind, dass ihre gedankenlos auf der Schreibtischplatte trommelnden Fingerspitzen pausenlos SOS morsen, dass da immer noch ein kleiner Rest bleibt. Bleibt zu vermuten, dass das der Rest ihres alten Traumes ist: die Kette, die sie umschlingt, zu zerbrechen, nicht ewig dort wieder beginnen zu müssen, wo sie am Vortage, im Vorjahr (oder auch nur im vorigen Satz!) aufgehört haben, um mit dem nächsten Atemzug neu anzufangen. Anzufangen ist mit solch einer vagen, eher windigen Vorstellung natürlich nicht viel. Viel wichtiger wäre es, jetzt endlich nach oben in den schwankenden Mastkorb die bange Frage zu stellen: Kein Land in Sicht?

In Sicht ist jetzt noch, nachdem die im Büro verbrachten Jahre unwiderruflich um und ihre letzten Tage im Amt gezählt sind, die feierliche Verabschiedung; sie gehen, wie es der Chef halb feierlich, halb spaßeshalber verkündet, »von Bord«.

Von Bord also, wiederholen sie leise, ratlos halten sie den Abschiedsblumenstrauß in den Händen, und wirklich, dann gehen sie, und dann stehen sie draußen. Draußen, aus allen Wolken, die sich über der Stadt aufgehäuft haben, fällt Regen. Regen sie sich darüber noch auf? Auf gar keinen Fall, ach wo. Wo sie doch nun schon so weit gekommen sind. Sind sie dann endlich (für immer) zu Hause, wundern sie sich, wie schnell ihnen das Leben vergangen ist.

Ist dieser Lebens*abschnitt* erreicht, lungern sie tagsüber oft in den Parks herum, stehen auf Brücken, beugen sich über die rostige Reling des Eisengeländers, füttern Enten, oder sie sitzen auf einer Bank und fragen sich erstaunt, weshalb die Vögel in den Mastbäumen über ihnen plötzlich alle verstummt sind; sie hören jetzt fast gar nichts mehr.

Mehr und mehr ist ihnen aber auch das egal. Egal, was jetzt noch kommt, es betrifft sie nur noch am Rande.

Am Rande sei hier vermerkt, dass sie jetzt nicht nur Hörgeräte brauchen, sondern auch Brillen mit starken, runden Gläsern (dick wie Bullaugen), sonst müssten sie das Kreuzworträtsel (so wie all die anderen Rätsel in ihrem Leben) ungelöst liegen lassen.

Lassen ihre Kräfte auch nach, täglich machen sie noch ihren kleinen, tapferen Spaziergang, merken aber, wie sie vom ewigen Schwindelgefühl – als gingen sie bei hohem Seegang über die glitschigen Planken des Decks – bei jedem Schritt wanken und schwanken, überall müssen sie sich festhalten, sie werden ganz langsam. Langsam müssen sie nun daran denken, ihre Siebensachen zu packen, die große Reise beginnt bald.

Bald verstehen sie uns (bald wir sie) nur noch zur Hälfte, dann schon gar nicht mehr, verzagt halten sie ihre gekrümmte, vom Alter stockfleckige Hand an das Ohr, das Ohr ist eine rosa Muschel, in der hören sie in der Ferne die Brandung, und wie es rauscht ...

Es rauscht – eines Tages, eines Nachts, ganz egal, einmal kommt dieser Moment – jäh alles an ihnen vorüber, wie von einer gewaltigen Strömung, einem unheimlichen Sog gezogen, treibt es sie plötzlich als Treibgut dahin und davon, von Strudeln hinabgerissen in abgrundtiefe grüne Wasserschächte, staunen sie mit weit aufgerissenen Mündern – sie müssen schlucken, und sie verschlucken sich daran –, was alles sie in ihrem provisorischen Leben auf dem Trockenen einstmals gewesen sein sollen: Kind, Briefmarkensammler, Großonkel, Kleindarsteller, Abteilungsleiter, Pilzsammler, Karteileiche, Lottospieler und -verlierer, Liebhaber, Volltrottel; vor ihren Augen verschwimmt es. Es hört nicht mehr auf. Auf einmal sehen sie klar: das Meer, die ganze Zeit, ohne dass sie es geahnt hätten, rauschte es ja nirgendwo anders als in ihnen.

Ihnen ist nun so, als lägen sie, angespült, auf einer Insel unter Palmen, die Kompassnadel sticht mitten in ihr Herz, eine Möwe schießt über sie hinweg, flatternder Herzschlag, ihre Lippen sind trocken, Sand rinnt durch die Uhr, rinnt durch die Hand, durch die Finger. Finger, die alles loslassen wollen, doch dann verkrampfen sie sich, so greifbar nah, so unendlich fern ist es bis zum ... Bis zum letzten fiebrigen Windstoß ihres Atems, der immer flacher, immer rascher, immer heißer weht, träumen sie.

Sie träumen vom Meer.

Claudia Rusch

# Tomke Jansen schaut aufs Meer

1 Lisbeth Meyer liebte das Meer im Frühjahr. Die Strände waren Mitte Mai, wenn die Fischschwärme vorbeigezogen waren und die Dorfbewohner die Dünen vom Treibgut des Winters befreit hatten, menschenleer. Noch war der Sand zu klamm, das Wetter zu kühl und zu wechselhaft für Feriengäste. Die ersten Urlauber würden frühestens in ein paar Wochen eintreffen. Sie wichen den unberechenbaren Stürmen aus, die diese Jahreszeit beherrschten. Lisbeth fand, dass ihnen damit das Beste entging. Im Sommer waren schöne Tage zu erwarten, im Frühjahr aber, zwischen all den Unwettern, waren sie ein Geschenk. Wenn der Himmel aufriss und der Wind die Wolken endlich hinaus aufs Meer trieb, dann stand die Sonne über dem Land und tauchte alles in Wärme und Licht. Der Raps auf den Feldern leuchtete so gelb, dass einem schwindelte. Für ein paar kurze Stunden war nichts als Frieden. Lisbeth nahm jeden einzelnen dieser Momente in tiefer Dankbarkeit an.

Am Nachmittag des 9. Mai 1969 saß sie etwas abseits der Seebrücke auf ihrem ausgeblichenen Campingstuhl und hielt ihr Gesicht in die Sonne. Ihre Enkeltochter Tomke, vierdreiviertel, hockte vor ihr im Sand und beobachtete aufmerksam eine Schar Möwen, die sich an den Buhnen um die besten Plätze balgten. Obwohl das Kind Strickanzug und Stiefel trug, erschien Lisbeth der Augenblick wie ein Aufblitzen des nahen Sommers, der vollkommen war, solange er nicht begonnen hatte und von der Wirklichkeit ruiniert wurde.

Am Horizont schob sich langsam etwas ins Blickfeld. Tomke bemerkte es zuerst.

»Da, Oma Lissi! Da!«, rief sie und zeigte vor Erregung mit ihrem ganzen Arm auf das ferne weiße Schiff, das in der Sonne zu strahlen schien. Lisbeth richtete sich auf und hob die Hand über die Augen. Von der Strandstraße her waren leise Motorengeräusche zu vernehmen.

»Das ist die Fähre, Schatz. Die kennst du doch.«

Tomke drehte sich zu ihrer Großmutter und sah sie erwartungsvoll an. Lisbeth wusste, was ihre Enkelin wollte. Sie breitete die Arme aus. Tomke sprang jauchzend auf und setzte sich rücklings auf Lisbeths Schoß. Das Gesicht der offenen See wie einer Kinoleinwand zugewandt. Lisbeth zog das Kind an sich, strich ihm zärtlich übers Haar und fragte: »Welche Geschichte willst du denn hören, Tomeken?«

»Wie du in Stockhelm den König gesehen hast!«

»StockhOlm, Schatz«, verbesserte Lisbeth sie.

»StockhOlm«, wiederholte Tomke artig im selben Tonfall.

»Also«, begann Lisbeth. »Das war vor langer, langer Zeit. Der Krieg war gerade ein Jahr vorbei, und das jüngste Enkelkind des Königs wurde getauft. Das ganze Land jubelte vor Freude. Nach vier kleinen Prinzessinnen endlich ein Prinzchen. Überall in der Stadt hingen blau-gelbe Fahnen. Die Häuser waren damit geschmückt, die Straßenlaternen, die Bäume, die Autos, die Fahrräder und sogar die Schiffe auf dem Wasser.«

»Hattest du auch eine Fahne?«

»Ich nicht, aber –« Lisbeth unterbrach sich mitten im Satz. *Aber dein Großvater*, wäre ihr fast herausgerutscht. Glücklicherweise hatte sie das Ende der Erklärung noch rechtzeitig verschlucken können. Lisbeth fand, dass Tomke noch zu klein war für die ganze Geschichte ihrer Herkunft. Dass Lisbeth 1945, kaum siebzehnjährig, mit einem Tunichtgut namens Åke und dem gesamten Familienschmuck nach Schweden durchgebrannt war, um ein Jahr später völlig mittellos, dafür aber hochschwanger wieder bei ihren Eltern vor der Tür zu stehen, war nichts, was ein Kindergartenkind wissen musste. Viel Zeit blieb ohnehin nicht mehr, bis Tomke von allein anfangen würde, Fragen nach ihrem Großvater zu stellen.

»Du nicht, aber –?«, fragte Tomke, der jetzt schon kein Wort entging.

»Ich nicht, aber meine liebe Brieffreundin Birgitta, die ich in Schweden besucht habe, schon«, improvisierte Lisbeth.

Tomke nickte zufrieden, ohne den Blick vom Meer abzuwenden.

»Kenn ich die?«, fragte sie dann.

»Nein«, sagte Lisbeth. »Die kennst du nicht.«

»Und wo wohnt die?«

Lisbeth wog die Gegebenheiten um ihre imaginäre Brieffreundin kurz ab und entschied sich schnell. »Sie wohnt weit weg, auf einer ganz kleinen Stockholmer Insel in einem dunkelroten Holzhaus mit weißen Fensterrahmen. Und sie hat drei blonde Katzen.«

Tomke fuhr herum. »Blonde Katzen?!«, fragte sie beeindruckt.

»Semmelblond. Wie du, Schatz«, log Lisbeth und beendete die Märchenstunde, indem sie das Kind kitzelte, bis es sich kreischend auf ihrem Schoß bog.

Aber ihr Ablenkungsmanöver kam zu spät.

»Oma Lissi?«, fragte Tomke, als sie sich wieder beruhigt hatte: »Wann fahren wir nach Stockholm zu Birgitta?«

Lisbeth seufzte kaum hörbar. Noch so eine Wahrheit, die für eine Vierdreivierteljährige zu schwer war. Wie sollte sie ihr erklären, dass sie am falschen Ufer der Ostsee lebten? Dass sie das Meer sehen, aber nicht überqueren durften? Dass Schweden ein Märchenland bleiben würde? Mit oder ohne blonde Katzen.

Lisbeth antwortete nicht sofort. Sie sah über die Schultern ihrer hoffnungsfrohen Enkeltochter hinweg auf die Weite der See.

»Bald, Tomeken, bald«, flüsterte sie und küsste die Kleine sanft auf den Hinterkopf. »Wenn du groß bist. Dann fahren wir beide zusammen nach Stockholm. Zu Birgitta, den blonden Katzen und dem König von Schweden.«

## 2

Tomke freute sich, dass Magnus sie übers Wochenende nach Maltevitz begleitete. Lisbeth feierte ihren 55. Geburtstag, wie jede Schnapszahl ihres Lebens, in großer Runde. Dazu einen echten Schweden mitzubringen, erschien Tomke irgendwie angemessen. Immerhin war Lisbeths skandinavische Eskapade der Grund, warum in Tomkes Adern heute nicht nur das ruhige Blut bodenständiger pommerscher Bauern floss.

Magnus Svensson war Tomke gleich am ersten Tag des neuen Semesters aufgefallen. Er überragte die meisten seiner Kommilitonen um einen halben Kopf, hatte schöne, kräftige Hände, einen gesunden Teint und weich fallendes, glattes Haar, das er in einem modischen Fassonschnitt trug. Wenn er lachte, zeigte er zwei Reihen makelloser weißer Zähne.

Doch Magnus' gewinnendes Äußeres unterstrich nur pointiert, was ihn ohnehin aus der Menge der Studenten an der Leipziger Universität heraushob: dass alles an ihm anders war. Der Geruch seiner Kleider, die Art, wie er sich seine pastellfarbenen Pullover um die Schultern legte, die Selbstverständlichkeit, mit der er sich auf den Boden setzte oder sich noch auf dem unbequemsten Holzstuhl lässig zurücklehnte. Man sah Magnus auf den ersten Blick an, dass er hier nur Gast war. Er musste nicht jedes Wort wägen, und mit ihm zusammen konnte man ahnen, wie es war, sich nicht ständig im Griff zu haben und reflexartig zu kontrollieren. Alle rissen sich um seine Nähe – und Magnus Svensson schwamm befriedigt in diesem warmen Meer aus Aufmerksamkeit.

Tomke dagegen hatte an Magnus von Anfang an vor allem eins interessiert: dass er die andere Seite kannte. Die andere Seite der See, die andere Seite des Lebens, die andere Seite ihrer Herkunft. Solange er da war, hatte sie das Gefühl, etwas weniger eingesperrt zu sein. Aber lange würde Magnus nicht mehr bleiben. Seine Studienzeit in der DDR neigte sich dem Ende zu.

Der Sommer hatte sich in diesem Jahr nicht lange bitten lassen. Mit voller Kraft war er schon Ende Juni überfallartig ausgebrochen und hatte weder Menschen noch Natur Zeit gelassen, sich auf ihn einzustellen. Die seit Wochen anhaltende Hitze und Dürre wurden mit jedem Tag unerträglicher. Kaum jemand bewegte sich auf den Straßen. Die Einheimischen zogen sich in den Schatten zurück, die Urlauber lagen krebsrot und schwitzend am Wasser. Der See schien der Jahrhundertsommer egal zu sein. Unbeeindruckt dösten die weiten, hellen Badebuchten in der gleißenden Sonne.

Der Abend brachte Erleichterung. Lisbeths Geburtstagsfeier war noch in vollem Gange, als Tomke und Magnus sich aus dem *Grünen Kranz* zu einem Spaziergang davonschlichen. Lau lag die Nacht über Maltevitz. Tomke hatte ihre Schritte auf einen Weg gelenkt, der rechts aus den Dünen heraus zu der sich im Dunkel erhebenden Steilküste führte. Oben angelangt, setzten sie sich auf eine verwitterte Bank und schauten auf das Meer hinaus, das schwarz vor ihnen lag und grollte. Über das Wasser huschten hektische Lichter.

»Was ist das?«, fragte Magnus und wies in Richtung der Scheinwerfer.

Tomke musste nicht hinübersehen. »Die Küstenwache«, antwortete sie gelangweilt.

Magnus teilte ihr Desinteresse nicht. »Die Küstenwache?«, fragte er überrascht. »Was suchen die denn?«

»Nicht was. Wen. Republikflüchtlinge. Leute, die über die Ostsee abhauen wollen. Ist doch alles Sperrgebiet hier.«

»Jaha!« Magnus schlug sich gegen die Stirn. Er schien verärgert, dass er darauf nicht von allein gekommen war. Grenzpatrouillen, natürlich. Dänemark und Schweden lagen gegenüber. Er schluckte. »Wie weit ist es bis zur nächsten Küste?«

Tomke deutete mit dem Kopf nach links. Er folgte ihrem Blick. In einem sanften Bogen zog sich der Uferstreifen bis weit in den nächtlichen Horizont. Kleine Lichter erhellten die Orte, an denen Menschen lebten.

»Ich weiß nicht genau. Aber weit kann's nicht sein. Dahinten ...«, sagte Tomke und streckte ihre linke Hand aus, »dahinten, das ist die Insel Falster. Von Warnemünde geht eine Fähre nach Gedser, aber natürlich nur für Transit.«

Magnus dachte nicht nach: »Falster. Jaha. Meine Eltern haben ein Ferienhaus in Skanör. Das liegt genau gegenüber, auf der anderen Seite des Öresunds. Ich war trotzdem noch nie drüben auf Falster. Aber ich könnte mal hinfahren, und dann winken wir uns zu.«

»Nimm mich lieber mit!«, sagte Tomke und lachte ein wenig zu laut.

Magnus ließ einen Moment verstreichen und fragte dann: »Wohin würdest du fahren, wenn du dürftest?«

»Stockholm«, antwortete Tomke, ohne zu zögern. Die Zielstrebigkeit, mit der das Wort ihren Mund verlassen hatte, überraschte ihn. Es klang wie ein Schuss.

»So toll ist Stockholm gar nicht ...«, versuchte er einzulenken, doch er spürte sofort, dass es ein Fehler war. Sie warf ihm einen wütenden Blick zu.

»Das kann ja sein. Aber ich hätte gerne die Möglichkeit, es selbst herauszufinden«, sagte sie scharf.

Magnus legte beschwichtigend eine Hand auf Tomkes Arm. »Es tut mir leid. Ich wollte dich nicht verletzen.«

Sie sah ihn nicht an. »Ja. Schon gut.«

Magnus entging nicht, dass er im Ungeschick eine Grenze berührt hatte, die weit bewachter war als das, was die trüben Lichter vor ihm auf dem Wasser abschirmten. Sie schwiegen.

Dann fragte Magnus, den Blick auf den Horizont gerichtet: »Werden sie dich hier nie rauslassen?«

»Nicht, bevor ich sechzig bin.«

Wieder schwiegen sie.

Schließlich fragte Magnus vorsichtig: »Wann ist das?«

»In einundvierzig Jahren. Am 29. August 2024«, antwortete sie automatisch.

»Jaha?!« Magnus keuchte und hob die Stimme. »Zwei-tausend-vier-und-zwanzig?!?!?«

Tomke wandte ihm langsam das Gesicht zu. Etwas in ihr veränderte sich, alles veränderte sich, als sie Magnus das ungeheuerliche Datum aussprechen hörte. 2024. Es war das erste Mal, dass sie das ganze Ausmaß der Zumutung begriff, die darin steckte.

Wenn Tomke später an diesen Moment, der alles ins Rollen gebracht hatte, zurückdachte, sah sie ihren schwedischen Ehemann unwillkürlich im Dunkel jener Nacht auf der Bank sitzen und hörte sein moduliertes »Jaha«. Er verwendete es oft statt des flacheren deutschen »Ja«, vor allem, wenn er überrascht war. Tomke hatte das neue, runde Wort damals an diesem Abend gleich gefallen. Dass sie es sich bald darauf selbst angewöhnte, war keine Absicht gewesen. Es geschah einfach. »Jaha« schlich sich in ihre Sprache und ihr Staunen, wie es sich in ihre Träume geschlichen hatte. »Jaha« hieß vielleicht fast dasselbe wie »Ja« – aber es war etwas ganz anderes. Es war weich, leicht und fröhlich. »Jaha« war das Gegenteil von 2024.

3 »Warum haart diese Katze nur so entsetzlich?«

Tomke sah an sich hinunter. Die Vorderseite ihres schwarzen Rollkragenpullovers war von einer Schicht feiner cremefarbener Katzenhaare überzogen. Sie befeuchtete ihre Hände in der Spüle und strich sich sorgfältig über den Oberkörper. Birgitta sah ihr vom Fußboden aus interessiert zu und tatzelte nach herabfallenden Flusen. Als Tomke fertig war, rieb sie die Handflächen aneinander, warf den zusammengezwirbelten Haarballen in den Mülleimer und beugte sich seufzend zu ihrer Katze hinunter. Sofort rieb Birgitta ihren Kopf an Tomkes ausgestreckter Hand und begann zu schnurren.

»Na, hast du schön geschlafen auf meinem Pulli, du kleines Fusselmonster?«

»Rrhhrr«, machte Birgitta und kniff zufrieden die Augen zusammen.

»Miau«, erwiderte Tomke halblaut und kraulte das Tier zärtlich hinter den Ohren. Dann ging sie in den Flur.

Sie zog sich die Schuhe an, griff nach Jacke und Schal und rief: »Birgitta, ich mach einen Spaziergang. Wenn du auch rauswillst, dann komm.«

Birgitta lugte hinter der Küchentür hervor, machte aber keine Anstalten, ihre Besitzerin nach draußen zu begleiten. Sie waren gestern erst sehr spät, fast mitten in der Nacht, angekommen, und nach der langen, strapaziösen Reise von Stockholm herunter bis nach Skanör zog Birgitta es vor, erst mal im Haus zu bleiben. Tomke zuckte mit den Schultern, winkte in Birgittas Richtung und ging.

Draußen atmete sie tief durch. Eine Woche Urlaub lag vor ihr. Eine Woche ohne Telefon, ohne Fernseher, ohne Radio.

Nur Ruhe. Die kühle Seeluft würde ihr guttun. Sie blähte die Nüstern wie ein Fohlen und streckte sich. Dann lief sie los, hinunter zum Leuchtturm. Der Weg führte schnurgerade am Öresund entlang bis zum unteren Ende der Landzunge, wo sich die gesamte Breite der südlichen Ostsee öffnete. So gut wie alle skandinavischen Brutvögel machten hier um diese Jahreszeit eine Pause, um sich vor ihrem langen Flug ins Winterquartier noch einmal auszuruhen. Viel würde Tomke von diesem Spektakel heute wahrscheinlich nicht sehen. Der größte Teil des Vogelzugs war längst durch. Aber auch die Vögel, die sich erst jetzt, Anfang November, auf den Dünen und Salzwiesen südlich von Skanör sammelten, würde sie wohl nicht zu Gesicht bekommen. Nicht bei dem dichten Nebel, der heute Morgen vom Meer aus unaufhaltsam aufstieg und das Ufer bereits ganz bedeckte.

Bis sie am Leuchtturm angekommen war, sah Tomke beinah ausschließlich den unmittelbaren Boden, auf dem sie sich bewegte. Sie war umhüllt von einem märchenhaften Dunst, weiß und undurchsichtig. Genau so hatte Tomke die Herbstnebel von Maltevitz in Erinnerung, die dort ebenfalls gelegentlich wie aus dem Nichts auftauchen konnten. »Schlaggermaschü« hatte Lisbeth diese Erscheinung immer genannt. Sie hatte für jede Art von Wetter einen kulinarischen Spitznamen. Schlaggermaschü, Karpfen blau, grüner Hering, und wenn es ganz schlimm kam, im Winter, zwischen Schneewehen und Graupelschauern, dann lupfte sie die Gardine und ließ ein lang gedehntes, seufzendes »Klackerklieben« hören. Nach der Milchsuppe mit süßen Mehlklößen, die es in ihrer Kindheit noch täglich zum Frühstück gegeben hatte.

Lisbeth. Tomke hatte sie seit über fünf Jahren nicht gesehen. Sie wandte den Kopf unwillkürlich nach links, wo sie das Ufer der offenen See wusste. Und sie wusste auch, dass sie sich jetzt genau an der Stelle der schwedischen Küste befand, die Maltevitz gegenüberlag. Sie musste das Wasser nicht vor Augen haben, um daraufzuschauen.

Sie vermisste ihre Großmutter sehr. Doch anders als für Lisbeth damals führte für Tomke kein Weg zurück. Mit der Ausreise hatte das Land ihrer Kindheit sie verstoßen. Die DDR zu verlassen, war 1984 endgültig gewesen. Tomke hatte das gewusst und in Kauf genommen. Es war der übliche Preis. »Vergnügungssteuer«, sagte Magnus manchmal ironisch. Aber Tomke konnte selten darüber lachen. Er hatte keine Ahnung, wovon er sprach. Für ihn war die Entfernung zwischen Maltevitz und Stockholm letztlich nur etwas, das man in Kilometern oder Fahrzeit maß. Und doch lag eine bittere Wahrheit in seinem Gleichnis. Sie versuchte, nicht zu oft daran zu denken. Für die Vergangenheit gab es in der Zukunft noch Platz genug. Gegen das Kitzeln, das ihr in manchen Momenten dennoch die Kehle hochstieg, schluckte sie irgendwann einfach geübt an. Sie wollte ihre Entscheidung genießen. Doch hier unten in Skanör fiel ihr das stets etwas schwerer als in den fernen Stockholmer Schären.

So schnell, wie er gekommen war, begann der Nebel sich wieder zu lichten. Gebannt beobachtete Tomke, wie er einer federleichten Decke gleich langsam auf die Wiesen sank und darin verschwand. Und als hätten sie diesen Moment nur erwartet, ihn unter dem Mantel des Nebels lautlos abgepasst, stiegen plötzlich Hunderte Graugänse, die sie vorher nicht bemerkt hatte, neben ihr auf. Das Schlagen ihrer Flügel war so laut, dass sie damit beinah ihr eigenes Geschrei übertönten, welches klang, als riefen sie sich gereizt letzte Anweisungen zu. Sie flogen zehn Minuten lang über Tomkes Kopf hinweg, um den Leuchtturm herum, hoch in den Himmel, um sich dann, ohne dass Tomke verstand, was passiert war, plötzlich zu einem geometrisch fast exakten Dreieck zu formatieren und aufzubrechen. Hinaus auf das graue Wasser, hinüber zu Lisbeth. Tomke sah den Zugvögeln, diesen freiesten aller Tiere, lange und fasziniert nach. Was für ein Aufwand, was für eine Mühe. Welche Grazie. Als sie am Horizont verschwunden waren, ging Tomke zurück in Richtung Haus.

Sie sah schon vom Gartentor aus, dass jemand eine Nachricht an der Eingangstür hinterlassen hatte. Sie klemmte zwischen Klinke und Türrahmen. Als Tomke näher kam, erkannte sie die typischen Telegrammumschläge der schwedischen Post. Sie beschleunigte ihren Schritt und griff nach dem Kuvert.

Das Telegramm war von Magnus. Er hatte es vor zwei Stunden aufgegeben. Dabei war sieben Uhr überhaupt nicht seine Zeit. Mit einem flauen Gefühl im Magen überflog sie die Nachricht: »LIES ZEITUNG! Bin gegen Nachmittag da. Wir versuchen es einfach. Die letzte Fähre von Falster geht um 21:00 Uhr.«

Tomke verstand kein Wort. Aber ihr war sofort klar, dass gestern Abend, während sie im Zug gesessen hatte, auf der anderen Seite der See irgendetwas passiert sein musste. Irgendetwas Wichtiges. Ohne auf Birgitta zu achten, die ihre Rückkehr bemerkt hatte und nun anfing, hinter der Tür zu maunzen, drehte Tomke sich um und rannte los.

4 Der Friedhof von Maltevitz befand sich in fast zwei Metern Höhe. Wie ein gigantischer Blumenkübel thronte er über dem Dorf, mehr gestützt als eingefasst von der uralten, mannshohen Feldsteinmauer. Die letzte Sturmflut, die es geschafft hatte, sich von der See bis hierher durchzupeitschen, lag fast hundertfünfzig Jahre zurück. Die Toten waren damals, anders als die Lebenden, unversehrt geblieben. Trotzdem hatten die Maltevitzer die Einfriedung ihres Kirchhofs daraufhin verstärkt. In dieser Gegend der Küste forderten die Leute das Schicksal nur ungern ein zweites Mal heraus.

Rechter Hand der Kirche, im hinteren Teil des Blumenkübels, wo auf der Rückseite der Straße weder Häuser noch Bäume die Sicht versperrten, war das Meer zu sehen. Kalt und stumm lag es unter dem schweren Winterhimmel, als hätte es etwas zu verbergen. Tomke Jansen stand vor einem von frischen Grabgebinden übersäten, schmalen Rasenstück und starrte bewegungslos auf den Horizont. Tränen liefen ihr über das Gesicht. Sie war gefasst gewesen, als Lisbeth vor vier Wochen, am Nachmittag des ersten Weihnachtsfeiertages 2009, gestorben war. Sie hatte nicht geweint, als die Urne vor gut einer Stunde in ein Erdloch versenkt wurde, das sogar für eine Katze zu klein gewesen wäre. Aber jetzt, da Tomke allein zurückgeblieben war vor diesem Maulwurfshügel, dessen dunkelbrauner Sand sich geradezu obszön vom Weiß des Neuschnees abhob, konnte sie nicht mehr. Die Trauer brach einfach aus ihr heraus.

Durch den Schmerz hindurch spürte sie leise Wut in sich aufsteigen. Die unabwendbare Feuerbestattung war in Tomkes Augen schon schlimm genug, in der Frage der Grabstelle wenigstens hätte sie sich gegen Lisbeth durchsetzen sollen. Aber am Ende hatte Lisbeth ihren letzten Willen bekommen: ein anonymes Urnengrab auf der kleinen Wiese am Rand der Kirchhofsmauer. Dort, wo früher die Schiffbrüchigen beigesetzt wurden. Tomke wusste, dass sie kein Monument aus Stein brauchen würde, um sich an Lisbeth zu erinnern, aber ihren Namen vor Augen zu haben, wenn sie hierherkam, ihn in Buchstaben auf Granit zu lesen, wäre für Tomke doch tröstlich gewesen. Dass es stattdessen keinen erkennbaren Platz gab, dass sie künftig die Kiesel auf dem Weg würde abzählen müssen, um bei Lisbeth zu sein, brachte sie jetzt schon auf.

Sie seufzte, zog ein Taschentuch hervor und wischte sich die Tränen ab. Über der See schoben sich die Wolken langsam bedrohlich zu einer grauen Masse zusammen. »Klackerklieben«, flüsterte Tomke fast automatisch. Ach, Lisbeth. Eine tiefe Zärtlichkeit erfasste sie, verscheuchte den Unmut, und zum ersten Mal an diesem dunklen, traurigen Tag lächelte sie.

Ihre Großmutter hatte ihr Leben lang ihre eigenen Entscheidungen getroffen. Und es war ihr egal gewesen, ob die anderen damit einverstanden waren oder nicht. Tomke, die diesen Eigensinn selbst besaß, hatte ihr das stets zugestanden. Sie hatte Lisbeths Entschluss, den Familiennamen des Vaters ihrer Tochter für sich zu behalten, immer respektiert. Sie hatte aus Achtung vor ihrer Großmutter irgendwann sogar hingenommen, nicht einmal den Grund für dieses Geheimnis zu erfahren, und so war sie sicher, eines Tages auch akzeptieren zu können, dass Lisbeth sich bei wachem Verstand dafür entschieden hatte, den Rest der Ewigkeit namenlos, körperlos hier auf dieser winzigen Wiese zu verbringen. Vielleicht, dachte Tomke, vielleicht war Lisbeths Platz bei den Schiffbrüchigen am Ende ja gar nicht so falsch.

Unwillkürlich suchte ihr Blick wieder die Weite. Dunkel lag das Meer in der beginnenden Dämmerung. Tomke sah auf die Uhr. Es war fast drei. In spätestens einer Stunde würde die Nacht hereinbrechen. Die Tage im Januar waren noch sehr kurz. Es wurde Zeit, dass sie tat, wofür sie auf dem Friedhof geblieben war, als die Trauergesellschaft sich auf den Weg zum Leichenschmaus im *Grünen Kranz* gemacht hatte. Tomke war ohnehin nicht nach Essen zumute.

Sie griff in ihre Manteltasche. Sie sah es nicht, aber sie fühlte es. Kalt und rau lag das flache Kästchen aus Holz in ihrer Hand. Tomke hatte es in Lisbeths Sachen gefunden. Auf einem sorgfältig ausgeschnittenen Stück Papier, das mit Klebeband auf dem Deckel befestigt war, hatte ihr Name gestanden. Tomke. Was auch immer Lisbeth ihr darin vererbt hatte, Tomke wollte mit ihr allein sein, wenn sie das Kästchen öffnete. Vorsichtig entfernte sie das Klebeband.

Was sie fand, überraschte sie ebenso sehr, wie sie geahnt hatte, dass es darin sein würde: Lisbeths schwedisches Jahr. Schiffskarten, Fahrkarten, Kinokarten. Die junge Lisbeth schien praktisch alle Billetten aufgehoben zu haben, die sie zwischen Juli 1945 und Oktober 1946 in Schweden gelöst hatte. Ein paar getrocknete Blätter lagen dabei, eine Garderobenmarke, einige kurze Briefe, die Tomke später lesen würde.

Und dann sah sie es. Das Foto. Es lag ganz unten, war in der Mitte geknickt und stark vergilbt. Es zeigte ein junges Paar auf einer Brücke inmitten von Menschen. Tomke erkannte die Norrbro sofort. Der Blick auf das dahinterliegende Stockholmer Schloss war unverkennbar. Die Fahnen und Blumen, mit denen alles geschmückt war, verwiesen auf ein großes Volksfest. Lisbeth trug einen knielangen, taillierten Mantel und ein einfaches Kopftuch, das den Blick freigab auf ihr über der Stirn sorgfältig in eine Welle gelegtes Haar. An ihrem angewinkelten Arm schwang eine viereckige Handtasche mit kurzen Henkeln. Sie strahlte vor Glück. Neben ihr stand ein hoch aufgeschossener junger Mann, der so helle Augen hatte, dass sie sogar auf dem alten Schwarz-Weiß-Foto hervorstachen. Er steckte in einem etwas zu großen Anzug, was seine jungenhafte Schlaksigkeit noch unterstrich. Den rechten Arm hatte Åke um Lisbeths Schultern gelegt, sein linker hing lässig an der Seite herunter. In der Hand hielt er eine kleine schwedische Flagge.

Tomke schaute ihre Großeltern lange aufmerksam an, bevor sie das Foto umdrehte – ganz langsam, um die Hoffnung, endlich doch noch herauszufinden, wer sie war, nicht zu schnell aufgeben zu müssen.

In den spitzen Druckbuchstaben derer, die in Sütterlin schreiben gelernt hatten, stand dort, kaum noch erkennbar: mit Åke, Stockholm, 07.06.1946. Darunter hatte Lisbeth, wie die Farbe des Stiftes und ihr Schriftzug zeigten, offensichtlich Jahrzehnte später ergänzt: Åke Ekbom, Trollhättan, Västergötland.

Tomke bewegte sich nicht. Sie stand einfach da. Irgendwann legte sie zitternd das alte Foto wieder in das Holzkästchen. Sie schloss es und ließ es zurück in ihre Manteltasche gleiten. Trollhättan. Eine Kleinstadt. Es würde kein Problem sein, dort Spuren ihrer unbekannten schwedischen

Verwandtschaft zu finden. Und wer weiß, vielleicht lebte ihr Großvater selbst sogar noch. Die Västgöte waren ein zäher Menschenschlag.

Tomke warf dem Grab, das keines war, eine Kusshand zu, drehte sich um und ging.

## Jochen Schimmang

# Das Meer, vom Land aus gesehen

I

Grau ist es, dunkelgrün, zerklüftet
und spiegelglatt. Tiefblau schimmert es und grellweiß. Zuweilen
blendet es, und der Blick verstummt, denn der Sonne *Glanz*
*auf dem Meer* ist *unerträglich.*

In seinen Tiefen herrscht Dämmerung, *in der*
*ein trübes Rot die einzige noch verbleibende Farbe darstellt;*
*dann aber verschwindet auch dies.*

Es rauscht in der Ferne, noch
sehen wir es nicht. Es ist ein Rollen,
ein Murmeln, irgendwie monoton. Nein,
es spricht nicht zu uns.
Manchmal,
an schönen Tagen, flüstert es den Küsten etwas zu.
Dann wieder grollt es, dröhnt und brüllt,
aber wir sind nicht gemeint. Unerheblich sind wir, das Meer aber

ist *launisch*, doch *die Regelmäßigkeit selbst.* Unvergänglich
wie die Wolken. *La mer, la mer, toujours recommencée.*

Wie langweilig. *Diese ganze ausgestellte Unendlichkeit,*
*diese ermüdende Wiederkehr!*

II

Furchtsam stehen wir an den Gestaden, den Blick
auf die Wellen gerichtet, mit ihrem
*regelmäßigen dumpfen Klatschen ans Ufer,*
*mit dem Aufprall von Pferdehufen auf Rasen.* Respektvoll fremdeln
schauen wir aufs Meer *mit den schnellen,*
*erstickten Atemzügen seiner kleinen Wellen*,
oder
auf jene,
*die eine nach der anderen wie Artisten*
*von einem Sprungbrett* schnellen,
oder
auf jene,
deren Schaum in die Höhe wirbelt *wie*
*über den Köpfen der Reiter geschwungene Lanzen*,
auf jene,
die *Buckel mit Muskelsträngen* wölben und
*zitternde Kämme* heben,
denn *der erste Eindruck, den man vom Meer empfängt,*
ist *die Furcht.* Aber auch *mollig wie Samt* ist es, *weich*
*und glatt wie ein Tier*, ein fremdes Tier, das wir,
fest verankert im Strand, im Boden,
argwöhnisch beäugen, bis *die Flut*
*den Sand zurückerobert.*

Denn siehe,
*der Mensch ist ein Landtreter*, und den Planeten,
den er bewohnt, zu drei Vierteln aus Wasser gemacht,
nennt er *Erde.* Fünf Kontinente, die
in den Ozeanen schwimmen wie Inseln, geben ihm
scheinbaren Halt, und von dort sieht er
auf das *fremde Element*,
das nicht zu uns spricht, denn *zwar brauchen wir es, aber*
*es braucht uns nicht.*

## III

In seinen Tiefen, in Schwachlichtzonen und im fast vollständigen
Dunkel,
leben fremdartige Tiere, von denen manche
keine Augen haben, andere aber Leuchtorgane, mit denen
erzeugen sie ihr eigenes Licht. Ist das die Hölle der Fische
oder ihr Paradies?
Den *Lachsspierling* finden wir dort, den *Blattschupper*
(aus der Ordnung der *Schleimkopfartigen*), den *Dornrückenaal*
und den *Gespensterfisch*, auch *Hochgucker* genannt. Den *Pelikanaal*
kann man entdecken und den *Regalecus glesne*, einen Riemenfisch:
Dieser wird bis zu zwölf Meter lang
und dafür
vom Guinness-Buch der Rekorde geehrt.

Weiter oben,
*ungesehen von den meisten, zwischen Hawaii und Kalifornien*,
schwimmt Plastik, unverrottbar, *auf einer Fläche,*
*doppelt so groß wie der US-Bundesstaat Texas*,

Rückstände aus Havarien und anderen Malheurs,
*hundert Millionen Tonnen Kunststoffe*, die *dicht unter der Oberfläch*
dümpeln, *viele Jahre lang*, bevor alles *allmählich absinkt*
*oder gefressen wird.* Auch Teppiche
birgt das Meer, meist aus Öl, oft küstennah. Im Schlick
die verendenden Vögel. Doch da es uns nicht braucht,
wird es uns überleben, und man kann *sehr wohl wetten,*
*dass der Mensch verschwindet*
*wie am Meeresufer*
*ein Gesicht im Sand.*

## IV

Noch aber und seit Langem und solange der Mensch lebt, ist es
ein Schauplatz der Kämpfe. Nach der Seeschlacht
von Gibraltar, 1607, massakrieren die holländischen Sieger,
was von den Spaniern noch lebt,
auf den geenterten Schiffen
oder im Wasser treibend.
1805
stirbt Nelson auf der HMS Victory: *Thank God*
*I have performed my duty.* So viel ist danach klar:
*Britannia rules the waves / Britons never will be slaves.*
Auch nicht 1940 ff.,
als die Jungens und Mädels von der
*Government Code and Cypher School*
das Hirn der ENIGMA knacken. Oft einsam
treiben danach die deutschen U-Boote im Meer
und warten vergeblich auf den Feind.

Es gibt andere Gefahren.
*An dem leuchtenden Rumpf*
*gleitet, dreißig Meter hoch*
*über dem Meeresspiegel, schwarz*
*und lautlos der Eisberg vorbei*
*und bleibt zurück in der Dunkelheit.*
Um 2:20 Uhr, nach zwei Stunden vierzig Minuten,
sinkt der angeschlagene Riese endgültig,
auf 41° 44′ N, 49° 57′ W. Wie immer
reichen die Rettungsboote nicht aus, und die,
die da sind, werden nicht voll genutzt. Immerhin,
die Rettungsquote bei den Kindern beträgt:
in der ersten Klasse dreiundachtzig Prozent,
in der zweiten Klasse hundert Prozent,
in der dritten vierunddreißig Prozent.
Was geschah mit dem einen Kind
aus der ersten?
Das Wrack, 13,5 Meilen ostsüdöstlich von der Notrufposition,
findet man 1985. Mit Wirkung 15. April 2012
fällt es unter die *UNESCO-Konvention*
*zum Schutz des Kulturerbes unter Wasser.*

Es kann auch schneller gehen. Vom Beginn der Schlagseite an
braucht es kaum zwanzig Minuten, bis die Estonia,
voller Schweden,
die nach Hause wollen,
von den Radarschirmen verschwindet. Ein Fall
für Verschwörungstheorien.

V

*Der Mensch ist ein Landtreter*, schreibt
des Teufels Advokat aus Plettenberg,
kann aber doch verstehen, dass viele *den Anfang*
*allen Lebens im Wasser suchen.*

Auch
die Völker der *Seeschäumer*
suchen festen Halt unter den Füßen. Wenn sie
übers große Wasser fahren, halten sie Ausschau nach Land,
gründen Batavia
und kommen mit Zinn und Salpeter, mit Gewürzen,
Textilien und Stoffen, mit Hölzern und Porzellan zurück,
zurück auf den heimischen Boden.
Doch es gibt
so wenig davon und ringsum so viel Wasser!
Was hat Gott sich dabei gedacht? Zum Glück
kann man ihn korrigieren: *Der liebe Gott*
*hat die ganze Welt erschaffen,*
*ausgenommen die Niederlande, die*
*von den Holländern erschaffen wurden.*

VI

Vor dem Sturm die Ruhe
ist trügerisch, nur der Erfahrene
kann sie rechtzeitig lesen. *Auf dem*
*noch ruhigen Strand*
*blies mir lau und sanft der Sturm ins Gesicht.*

Großes Unheil am Horizont, derweil
*leckte mir die See mit ihren zweideutigen Liebkosungen*
*die Füße. Ich ließ mich nicht täuschen.* Auf den Weinbergen
von Vallière waren viele auf den Feldern, *brachten*
*hastig zu Ende*, was noch zu tun war, und *die allerersten*
*Regentropfen fielen.* Dann *wütete ohne Unterlass*
*fünf Tage und fünf Nächte lang*
*ohne Steigerung noch Abnahme*
*die nämliche Raserei, und das Entsetzen*
*blieb sich gleich.* Keine Entspannung,
keine Wechsel, keine Atempausen. *Eine*
*mächtige graue Haube* schloss den Horizont ab,
*nach allen Richtungen*, und *ein düsteres aschgraues Leichentuch*
*bedeckte uns.* So geschehen *sechs Tage und sechs Nächte lang*
im Oktober 1859, und *unsere ganzen westlichen Küsten waren*
*von gestrandeten Wracks übersät.*

Das Seebeben vor Sumatra und seine Folgen
töteten *geschätzte zweihundertdreißigtausend Menschen*, und
nach der Katastrophe ist die Beseitigung der Leichen
die dringlichste Aufgabe. Abrufbar im Netz: *Die Todeswelle*,
ZDF-History, wie immer
unter der bewährten Führung von Guido Knopp: *Liebe Zuschauer,*
*willkommen. Es war eine der schwersten Naturkatastrophen*
*aller Zeiten. So geschehen am zweiten Weihnachtstag 2004.*

## VII

Doch *Venus, welche*
*einst dem Meer entstieg,*
*ersteht noch jeden Tag wieder neu,*
und wir kehren zurück an die Küste.
Lange Zeit
wandten die Orte
dem Meer den Rücken zu. Eine Angelegenheit
für Fischer, und nur für sie.
Das Mittelalter
ist trocken, erdig, steinern. *Das flüssige Element,*
*unwiderruflich wild*, ist der *Urzustand der Welt.* Zu betrachten
ist es nur mit Misstrauen.
Die Seefahrer der Neuzeit:
Abenteurer, Hasardeure, Raubritter auf Schiffsplanken.
Die Seefahrt:
ein Emblem für die Launen des Schicksals.
Das Publikum hält sich zurück.

Doch *um 1750*
beginnt *der Ansturm der Kurgäste*
*auf die Meeresküsten.* Das Seebad
*gehört zur Strategie des Kampfes*
*gegen die Melancholie und den Spleen*
und *beruhigt die Ängste der Elite.* Meerbäder:
empfehlenswert gegen Sterilität und Impotenz.
Viel Fisch essen, wie die Fischer,
die können fast immer.

Um 1800
wird der Strand erfunden. Die Küste:
ein Fall für die Ästhetik. Man liebt jetzt
*den Geruch nach Tang, das leise Schleppen*
*des Meeres, die pausenlose Bewegung.*

Das Mittelmeer:
*Alles, was ich von seinen Ufern gesehen habe,*
*war schön, aber*
*ein wenig herb.* Dagegen ist es zarter
*unter den Apfelbäumen*
*von Honfleur und Trouville.* Zart, nicht blass, denn das Meer
*schafft keine lauen Leidenschaften*, und *nirgends sonst*
*als in den Seebädern hat man*
*eine lebendigere Einbildungskraft.*

## VIII

Darum gehst du eines Tages
zum Bahnhof, vor dir
*ungefähr drei Stunden Fahrt, Richtung*
*westliche Küste, nach Ostende.* (Wie schön,
als die belgischen Eisenbahnen
noch ihr eigenes Büro in Köln Hbf hatten,
die Schaufenster zugewandt der Stadt.) Du weißt,
*dass du dorthin willst und*
*dass nichts dich erwartet.*

Du fährst, den Kopf
an die beschlagene Scheibe gelehnt,

träumend,
voller Sätze
über das Meer, die Küste, den Strand
und das Watt.
Du denkst:
Das Meer ist die Summe
vieler Sätze, die kämpfen in meinem Kopf.
Unterwegs
der Blick *in Richtung der Kohlenhalden von Liège.*

Abends im Hotel *stürzt das Geräusch der Brandung*
*ins Zimmer*, nachts zittern Fenster und Türen. Morgens,
der Sturm hat sich beruhigt,
gehst du nach unten in die Halle, und *dort,*
*unter einzelnen, ruhigen Gästen*, sitzt du
*hinter großen, nassen Scheiben* vor deinen Croissants
und schaust *ins näherkommende Meer,*
*toujours recommencée.*

## Ricarda Junge

# Drei Grafen

Es war der Sommer 1991, ich war achtzehn und schwärmte für einen Mann, den es nicht gab. In meiner Vorstellung ähnelte er dem blonden, braun gebrannten Schauspieler Terence Hill, mit hochgekrempelten weißen Hemdsärmeln und schmalen Hüften in kakifarbenen Jeans. Ich hatte noch nie geküsst, noch nie mit einem Mann geschlafen, und niemand, Mann oder Frau, war jemals in mich verliebt gewesen. Ich hatte in diesem Punkt nichts vorzuweisen; außer vielleicht meine Fantasie. Ich sah den Mann genau vor mir, auch wenn ich die Augen nicht schloss. Ich wusste, was er gern aß, dass er Apfelwein ungespritzt und Rum Cola trank, ich kannte seinen Geburtstag und wollte ein Geschenk für ihn kaufen. Auf der Suche nach einem Rasierwasser, das zu ihm passte, verbrachte ich Stunden in Parfümerien und Kaufhäusern. Wenn mir eine Verkäuferin Hilfe anbot, beschrieb ich ihr meinen Freund. Die Verkäuferinnen schlossen genüsslich die Augen, konnten meinen Freund vor sich sehen und berieten mich gut. Trotzdem fiel es mir schwer, eine Entscheidung zu treffen. Es war leichter gewesen, ein Gesicht zu finden als den richtigen Duft. Schließlich entschied ich mich für ein Rasierwasser, von dem die Verkäuferin sagte, dass es der Duft des Ozeans sei. Es versprühe Energie, Stärke und Frische, also alles, was mir fehlte und was ich meinem Freund zuschrieb. Das Rasierwasser rieche kühl und gewaltig, sagte sie, dazu nach Spuren von Zitrusfrüchten und Sandelholz, die an die Brandung und die fernen Orte erinnerten, an deren Ufer das Wasser schlug. Einen Ozean hatte ich noch nie gesehen, nur die Ostsee, die sich auf Fee, Tee und Schnee reimte. Zitrus reimte sich auf Kuss; Sandelholz auf das Eis, das schmolz. Jeden Tag schrieb ich zwei oder drei Gedichte für meinen Freund; Gedichte, in denen sich Liebe auf Hiebe und Sehnsucht auf Weltflucht reimte; in denen ich ein kleiner Kahn auf dem Ozean war.

Eines Morgens, es war kurz vor den mündlichen Abiturprüfungen, saß ich wie gewöhnlich auf dem einzelnen, eigentlich für Behinderte vorgesehenen Platz hinter dem Busfahrer, als ich ein sonderbares Geräusch hörte. Ich war nicht allein, nie allein; neben mir saß mein Freund, schweigend, morgens sprachen wir beide nicht viel. Ich schaute mich um. Hinter mir stand ein flachsblondes, sommersprossiges Mädchen, das schniefte und sich die Nase rieb. Sie sah mich grimmig an. »Du riechst wie ein alter Mann«, sagte sie. »Wie dieser Baulöwe. Kennst du den? Mach mal Platz.«

»Besetzt!«, sagte ich. Dann wurde mir klar, dass es klang, als säße ich auf dem Klo und hielte die Tür zu. »Hier ist kein Platz für zwei!«, fügte ich schnell hinzu und spürte, wie sich mein Freund erschrocken zu winden begann. »Entschuldige«, murmelte ich. Das Mädchen lachte. Obwohl sie zierlich war, drängte sie mich mit großer Kraft gegen das Fenster und schob sich zu mir auf den schmalen Sitz. Streng genommen saß sie nun bei meinem Freund auf dem Schoß.

Ich versuchte, darüber hinwegzusehen. Ihr nackter Schenkel presste sich gegen meinen, ihre Brust berührte meinen Oberarm. Sie zog eine Zeitung aus ihrem Rucksack und drückte sie mir in die Hand. »Schau mal hier«, sagte sie. »Ist das keine krasse Geschichte?«

Auf der Titelseite prangte das Foto des jüngsten Opfers des Grubers, der so genannt wurde, weil er die Leichen in Wassergräben und Baugruben ablegte. »Ich finde ja, dass wir uns ähnlich sehen«, sagte das Mädchen. »Ich könnte sie sein, könnte tot sein, oder was meinst du?« Sie sprach im Plauderton, sprach, als kennten wir uns, nieste und zog die Nase hoch. Ihre Augen waren gerötet. War es eine Allergie? Oder hatte sie geweint? Ich brachte kein Wort heraus, starrte auf die Zeitungsseite. Das Foto war eine Studioaufnahme und zeigte eines dieser hübschen, blonden Tennismädchen, die es hier zu Dutzenden gab. Ein Mädchen, wie es jetzt schniefend neben mir saß. Sie runzelte die Stirn. »Dein Geruch ist total irritierend«, sagte sie und musterte mich. Ich atmete flach. Sie schnappte erschrocken nach Luft. »Du könntest es auch sein! Ich meine, wenn du die Brille abnimmst. Du bist eine von uns!« Ich wusste nicht, ob sie sich über mich lustig machte, und lachte nervös. Sie sah zwischen mir und dem Bild hin und her, betrachtete sich selbst in der schwarz getönten Scheibe, hinter der der Busfahrer saß. »Wir könnten Drillinge sein«, sagte sie. »Die Tote, du, ich, die drei Grafen.« Sie sah mich mit weit aufgerissenen Augen an. »Wir sollten uns besser in Acht nehmen.«

Ich schluckte. »Du bist ja verrückt«, sagte ich. Meine Stimme klang heiser. Sie tippte sich auf die Brust. »Ich? Du bist verrückt. Du bist doch die mit dem eingebildeten

Freund.« Mein Entsetzen musste mir deutlich ins Gesicht geschrieben stehen. Sie lächelte sanft. »Mach dir nichts draus. Ich habe dich ein paarmal gesehen. Zuerst dachte ich, du sprichst mit dir selbst. Aber dann hab ich verstanden. Als Kind hatte ich auch einen unsichtbaren Freund. Ich weiß, wie das ist.« Sie stand auf.

»Wie was ist?«, fragte ich und hoffte auf einmal, dass sie antworten würde: Ich weiß, wie es ist, wenn man einsam ist. Aber natürlich gehörte sie nicht zu den Mädchen, die einsam waren. Sie sah aus wie jemand, der sich mit vielen Freunden umgab. Mit wirklichen Freunden. Sie nieste wieder. »Er ist viel zu alt für dich«, sagte sie. »Der Duft, meine ich. Und zu männlich. Außerdem riecht das Meer ganz anders.«

Der Bus hielt, sie stieg aus, und erst als sich die Türen wieder schlossen, merkte ich, dass ich zu weit gefahren war.

Die Erwähnung der Drei Grafen brachte mich schließlich darauf, wer sie war: Anja Graf. Wir besuchten dieselbe Schule, hatten aber noch nie etwas miteinander zu tun gehabt. In den Pausen beobachtete ich fortan, wie sie mit ihren Freunden den Hof verließ, um an der Tankstelle Kaffee und Zigaretten zu kaufen, wie sie sich unterhielt, gestikulierte, im Mittelpunkt stand. Sie war ständig beschäftigt, ständig aufgekratzt, ständig von Menschen umgeben. Ich konnte kaum glauben, dass sie jemals Zeit gehabt haben sollte, mich zu beobachten und mir zuzuhören. Ich achtete nun sehr genau darauf, mit meinem Freund nur dann zu sprechen, wenn wir wirklich ungestört waren. Ich fuhr ihm über den Mund, wenn er sich ungefragt einmischte. Manchmal sprach er deswegen tagelang kein einziges Wort mit mir.

Anjas Vater gehörte das Drei Grafen im Goldsteintal, ein Restaurant, das im Vorjahr seinen ersten Michelin-Stern bekommen hatte. Da es weder mit dem Bus noch zu Fuß gut zu erreichen war, überredete ich meine Patentante, mich hinzufahren und mit mir dort essen zu gehen. Ich hatte gehört, dass Anja gelegentlich im Restaurant aushalf, aber als sie tatsächlich an unseren Tisch kam, um die Bestellung aufzunehmen, stockte mir der Atem. Meine Patentante musste für mich bestellen und schien sich darüber keineswegs zu wundern. Vielleicht glaubte sie, dass das vornehme Ambiente mir die Sprache verschlug. In Wirklichkeit war ich verwirrt, weil Anja mich nicht erkannte. Vielleicht lag es daran, dass ich den Ozean an diesem Abend nicht trug. Von dem Essen rührte ich kaum etwas an, und als meine Patentante mich wieder nach Hause fuhr, war sie enttäuscht und verärgert, weil sie glaubte, mir habe das Drei Grafen nicht gefallen.

Am Morgen der mündlichen Abiturprüfungen sprach Anja mich wieder an. Sie hatte ihren Führerschein bestanden und von ihrem Vater einen schwarzen Mini Cooper geschenkt bekommen. Sie hielt an der Bushaltestelle, mit heruntergekurbelten Fenstern, und rief: »Steig ein, Schwester, oder hast du Angst vor dem Gruber?« Ihr Lachen war ansteckend. Ich stieg ein. Der Motor klang, als übe unter dem Blech jemand Stepptanz. Anja reichte mir eine Flasche süßen Sekt, der überschäumte, als ich ihn entkorkte. »Es hat wieder eine erwischt«, sagte sie. Fragend hob ich die Augenbrauen. »Sieht zumindest so aus. Allerdings gibt es noch keine Leiche. He, hör mal, das könnte unser Song werden.« Sie drehte das Radio auf, die Lautsprecher knarrten und knirschten. Es war

Matthias Reim. »Hey, ich hab' mich so auf dich gefreut«. Ich konnte Reim eigentlich nicht ausstehen, aber mit Anja zusammen hörte er sich auf einmal gar nicht so schlecht an. Wir gingen ziemlich angeheitert in unsere Prüfungen und trafen uns danach auf dem Schulhof wieder. Die kleine Menschentraube ihrer Freunde nahm mich auf, als hätte ich schon immer dazugehört, und Anja erzählte lachend, dass sie es vermasselt habe und durchs Abitur gefallen sei. »Du und deine Lügengeschichten«, sagte jemand und spritzte ihr Sekt ins Gesicht. Anja schniefte, schnaubte, und ich hörte mich sagen, dass Fantasie keine Lüge, sondern eine Begabung sei. Sie küsste mich mit sektnassem Gesicht, vergrub ihre Nase an meinem Hals, schnüffelte und unterdrückte ein Niesen. »Wo fahren wir jetzt hin, Schwester?«, fragte sie. Es klang, als wäre ihre Nase verstopft.

Ich antwortete sofort: »Ans Meer.«

»An welches Meer?«, fragte sie, löste sich von mir und klimperte mit dem Autoschlüssel.

»An die Ostsee natürlich«, sagte ich.

Sie wirkte belustigt und gleichzeitig ernst, als würde ihr Mund lachen, ihre Augen aber nicht. »Es gibt Schöneres«, sagte sie.

Sie besorgte mir einen Job im Drei Grafen. Ich brauchte das Geld für meine Fahrstunden, aber meine Eltern waren wegen des Grubers besorgt. Es überraschte mich, dass auch sie glaubten, ich könnte gefährdet sein. Anja entsprach seinem Opfertyp beinahe perfekt. Aber ich? Ich war gut fünfzehn Kilo schwerer als sie, einen halben Kopf größer und mit Schuhgröße 41 geschlagen. »Aber auch blond, auch blauäugig«, sagte Anja. Vielleicht hatte sie recht, und man konnte uns wirklich für Schwestern halten. Anja ging mit mir neue Kleider kaufen, half mir beim Schminken und fuhr mir mit ihren zarten Fingern durchs Haar, bevor sie es gründlich durchbürstete. Sie zeigte mir auch immer wieder die Bilder der ermordeten Mädchen, um mich daran zu erinnern, dass ein Unbekannter uns verfolgte, dass wir in Gefahr schwebten und auf der Hut sein mussten. Manchmal stellten wir uns vor, wie wir Hand in Hand vor ihm flohen. Wie Brüderchen und Schwesterchen vor der bösen Zauberin, nur dass wir zwei Schwestern waren und die Hexe Gruber hieß. Wie in dem Märchen durften wir keinen Durst, keinen Hunger haben, jedes Bedürfnis brächte uns in Gefahr, alles wäre mit einem bösen Zauber belegt, jeder Bach, jeder Baum, jede Frucht, jeder Grashalm könnte eine Falle sein; wenn wir einander losließen, würden wir uns in Rehe verwandeln, zum Abschuss freigegeben. Es war ein prickelndes Gefühl, zu wissen, dass wir nur überleben würden, wenn wir einander nicht losließen.

Ihre Freunde schlossen wir nach und nach aus unserem Spiel aus. Es dauerte nicht lange, bis sie begriffen, dass nun ich allein ihre Stelle einnahm. Sie kamen nicht mehr vorbei, riefen nicht mehr an. Ich genoss es, Anja mit niemandem teilen zu müssen. Schwesterchen und Schwesterchen und die Gefahr, als Dritte in unserem Bunde. Nur das Rasierwasser störte ein wenig. Anja glaubte, dass sie allergisch darauf reagierte, aber ich wollte mich nicht davon trennen. Ihre Augen tränten, wenn sie mir zu nahe gekommen war.

Anja lehrte mich noch ein weiteres Spiel: Das Glück heraufbeschwören. Eigentlich aber forderten wir es eher heraus. In Einbahnstraßen bog Anja grundsätzlich von der falschen Seite aus ein, mit einer Autobahnirrfahrt schafften wir es ins Radio und in die Lokalnachrichten, kamen dank ihres Vaters jedoch ungeschoren davon. Nachts liefen wir über verlassene Baustellen und durch leer stehende Häuser, riefen abwechselnd Gott, den Teufel und den Gruber an. Wir suchten die Orte auf, an denen er seine Opfer entführt und ermordet hatte. Außerdem bewarben wir uns an Universitäten in Ostdeutschland. Dresden, Chemnitz, Leipzig, Jena, nur Berlin ließen wir aus, weil es einen Westteil hatte. Der Westen interessierte uns nicht. Eigentlich wollten wir ans Meer, nur konnte man auf Hiddensee oder Rügen nichts Richtiges studieren. »Wild wild east«, sagte Anja, hob den Zeigefinger und blies darüber, als wäre er ein Revolver.

In meinem Kopf ging alles wild durcheinander, seit ich mit ihr zusammen war. Manchmal kam mir alles, was sie sagte und tat, wie ein Rauschen vor, so als würde ich mir eine Muschel ans Ohr halten. Ich konnte das Meer hören, es aber nicht sehen. Es schien zum Greifen nah zu sein und blieb doch unerreichbar. Andere Dinge fügten sich plötzlich zusammen und ergaben einen Sinn: Zum Beispiel schnallten wir uns nie an, weil Anjas Mutter bei einem Autounfall gestorben war, den sie vielleicht überlebt hätte, wäre sie nicht angeschnallt gewesen und aus dem Auto herausgeschleudert worden. »Andererseits ist sie so schlagartig in ein besseres Leben gelangt«, sagte Anja. Sie glaubte an ein Leben nach dem Tod, und ich dachte, dass die ermordeten Mädchen sie vielleicht deswegen so faszinierten.

Das Drei Grafen lag in einem Naturschutzgebiet und war eingeschlossen von den bewaldeten Ausläufern des Taunusgebirges. Ich hatte meinen Eltern versprechen müssen, nur mit Anja zusammen dorthin zu fahren und nie alleine den Weg durch den Wald zu gehen. Wenn der Mini Cooper die Steigung geschafft hatte und die schmale Straße hinunter ins Goldsteintal schoss, kam es mir immer vor, als sehe ich das Gebäude zum ersten Mal. Mit Anja wurde alles zu einem Erwachen auf unbekanntem Terrain. Es war wie ein Traum. Man schlug die Augen auf und wusste nicht, wo man sich befand. Aber die Erlösung bestand nicht darin, sich plötzlich wieder auszukennen, sondern in dem Gefühl, dass die Fremde der Ort war, an den man sich immer gesehnt hatte; dass man auf unerklärliche Weise und vollkommen überraschend endlich dort angekommen war, wohin man gehörte. Der Anblick des Drei Grafen war dann beinahe ein Schock: ein moderner zweistöckiger Flachbau mit einer riesigen Fensterfront im Erdgeschoss und einem schrägen Schieferdach über der Terrasse. Das Drei Grafen passe so wenig in dieses Tal wie das Rasierwasser zu mir, sagte Anja. Dabei wusste ich, wie stolz sie auf das Restaurant ihres Vaters war und wie sehr sie dieses hässliche Haus liebte; auch weil es Drei Grafen hieß, obwohl sie und ihr Vater seit dem Tod der Mutter nur noch zu zweit waren. Manchmal, im Stillen, stellte ich mir vor, wie es wäre, die Dritte im Bunde zu sein.

Während Anja bediente, stand ich hinter der Bar und machte den cremigsten Milchschaum und einen perfekt temperierten Kaffee. Ich zapfte Bier und lernte, Kristallweizen punktgenau aus der Flasche ins frisch ausgespülte Glas einzuschenken. Einer unserer besten Gäste war der Baulöwe, ein älterer Herr mit dichten, dunklen Augenbrauen und glattem, schwarz gelacktem Haar. Wenn er ein Geschäftsessen gab, eilte Anja ständig zwischen seinem Tisch und der Bar hin und her, um die Getränkebestellungen abzugeben und mir zu berichten, worüber gesprochen wurde: über das neue Land im Osten, dem goldene Zeiten bevorstanden, über die neuen Städte, über Ruinen, die sich in Paläste verwandeln würden. Übrigens benutzte der Baulöwe tatsächlich das gleiche Rasierwasser wie ich, was mich aber nicht störte, sondern mir im Gegenteil wie eine vielversprechende Verbindung, wie ein gutes Omen vorkam. Ich wollte unbedingt in das Land, von dem er so schwärmte. Es schien einem Märchenbuch entsprungen zu sein. Oder einem meiner Gedichte, in denen sich Zeit auf Freiheit und Vertrauen auf Aufbauen und Vorausschauen reimte. Dort drüben – in Chemnitz, Leipzig, Jena oder Dresden – wartete man auf furchtlose Pioniere wie uns; auf Menschen, die den Schritt über eine Grenze wagten, die es offiziell nicht mehr gab und die dennoch weiterhin spürbar war. Von den Leuten, die ich kannte, war noch niemand in den neuen Bundesländern gewesen. Die Leute strömten aus dem Osten zu uns, einen umgekehrten Fluss gab es nicht; oder wenn, dann nur in Form unseres Geldes, wie mein Vater sagte. Denn natürlich gab es Immobilienmakler und Leute wie den Baulöwen, die es ostwärts zog. Wir wollten den Osten auch sehen. »Dann fahrt doch einfach mal für ein Wochenende hin«, sagte Herr Graf, Anjas Vater. »Seht euch kurz um und kommt ganz schnell wieder zurück.« Er lachte. Aber wir wollten keine halben Sachen machen. »Ganz oder gar nicht«, sagte Anja. »Und ans Meer müssen wir auch noch.« Ich fand, dass sie mit beidem recht hatte.

Geradezu begeistert waren wir, als Anjas Vater einen jungen Mann aus Greifswald als Barkeeper einstellte. Greifswald lag im Osten und an der Ostsee, es gab dort eine Universität, das Meer und – wie es schien – auch gut aussehende Männer. Unser Greifswalder Mann hieß René. Der Baulöwe brachte ihn eines Abends mit, und René gefiel es bei uns auf Anhieb so gut, dass er nicht wieder nach Greifswald zurückwollte. Vor dem Drei Grafen kam es zwischen den beiden Männern zu einem heftigen Streit, der damit endete, dass René weinend auf den Stufen vor der Eingangstür saß und der Baulöwe zornig in seinem schwarzen Mercedes davonfuhr. Bis zu diesem Moment war mir nie auch nur der Gedanke gekommen, der Baulöwe könne sich mehr für Männer als für Frauen interessieren. Ich hatte ihn immer als charmant und zuvorkommend erlebt, und wenn er Anja oder mir Komplimente gemacht hatte, waren wir rot geworden, obwohl er uns steinalt vorkam. »Anscheinend ist nichts so, wie es scheint«, stellte Anja fest. »Das muss man sich merken.« Wir merkten es uns, ohne es zu verstehen.

Seit René bei uns arbeitete, hielt der Baulöwe seine Geschäftsessen anderswo ab. Aber ohnehin kam uns jetzt sein Freund interessanter vor. Wir löcherten ihn mit Fragen. Bestanden Trabbis wirklich aus Pappmaché? Hatte es in seiner Greifswalder Wohnung ein Telefon gegeben? Wo war er beim Fall der Mauer gewesen? Hatte er mit dem Baulöwen Sex gehabt? War er wirklich schwul, oder hatte er nur – wie Anja hoffte –

seinen Körper verkauft, um mit dem Baulöwen in den Westen zu kommen? Ich fand, dass sie damit ein wenig zu weit ging, sagte aber nichts, sondern wartete gespannt, wie René reagieren würde. René, dachte ich, reimte sich auf Schnee und Klee und auf Ostsee. Er sagte nichts, reagierte nicht, sprach überhaupt nie ein Wort. Die Bestellungen nahm er mit einem Nicken entgegen, und musste er einmal wirklich auf etwas antworten, zum Beispiel, wenn Herr Graf mit ihm sprach, brummte er nur oder machte eine knappe, unmissverständliche Geste. Er hatte ein grimmiges, verschlossen wirkendes Gesicht mit einer langen, schmalen Nase, deren Spitze so weit nach unten gebogen war, dass es aussah, als verbeuge sie sich.

Ich stieß ständig mit ihm zusammen. Der Raum hinter der Theke war eng, und ich war es nicht gewohnt, ihn teilen zu müssen. Manchmal stöhnte der sonst so Schweigsame gereizt auf, wenn ich ihm auf den Fuß trat, aber er beschwerte sich nie. Nur Anja ärgerte sich. »Mach ihn nicht an«, zischte sie, wenn sie die Bestellungen an mich weitergab. »Das ist meiner.«

»Im Traum«, sagte ich. »Er interessiert sich doch gar nicht für dich. Er hat mit dem Baulöwen Sex gehabt.«

»Hat er nicht. Und wenn doch, dann nur, weil er musste.« Wir kümmerten uns nicht darum, dass René jedes unserer Worte mitbekam. Im Gegenteil. Es stachelte uns weiter an. »Falls du es noch nicht weißt«, sagte ich, »es gibt keine Grenze und keinen Todesstreifen mehr. René brauchte niemanden, der ihn im Kofferraum rüberschmuggelt. Wenn er mit dem Baulöwen Sex gehabt hat ...«

»Vielleicht brauchte er ja Geld, um hierherzukommen?«,

unterbrach Anja mich. »Wie auch immer, lass die Finger von ihm. Er ist meiner.«

»Dann sind wir ja endlich zu dritt«, fauchte ich, und plötzlich begann Anja zu lachen. Sie fasste mich am Kinn und küsste mich auf die Nasenspitze. »Du bist doch nicht etwa eifersüchtig?«

Ich wollte nicht, dass René das mitbekam, und wandte mich wortlos ab. Anja nieste. Dabei trug ich den Duft des Ozeans an diesem Tag überhaupt nicht.

Eines Mittags, kurz bevor das Restaurant öffnete, schlichen Anja und ich zu der kleinen Kammer über der Küche hinauf, die René den Sommer über bewohnte. René war gerade dabei, sich anzuziehen, als Anja die Tür aufriss. Brummend zog er seine Hosen hoch, schloss erst den Knopf, dann den Reißverschluss und zuletzt die Tür. Hinter sich. Sein Hemd und seine Krawatte hatte er mitgenommen. Er sah wirklich gut aus, trotzdem fand ich, dass Anja es übertrieb. Erst nachdem sie ihr Gesicht in seinem Kopfkissen vergraben und daran gerochen hatte, ohne zu niesen, konnten wir gehen. Sie wollte nicht aufhören, über seine braun gebrannte Brust, seinen muskulösen Bauch, seine göttlichen Oberarme zu reden. Sie stellte sich vor, dass wir alle drei nach Greifswald fuhren, um dort nackt im Meer zu baden. »Dann weißt du auch endlich, wie das Meer wirklich riecht.«

Ein anderes Mal packte sie René plötzlich am Handgelenk und schrie ihn an: »Anweisung der Gräfin: Beantworten Sie unsere Fragen!« Lächelnd schob er ihre Hand zur Seite und wandte sich ab. Anja schwor, ihre Hand niemals wieder zu waschen. René ging vor die Tür, um eine Zigarette zu rauchen, und Anja fuchtelte mit den Händen und wiederholte ihren Schwur so lange, bis ihr Vater hereinkam und sagte, das Drei Grafen öffne in zehn Minuten, für solche Albernheiten sei keine Zeit, und wenn wir den Barkeeper noch einmal belästigten, würde er uns rausschmeißen. Uns. Nicht ihn. Ob wir das verstanden hätten?

Wir würden ohnehin nicht mehr lange hier sein. Anja sah mich nachdenklich an. »Meinst du, dass René stumm ist?«

Das konnte ich mir nicht vorstellen, aber plötzlich kam mir ein anderer Einfall. »Vielleicht spricht er ja sächsisch«, sagte ich.

»Liegt Greifswald in Sachsen?«, fragte sie.

Ich hob die Arme. »Keine Ahnung, aber hast du schon mal einen Ossi erlebt, der nicht sächsisch spricht?«

Anja schauderte. Würde das alles kaputt machen? Oder war es egal? War der Mann so wunderbar, dass auch ein scheußlicher Dialekt daran nichts ändern würde?

Wir erfanden ein neues Spiel. Oder besser, Anja gab dem Spiel, das wir längst spielten, den Namen: Das Schweigen brechen. Den Sachsen zum Reden bringen. Wir wollten die Grenze überschreiten, nicht erst in Dresden, Leipzig oder Jena, sondern jetzt und hier im Goldsteintal.

»Wer ihm zuerst die Zunge löst, darf ihn haben«, sagte Anja und warnte mich gleich darauf: »Aber das bedeutet auch, dass nur eine mit ihm nackt in die Ostsee geht.« Für mich klang das fair. Außerdem hatte ich das Gefühl, im Vorteil zu sein, weil er mein Rasierwasser mochte. Seine Nasenflügel flatterten, wenn ich an ihm vorbeiging, und manchmal kam es mir vor, als lächele er. Aber vielleicht erinnerte ich ihn auch nur an den Baulöwen? Oder an die Ostsee? Ich schrieb ihm Gedichte, die ich mit meinem Ozean parfümierte und heimlich unter seiner Zimmertür durchschob. Aber auch darauf reagierte er nicht. Ich musste immer mehr Rasierwasser benutzen, weil ich es selbst kaum noch roch. Sobald ich es auf meine Wangen gerieben hatte, schien es schon wieder verflogen zu sein. Wenn Anja mich abholte und in ihrem Auto ins Goldsteintal mitnahm, fuhren wir nicht nur wegen der drückenden Hitze mit heruntergelassenen Scheiben.

Renés Schweigen war eine Provokation. Vor allem für Anja, die es nicht gewohnt war, keine Reaktion auszulösen. Manchmal fühle sie sich neben ihm wie ein Gespenst, sagte sie, wie jemand, durch den man hindurchsieht. Dieses Gefühl kannte ich gut, schob die Erinnerung daran jedoch so weit von mir wie irgend möglich. Anja wollte Renés Schweigen auf keinen Fall hinnehmen. Wie weit würden wir gehen müssen, um seine Zunge zu lösen? Nachts, wenn das Restaurant geschlossen war, fuhren wir manchmal dorthin zurück und machten unter Renés Fenster Theater. Wir ließen die Autoscheinwerfer eingeschaltet, drehten das Radio auf, sprühten Sekt gegen sein Fenster und schrien: »Zeig dich, wir wollen dich sehen!« Oder: »Wir sind ein Volk! Wir gehören zusammen! Jetzt komm endlich raus!« Oder: »Hilfe, Hilfe! Rette uns vor dem Gruber!« Er ließ sich nicht blicken. Er schrie nie zurück. Manchmal glaubten wir, eine Bewegung hinter der Scheibe wahrzunehmen, malten uns aus, wie ihm bei geschlossenem Fenster in der stickigen Kammer der Schweiß über den Oberkörper lief, wie er seinen Kopf wegen des Lärms, den wir machten, tief ins Kissen drückte, als wäre es unser Bauch, unsere Brust; wie sein Gesicht einen feuchten Abdruck auf dem Bezug hinterließ. Wir kamen keinen Schritt weiter, der Stillstand frustrierte uns. In meinen Ohren rauschte das Meer so laut wie nie zuvor und schien sich gleichzeitig immer weiter von mir zurückzuziehen.

Einmal, als wir wieder keinen Erfolg gehabt hatten und nachts vom Drei Grafen wegfuhren, hielt Anja plötzlich mitten im Wald an und schlug vor, eine kleine Nachtwanderung zu machen. Ich fand nicht, dass das eine gute Idee war. Auch ohne den Gruber gab es genügend Gründe, die dagegensprachen, und ich zählte sie Anja auf. »Du hast den bösen Wolf ganz vergessen«, sagte sie, als ich fertig war, und stieg aus.

»Warte«, sagte ich. »Warte!«

»Worauf denn?«

Ich überlegte nicht lange. »Du bist eine Waldfee«, sagte ich schnell. Und auf einmal sah sie wirklich so aus, mit ihrem hellblonden Haar, der blassen Haut, den blauen Augen, der zarten Figur. Sie wirkte, als würde sie von innen heraus leuchten. »Das reimt sich auf Ostsee«, sagte ich. »Die Waldfee sammelt Klee an der Ostsee.« Normalerweise brachte ich sie mit so etwas zum Lachen. Doch jetzt schüttelte sie nur verächtlich den Kopf. »Und auf René. Auf René reimt es sich auch.« Sie sah sehr zornig aus, aber ich verstand nicht, warum. »Dann eben ein Märchen«, sagte ich mit zitternder Stimme. »Fass nichts an, geh nicht weiter, sonst verwandelst du dich in ein Reh und bist –«

»Zum Abschuss freigegeben, ich weiß, ich weiß. Hör mal, Schwester, das Märchen ist jetzt zu Ende. Hier fängt das wirkliche Leben an. Du kannst mitkommen oder für immer in deiner Traumkapsel sitzen bleiben.« Sie machte einen Schritt auf den Waldrand zu.

»Ich komme nicht mit!«, rief ich. »Du bist doch verrückt! Ich nehme dein Auto!« Ich konnte nicht glauben, dass sie mir den Mini Cooper überlassen würde. Obwohl ich meine Führerscheinprüfung bestanden hatte, hatte sie mir noch kein Mal erlaubt, ihn zu fahren.

»Tu das!«, lachte sie. »Fahr doch. Ruf René um Hilfe. Sag, dass ich Mist gebaut habe, dass du mich nicht mehr findest. Ihr müsst mich suchen. Mich retten!« Sie sprang über den Straßengraben und verschwand zwischen den Bäumen. »Hilfe! Hilfe!«, schrie sie. Ihr Lachen drang schon wie aus weiter Ferne zu mir herüber. »Wer ihn zum Reden bringt, hat gewonnen.« Dann war es still.

Ich rutschte auf den Fahrersitz, ließ den Motor an und die Scheinwerfer aufleuchten. Ich hatte Anjas Spielchen satt und wollte nach Hause. Im Handschuhfach lagen die Zeitungsartikel über den Gruber, weiches, abgegriffenes Papier. Ich zog es heraus, dann trat ich aufs Gas. Ohne den Blick von der schmalen, holperigen Straße zu wenden, streckte ich die Hand aus dem heruntergekurbelten Fenster, spürte den Fahrtwind auf meiner Haut und ließ los. Das Papier flog davon, lautlos, und verschwand in der Dunkelheit. Auf einmal fühlte ich mich genauso: ruhig, losgelöst und auf eine angenehme Weise belanglos. Das Rauschen hatte aufgehört. Es war vorbei. Ich würde zu meiner Patentante nach Köln ziehen und Jura studieren. Ich wollte ein klarer, vernünftiger Mensch werden. Ich würde mit dem Reimen aufhören, mit dem ich auf kindische Weise zusammenfügte und zusammenhielt, was nicht zusammengehörte. So wie der Osten sich nicht auf den Westen reimte, reimte mein Name sich nicht auf Anja. Es wunderte mich, dass ich das so lange nicht bemerkt hatte. Plötzlich hörte ich ein Knacken, dann brachen Schatten aus dem Unterholz. Ich trat auf die Bremse. Steinchen prasselten gegen das Blech. Rehe schossen vorbei, als wären sie auf der Flucht. Ich hatte keines von ihnen erwischt. Mein Herz raste trotzdem. Ich legte den Rückwärtsgang ein, zum Wenden war nicht genug Platz. Ich holperte und schlingerte über die nur spärlich von meinen Rücklichtern erleuchtete Straße, bis ich glaubte, die Stelle erreicht zu haben, an der Anja ausgestiegen war. Ich hieb wütend aufs Lenkrad ein, das Hupen durchschlug die Nacht. Dann sprang ich aus dem Wagen und lief Anja nach. Der Alarm piepte, weil ich die Scheinwerfer angelassen hatte, aber ihr Licht reichte nicht weit. Ich hörte das Piepen noch, als es um mich herum schon längst dunkel geworden war.

Manchmal hatte ich das Gefühl, dass Anja sich ganz in meiner Nähe befand, mich beobachtete, auslachte. Ich glaubte, ein Kichern zu hören, und schrie, sie solle mit dem Versteckspiel aufhören. Wenn ich stehen blieb und lauschte, war es, als hielte der Wald den Atem an, um in dem Augenblick, in dem ich wieder zu laufen und zu rufen begann, aufzuheulen, zu rauschen, zu knacken. Schließlich entschied ich, dass es besser wäre, zum Wagen zurückzugehen, aber ich konnte den Weg nicht mehr finden. Als mir klar wurde, dass ich mich verlaufen hatte, setzte ich mich auf einen umgestürzten Baumstamm und wartete, bis es hell wurde. Ich hoffte, dass Anja mich suchen würde, dass jemandem der verlassene Mini Cooper auf dem Waldweg auffiel oder meine Eltern Alarm schlugen. Aber niemand kam. Schließlich machte ich mich selbst auf den Weg. Es ging stetig bergab, ins Tal hinunter.

Als sich die Bäume lichteten und das Drei Grafen vor mir auftauchte, war ich einen Moment lang erleichtert. Dann sah ich den Polizeiwagen, der mit eingeschaltetem Blaulicht und offenen Türen auf dem Restaurantparkplatz stand. Auf der Treppe, die zur Terrasse hinaufführte, saß Anja neben René. Sie war von den Schultern bis zu den Knöcheln in eine Decke gewickelt. René hatte einen Arm um sie gelegt, streichelte ihre Wange und redete mit ihr. Sie hatte gewonnen. Etwas Stilles, Kühles tropfte in meinen Brustkorb, mein Herz breitete sich durch die Adern in meinem Körper aus. Als ich auf Anja zuging, schaute sie auf, aber ihre Augen blieben leer, als würde sie mich nicht erkennen. Ich wandte mich an René. Er hob müde die Hand und deutete auf den Wald. »Eine Leiche«, murmelte er. Es reichte nicht, um sicher festzustellen, ob er sächsisch sprach. »Eine Leiche?«, wiederholte ich ungläubig. Dann schrie ich Anja an: »Du spinnst doch! Mir reicht es! Jetzt gehst du wirklich zu weit!« Sie reagierte nicht, aber René zog sie fester in seinen Arm und warf mir einen finsteren Blick zu. Ich verstand nicht, wie er nach allem, was wir getan hatten, noch irgendetwas, das sie tat oder sagte, ernst nehmen konnte.

Einige Wochen später, kurz bevor ich zum Studieren nach Köln zog, stand Anjas Mutter plötzlich bei mir vor der Tür und bat mich, ihrer Tochter noch eine Chance zu geben. »Ihr wolltet doch zusammen ans Meer fahren«, sagte sie und fügte dann etwas hinzu, was mir lange nicht aus dem Sinn ging: »Freunde schreibt man nicht einfach so ab.« Sie arbeitete als Wirtschaftsprüferin in Dresden und war irritiert, als ich fragte, ob sie nicht bei einem Autounfall ums Leben gekommen sei. Die Leiche, über die Anja im Wald gestolpert sein wollte, gab es natürlich auch nicht. Das Morden aber hörte nach der vergeblichen groß angelegten Suche auf. Die Geschichte geriet in Vergessenheit, und ich dachte nicht mehr an Anja. Nur manchmal, wenn jemand in meiner Gegenwart heftig nieste, glaubte ich, er wäre allergisch gegen mich.

Als ich den Duft jenes Sommers neulich zufällig in einer Parfümerie entdeckte, fiel mir all das wieder ein. Ozean, Sandelholz, Zitrusfrüchte. Ein sehr intensiver Geruch, der mir, als ich an dem Papierstreifen schnupperte, den die Verkäuferin mir gereicht hatte, beinahe die Tränen in die Augen trieb. Die Erinnerung traf mich ebenso unerwartet wie das stechende Gefühl von Verlust, das sie auslöste, und als ich die Parfümerie verließ, brannte der Ozean auf meinen Wangen.

## Hans-Ulrich Treichel

# Döse war schrecklich

Das Meer war weit weg. Zu weit für einen Knaben, der die Welt zu Fuß oder allenfalls mit dem Fahrrad erkundete. Zu Fuß durchstreifte ich den Stadtpark, abseits der Kieswege. Und manchmal lief ich auch hinaus bis auf die Felder und sah in der Ferne die Erhebungen des Teutoburger Waldes, die aber keine Verheißung für mich waren. Ich wollte ans Meer. Mit dem Fahrrad konnte ich Orte wie Harsewinkel oder Gütersloh erreichen. In Harsewinkel war kein Meer. In Gütersloh auch nicht. Und meine Eltern dachten nicht im Traum daran, im Urlaub ans Meer zu fahren. Weder ans Meer noch sonst wohin. Sie dachten überhaupt nicht daran, in Urlaub zu fahren. Menschen wie meine Eltern machten keinen Urlaub. Zum einen aus beruflichen Gründen, weil sie ein Ladengeschäft hatten, das man nicht einfach ein paar Wochen schließen konnte, und zum anderen wegen ihrer bäuerlichen Herkunft. Wenn ein Bauer Urlaub machte, verhungerte das Vieh. So einfach war das. Und diese Regel galt auch dann noch, als aus den Menschen mit bäuerlicher Herkunft Ladenbesitzer geworden waren, die längst kein Vieh mehr hielten. Es gab nur einen Hund im Haus. Den ich als meinen Hund betrachtete, auch wenn meine Eltern ihn fütterten, mit ihm zum Tierarzt gingen und die Hundesteuer bezahlten. Es war trotzdem mein Hund. Das hatte ich mit dem Hund so vereinbart. Unter vier Augen. Wie gern wäre ich mit ihm ans Meer gefahren. Wie schön wäre es gewesen, gemeinsam am Strand entlangzulaufen. Wie er nach den Wellen geschnappt hätte! Das habe ich später des Öfteren im Kino gesehen, wie jemand mit seinem Hund am Strand entlanglief und wie der Hund nach den Wellen schnappte. So heiter und unbeschwert konnte das Leben sein. Nur meines nicht. Zumindest damals nicht. Ich war ja auch noch klein. Noch ein Knabe. Aber ich wurde größer, und mit mir wuchs mein Traum vom Meer. Womit ich meinen Eltern so lange auf die Nerven ging, bis sie mich endlich an die Nordsee fahren ließen, und zwar nach Döse bei Cuxhaven. Nicht mit dem Hund allerdings, sondern mit dem CVJM. Genauer: mit der Jungschar des CVJM. Der Urlaub war ganz genau so, wie ich mir einen zünftigen CVJM-Urlaub vorgestellt hatte. Schlechtes Wetter, feuchte Holzbaracken, Tischtennis, eine Wattwanderung mit Wattwürmern, zum Gotterbarmen langweilige Bibelabende und ein Jugendwart, vor dessen erzieherischer Zuwendung man sich besser hütete. Mit anderen Worten: Döse war schrecklich. Und das Meer davor auch. Eine stumpfe graue Betonplatte. Die ab und zu ins Schwingen geriet, je nach Wind, und gelegentlich aufbrach, wenn aus dem Wind ein Sturm wurde, der steinschwere Wogen auf den Strand warf.

Dies war nicht das Meer, nach dem ich mich gesehnt hatte. Das musste woanders sein. Aber wo? Vielleicht an der Ostsee? An die Ostsee fuhren nur die Beamten. Und die alten Damen. Die mit der guten Rente. Die Ostsee war etwas für die Wohlbehüteten und die Sicherheitsbedürftigen. Weil es an der Ostsee so gut wie keine Gezeiten gab. Allenfalls Ebbe. Aber keine Flut. Doch je älter ich wurde, umso attraktiver erschien mir die Ostsee. Vielleicht hatte ich ja auch eine Beamtenseele. Der Beamte in mir sehnte sich nach der Ostsee. Ich wäre auch gern wohlbehütet gewesen. Ich hätte auch gern ein Leben ohne Ebbe und Flut gehabt. Wellengang ja. Aber keine krachenden Wellenschläge, die mir den Boden unter den Füßen wegrissen, wie ich sie an der Nordsee erlebt hatte.

Allerdings unterdrückte ich meine Sehnsucht nach der Ostsee. Um mich nicht zu blamieren. Ich war ja keine alte Dame. Und ich hätte auch gar nicht gewusst, wohin man dort fuhr. Die meisten meiner Freunde und Bekannten wie die meisten unserer Nachbarn fuhren weiterhin regelmäßig an die Nordsee. Und die meisten derjenigen, mit denen ich in Döse gewesen war, blieben der Nordsee treu. Wobei natürlich nicht alle so fantasielos waren und immer nach Döse fuhren. Das taten nur die schlichten Gemüter oder diejenigen, die es beruflich nicht allzu weit gebracht hatten. Alle anderen weiteten ihre Sehnsuchtsziele aus und fuhren dementsprechend nach Spiekeroog, Langeoog, Baltrum und Amrum oder auch nach Sylt. Die Mondänen fuhren nach Sylt. Die Bauunternehmer und Spediteure. Die Studienräte eher nach Spiekeroog. Die kleinen Angestellten und Automechaniker weiterhin nach Döse. Das war die Weltordnung. Und alle waren zufrieden damit. Nur ich nicht. Ich war mit gar nichts zufrieden. Ich fügte mich in keine Weltordnung. Für mich war die Weltordnung eine große Weltunordnung. Die endlich in Ordnung gebracht werden musste. Für einen meiner Freunde bedeutete das, sich direkt nach dem Abitur einen gebrauchten Wohnwagen zu kaufen und an den nächsten Baggersee zu ziehen. Was aber nicht meine Sache war. Meine Sache würde das Mittelmeer sein. Älter, reifer und weltoffener geworden, träumte ich nicht mehr von der Ostsee, sondern vom Mittelmeer. Capri beispielsweise. Ich träumte nicht nur davon, ich fuhr auch hin, konnte mir dort allerdings kein Hotelzimmer leisten und blieb in Neapel, wo es billige Absteigen gab. Ich wohnte im Spanischen Viertel in einer schäbigen Pension mit Etagenklo und durchgelegenen Drahtbetten und machte einen Tagesausflug nach Capri.

Capri war sehr schön. Aber nicht ganz so schön, wie ich es mir vorgestellt hatte. Capri war voller Tagesausflügler. Ich ging über die schönen Spazierwege, ich ging an weißen Mauern entlang, an blühender Bougainvillea und betäubend duftendem Jasmin, ich besuchte das Haus von Curzio Malaparte, auf Klippen erbaut. Ich erfreute mich an der kurvenreichen Via Krupp. Ich stellte mir vor, ich lebte als schwedischer Arzt und Schriftsteller auf Capri. Oder als römischer Kaiser, der hier eine Villa besaß, hoch oben, mit Meerblick. Natürlich war ich kein grausamer Kaiser, wie Tiberius, der seine Feinde von der Klippe warf, sondern ein freundlicher und ganz ohne Feinde, der so gern auf Capri weilte, dass er Rom irgendwann vergaß, und der auch von Rom irgendwann vergessen wurde. All das stellte ich mir während meiner Spaziergänge auf Capri vor. Und manchmal dachte ich einfach nur, dass ich der war, der ich war, ein glücklicher Reisender, der Heimat entronnen, dem Münsterland, dem Teutoburger Wald, für den es nur die Insel, den Jasmin, die Bougainvillea, die weißen Mauern, den Himmel und das Meer gab. Und sonst nichts.

Aber dem war nicht so. Denn wo ich auch ging und schaute

und träumte – immer war einer der Tagesausflügler dabei. Manchmal in Sichtweite. Und manchmal auch dicht neben mir. Einige von ihnen kannte ich schon von der Überfahrt. Wir waren auf der Fähre ins Gespräch gekommen. Über die Hotelsituation in Neapel beispielsweise. Oder die Taschendiebe. Die waren immer ein Thema. Und jetzt traf man sich wieder. Grüßte sich sogar. Da hätte ich gleich zu Hause bleiben können. Capri war gar nicht Capri. Capri hatte eine Katastrophe heimgesucht. Es war von einem Insektenschwarm befallen. Gattung: Ausflügler. Untergattung: Tagesausflügler.

Dann lieber Neapel. Oder gleich Rom. Ein Meer aus Stein. Nichts Schöneres, als auf einer stillen römischen Piazza zu sitzen. Mein Meer war die Piazza. Die Piazza della Quercia zum Beispiel. Nichts Schöneres, als zur heißen Mittagszeit auf der Piazza della Quercia zu sitzen und dem Sommerwind zu lauschen, der sich diskret in den Blättern der großen, dunklen Eiche in der Mitte des Platzes verfing. Nichts Schöneres möglicherweise auch, als auf der Piazzetta von Capri zu sitzen, nachdem die Tagesausflügler die Insel verlassen hatten. Aber dann müsste ich auf der Insel übernachten statt in einer schäbigen, aber bezahlbaren neapolitanischen Pension. Das würde ich irgendwann nachholen. Später einmal. Wenn ich Beamter war. Dann würde ich vielleicht auch mal nach Spiekeroog fahren und mit einem Fernglas um den Hals mein ornithologisches Hobby pflegen. Das ich mir aber erst noch aneignen musste. Einstweilen genügten mir die Spatzen und Tauben auf den italienischen Plätzen, denen ich die Krumen meiner Schinkensemmel hinstreute, die ich auf solchen Plätzen zu essen pflegte. Mehr brauchte ich nicht. Eine Barockkirche, einen Brunnen, gern auch aus der Renaissance, eine Bar mit *panini con prosciutto* im Angebot und ein paar schattenspendende Bäume. Das war mein Sehnsuchtsort. Das war meine Insel im Häusermeer. Mit besagten Tauben und vor allem Spatzen. Falls sich noch eine Katze hinzugesellte, war mein Traum vom guten Leben perfekt. Wo eine Katze ist, bleiben freilich Tauben und Spatzen nicht lange. Man kann eben nicht alles haben. Aber fast alles. Und hier hatte ich es. An der Nordsee war es genau umgekehrt gewesen. Da hatte ich fast nichts gehabt.

Allerdings kann man nicht sämtliche Urlaube seines Lebens damit verbringen, auf irgendwelchen italienischen Plätzen herumzusitzen, nur weil man in frühen Jahren einen verregneten Nordseeaufenthalt mit der Jungschar des CVJM in Döse bei Cuxhaven durchstehen musste. Zumal später ja auch der Lebenspartner ein Wörtchen mitzureden hat. Und wenn der Lebenspartner gern schwimmt und segelt und Fahrrad fährt und über den Deich spaziert und gern auch ein bisschen im Garten werkelt, Gemüse zieht und Blumen pflanzt und Äpfel und Birnen pflückt, ist so eine italienische Piazza nicht der beste Ort dafür.

Ein Haus musste her. Ein Ferienhaus. Am besten an der Ostsee. Da ist das Klima mild, nicht zu kalt und nicht zu heiß, da ist keine Ebbe und Flut, aber doch ein Meer, das aber weniger salzig ist, sodass die Apfelbäume bis an die Wasserkante heranwachsen. Und die Birnbäume auch. Aber woher so ein Haus nehmen, ohne ein solides Gehalt. Als Beamter zum Beispiel. Travemünde und Umgebung war unbezahlbar. Da hätte man schon Ministerialbeamter sein müssen. Oder eben gleich ein Hamburger Bauunternehmer. Andererseits war ich nun alt genug und in gewisser Weise reif für die Ostsee. Ich kannte die Nordsee. Ich hatte den Süden gesehen. Ich war einverstanden mit der Ostsee. Mehr noch: Ich war begeistert. Besonders mit der ostdeutschen Ostsee. Die schönsten Küsten und Landschaften gab es in der DDR. Das wussten allerdings nur die Kenner. Die mit Deutschland wirklich Vertrauten. Ich wusste es, weil ich einige Male in Mecklenburg-Vorpommern gewesen war. Zu der Zeit, als Mecklenburg-Vorpommern noch aus den Verwaltungsbezirken Schwerin, Rostock und Neubrandenburg bestand. Ich hatte Onkel und Tanten in der DDR. Und ich empfand Sympathie für die Verwaltungsbezirke Schwerin, Rostock und Neubrandenburg. Einige meiner Verwandten wohnten in Küstennähe und andere in der Nähe vom Braunkohletagebau. Aber allesamt hatten sie schöne Einfamilienhäuschen. Und nicht nur das. Einige hatten auch schöne Zweithäuschen am Meer. An der Ostsee. Das kannte ich nur von wohlhabenden Italienern, diese Zweithäuschen am Meer. Einer meiner Cousins, der weitaus älter als ich und darum auch mehr ein Onkel als ein Cousin für mich war, besaß ebenfalls so ein Zweithäuschen. Nach der Wende bekam ich von ihm das Angebot, das Häuschen zu übernehmen. Gegen Geld natürlich. Weil der Cousin, Textilingenieur von Beruf, mit solider DDR-Ausbildung, samt Familie nach Süddeutschland zog, wo ihn in der Nähe von Stuttgart ein lukrativer Job erwartete. Vom Verwaltungsbezirk Neubrandenburg nach Baden-Württemberg. An seinem Häuschen an der Ostsee hatte er da kein Interesse mehr. Er hatte jetzt Interesse an Italien, Frankreich oder Spanien. Was ich natürlich verstand. Und wobei ich zugleich dachte, wie schön sich alles fügte: Mein DDR-Cousin war reif für Spanien, Frankreich und Italien. Und ich war reif für ein DDR-Häuschen an der Ostsee. Auch wenn das Häuschen eher eine Datsche war, aber das machte nichts. Es kam mir trotzdem wie ein Traum vor, der dank der deutschen Einheit endlich in Erfüllung ging.

Ich zögerte nicht lange und kaufte das Häuschen. Zum Verwandtschaftspreis, versteht sich. Ein Schnäppchen. Das Haus stand auf einer Insel, die nicht weit von Wismar entfernt und im Grunde nur eine Halbinsel war. Je nach Wasserstand und Witterungsverhältnissen. Den Namen der Insel hatte ich vorher nie gehört. Unbekanntes Mecklenburg-Vorpommern. Ich kaufte das Häuschen im Frühjahr, konnte es aber laut Vertrag erst im Sommer in Besitz nehmen. Was ja auch in Ordnung war. Auf ein paar Monate sollte es mir nicht ankommen. Ich wartete aber dann doch immer ungeduldiger darauf, endlich vor dem Häuschen zu sitzen, die würzige Ostseeluft zu atmen und aufs Meer hinauszuschauen. Obwohl ich ja wusste, dass das Haus gar keinen Meerblick hatte, sondern nur einen Boddenblick. Was ich aber nicht weiter wichtig fand. Haus am Meer war Haus am Meer. Dann würde ich eben auf den Bodden schauen und dabei vom Meer träumen. Ich wusste allerdings nicht, dass die Hauptaufgabe des Boddens darin bestand, eine Brutstätte für Mücken zu sein. Die im Sommer ausschlüpften und danach nur eines im Sinn hatten: Menschenblut. Besonders gegen Abend und bei Sonnenuntergang. Wenn die Stimmung am schönsten war. Wogegen nur ein Mittel half: Grillen. Abends war ja ohnehin Grill- und Räucherzeit. Dichte Kleidung half ebenfalls. Am besten diese weißen oder beigefarbenen Overalls mit Kapuze, wie sie meine Nachbarn trugen. Ein älteres Ehepaar aus Rostock, für das es nichts Schöneres gab, als an einem lauen Sommerabend in der entsprechenden Schutzkleidung vor dem eigenen Inselhäuschen zu sitzen, Gegrilltes zu essen und ordentlich Qualm zu machen. Das würde ich nun auch versuchen. Kein Problem, dachte ich. Aber es war doch ein Problem. Nach einigen Tagen begann ich von der Piazza della Quercia zu träumen. Da hatte mich weder tagsüber noch am Abend auch nur die kleinste Mücke gestochen. Nach einer Woche gab ich telefonisch eine Kleinanzeige im *Berliner Tagesspiegel* auf und bot das Häuschen für einen überhöhten Preis zum Verkauf an. Für einen sehr überhöhten Preis. So ein Bodden war schließlich eine Kulturlandschaft. Und hatte etwas sehr Beruhigendes. Je mehr die deutsche Einheit voranschritt, umso größer würde die Nachfrage nach meinem Häuschen mit Boddenblick werden. Besonders unter Berlinern. Westberlinern. Und ich würde mir von dem Geld etwas anderes suchen. Etwas mit Balkon. Und Parkettfußboden. Irgendwo in Charlottenburg. Dort, wo die Kastanien rauschten. Mein Angebot gilt noch immer.

## Tanja Dückers

# Gdynia Horizons

Wenn ich aus dem Fenster schaute, sah ich nichts als Wolken, Strommasten und Tannen. »Sag mal, wann sind wir eigentlich in Stettin?«

Almut saß mir gegenüber, auf ihrem Schoß lag eine ausgebreitete Papierserviette mit Apfelstücken. Sie beeilte sich nicht mit einer Antwort. Schließlich murmelte sie, während sie einen weiteren Apfel schälte und viertelte: »Wir sind gleich da, eine halbe Stunde haben wir zum Umsteigen in den polnischen Zug. Aber dann müssen wir bis Gdingen noch mal fünf Stunden in der Hitze schmoren, Jakob.«

»Nenn mich doch bitte Jack, wie alle anderen.«

»Das ist mir zu unernst«, antwortete meine Tante.

Wir fuhren an schmutzig schwarzen Altbauten vorbei in den Bahnhof von Szczecin ein. Ich reiste immer mit einem alten Seesack; diesmal baumelte er schlaff über meiner Schulter, da ich nur für drei Tage gepackt hatte. Almut aber hatte einen großen Rollkoffer dabei. Im brüchigen Asphalt des Stettiner Bahnhofs blieb er so oft stecken, dass ich ihn schließlich für meine Tante trug. Ich war der starke Mann an ihrer Seite, den sie sich als Begleitung für diese besondere Reise gewünscht hatte. Nachdem ihr Mann vor zwei Jahren verstorben war, hatte eigentlich ihre Freundin Eva sie begleiten wollen, und vielleicht wäre all das Furchtbare, was geschehen ist, dann nicht passiert. Aber Almut hatte geglaubt, ich wäre der richtige Mensch zur rechten Zeit am rechten Ort.

»Ich will noch einmal an den Hafen zurück!«, hatte sie an Weihnachten gesagt. »Mich interessiert, wie es dort heute aussieht.« Niemand in der Familie mochte dagegen etwas einwenden, wenngleich alle sich fragten, ob ihr diese Reise guttun würde. In Gdingen, damals von den Nazis Gotenhafen genannt, war Almut als achtjähriges Mädchen mit ihren Eltern und ihrem Bruder an Bord der *Goya* gegangen. Nach dem Untergang der *Wilhelm Gustloff* und der *General von Steuben* wurde die *Goya* ebenfalls versenkt. Am 16. April 45, nur drei Wochen vor Kriegsende, mit über 7000 Menschen an Bord. Almut hatte als einziges Familienmitglied überlebt – und mit ihr nur 182 andere Menschen.

Seit Jahrzehnten arbeitete sie ehrenamtlich für deutsch-russische Kulturprojekte; sie hatte Russisch und Polnisch studiert. Und hier, in Polen, korrigierte sie mich jedes Mal, wenn ich die deutschen Städtenamen statt der polnischen verwendete – dabei machte ich das nur aus Faulheit. Also Gdynia statt Gdingen, Szczecin statt Stettin ...

Es war klar, dass sie mich nur wegen meines Geschlechts auf die Reise mitgenommen hatte, nicht weil sie es besonders schätzte, sich mit mir zu unterhalten. Sie litt häufig an Atemnot und hatte sogar schon einmal nach einem Wut- und dann Asthmaanfall wiederbelebt werden müssen. Dass ich einen Segelschein besaß und unlängst einen Erste-Hilfe-Kurs absolviert hatte, schien ihr großes Vertrauen einzuflößen.

Einige Deutsch sprechende Rucksacktouristen drängelten sich in das Abteil, das wir ansteuerten. Die Hitze und die Enge machten mich müde. Die ganze Zeit musste ich vor Almut herumscharwenzeln, ihr die Türen aufhalten, ihren gottverdammten Koffer schleppen. Was da bloß alles drin war? Almut stöhnte und strich sich eine graue Strähne aus dem verschwitzten Gesicht. Die anderen Fahrgäste dachten sicher, sie sei meine Mutter oder vielleicht eher Großmutter.

»Komm, wir gehen ins Bistro.«

Ich schob Almut, die wegen der Hitze schwer atmete, an einer Mutter mit zwei quengelnden Kleinkindern vorbei in den nächsten Waggon, dessen grelle Farben mir in den Augen wehtaten: rosarote Vorhänge, violette Tischdecken, ein dunkelrot gemusterter Teppich und auf den Tischen knallgelbe und pinkfarbene Plastikblumen.

An einem dieser Tischchen tranken wir dünnen Kaffee. Draußen flogen die ewigen Tannen an uns vorbei. Almut schlug ihr Wörterbuch auf. »Jakob, willst du nicht ein paar Worte Polnisch lernen für diese Reise?«

Ich zuckte mäßig begeistert die Schultern. Sie tätschelte mir den Arm. »Du bist aber auch der heilige Ignorantius, oder? *Dzien dobry* heißt ›Guten Tag‹.«

»Das weiß ich.«

»Und du weißt auch, was ›danke‹ und ›bitte‹ heißt?«

»Tak!« Das polnische Wort für »ja« kannte ich.

Almut lächelte zufrieden. »Weiter geht's: *Pomocy* ist ›Hilfe‹. Kannst du dir das merken?«

»Ja.«

»*Uwaga* heißt ›Achtung‹. Und *Przepraszam* ›Entschuldigung‹ ... Ein wichtiges Wörtchen!«

»Das klingt total seltsam.«

Almut fuhr unbeirrt fort: »Und hier … *Ulica* ist ›Straße‹. *Na prawo* heißt ›nach rechts‹, *na lewo* ›nach links‹.«

»Das kann ich mir nicht merken.«

»Jakob –«

»Dafür kann ich segeln.«

Im Bahnhof von Gdynia war es trotz der hochsommerlichen Temperaturen kühl. Die dicken Wände waren von Staub und Schmutz bedeckt, nur wenige Lampen erhellten die düsteren Hallen und Flure. Leuchtreklamen und handgeschriebene Werbeplakate hingen überall, auf Hinweistafeln fehlten Plastikbuchstaben, wie bei einem Lückentext musste man die entsprechenden Vokale und Konsonanten im Geist ergänzen. Irgendwo las ich über einem schummrig beleuchteten Eingang *Salon Gier*, und Almut klärte mich auf, dass dies »Spielothek« bedeute. Dann fächelte sie sich wieder Luft zu.

Wir traten, vom Licht geblendet, auf den Bahnhofsvorplatz, um gleich darauf wieder ins Dunkel eines Taxis mit getönten Scheiben zu tauchen.

»Hotel Dom Marynarza, Aleja Pilsudskiego 1«, wies Almut den Fahrer an. Wir rasten eine breite Straße entlang, die vom Meer nur durch eine Betonwand getrennt war. Das Hotel lag keine Minute vom Strand entfernt, ein großer Kasten aus der Ära des Realsozialismus mit imposantem beflaggtem Portal.

»Kennst du diese Gegend noch von früher?«, fragte ich, während wir die Stufen zum Eingang hochstiegen. Almut atmete schwer. Plötzlich packte sie meine Hand und flüsterte:

»Weißt du, Asthma hat immer auch eine psychosomatische Komponente.«

Ich legte meinen Arm um sie: »Wir werden das alles schon zusammen durchstehen.« Ihre Schultern waren schmal wie die eines achtjährigen Mädchens.

Unser Hotel hielt innen, was es von außen versprach: Das Foyer war holzgetäfelt, mit einer riesigen Weltkarte und vielen kleinen Wimpeln versehen. Rettungsringe mit dem schwarzen Schriftzug *Viking Gdynia* schmückten die Halle. An einer Wand konnte man Wappen bewundern: *Mare Confidemus*, *Port of Southampton*, *Hela*, *Leszno*, weiter oben konnte ich die Namen auf Schiffsbäuchen, Walen oder auf Spruchbändern zwischen Löwenkrallen nicht mehr lesen.

Ich hörte meiner Tante zu, wie sie sich mit einem jungen Mädchen an der Rezeption auf Polnisch unterhielt, und fragte mich, ob es Almut wohl gefiel, wenn man sie für eine Polin hielt. Ich dachte an Fotos der von den Deutschen geplünderten und zerstörten polnischen Städte, die sie mir vor der Reise gezeigt hatte. Selbst die Kirchenglocken hatten die Deutschen damals mitgenommen, um das Metall einzuschmelzen. Die Grausamkeit, den tiefgläubigen Polen ihre Kirchenglocken zu stehlen, habe sie, meinte Almut, lange Zeit beinahe mehr erschüttert als die Tatsache, dass insgesamt sechs Millionen Polen umgebracht worden oder im Krieg gefallen seien. Sie habe sich immer die Stille nach der Einnahme der Stadt vorgestellt: das Ausbleiben des mittäglichen Glockenschlags, die Hochzeiten, die Beerdigungen ohne Glocken.

Wie im Zugbistro war ich auf meinem Zimmer überwältigt von den knalligen, kontrastreichen Farben: der Teppich bordeaux mit grünen Blumengirlanden, die Bettdecken hellblau, violett und rosa gestreift und mit weißen Wellenlinien versehen, die Vorhänge cremefarben mit roten und hellbraunen Ornamenten. Bisher hatte ich gedacht, solche Farben und Muster bekäme man nur auf LSD zu sehen. Ansonsten war die Einrichtung solide, Holztäfelung bis Hüfthöhe, robuste Holzmöbel, ein älterer Fernsehapparat und ein frisch renoviertes Bad.

Es war früh am Abend, und Almut wollte einen Spaziergang zum Hafen machen. Anstelle des Aufzugs nahmen wir auf ihren Wunsch die Treppe. Sie ging langsam, blieb oft stehen und rang nach Luft. Aber sie bestand darauf, zu Fuß zu gehen. Auf jedem Zwischenstockwerk hingen große, reliefartige Schiffsbilder an den Wänden. In jeder Etage ein anderes Schiff, alles Frachtschiffe, die harte Arbeit nahelegten. Auf unserem Stockwerk konnte man im Querschnitt des Schiffsbauchs plastisch hervorgehobene Kohleberge bewundern, eine Etage tiefer Zement oder Sand. Als ich mich über die Bilder lustig machte, traf mich Almuts tadelnder Blick.

Sie hatte sich umgezogen und trug ein tailliertes cremefarbenes Kleid, das ihre schlanke Figur zur Geltung brachte. Eigentlich war sie eine gut aussehende Frau. Sie hatte die Haare hochgesteckt, was sie selten tat, und sogar ein wenig Lippenstift aufgetragen – normalerweise sah sie mit ihrem grauen Pony und ihrer Nickelbrille eher wie eine über modischen Firlefanz erhabene Intellektuelle aus.

Auf der Promenade kamen uns zwei hübsche Mädchen in T-Shirts entgegen, auf denen in Brusthöhe *Keep your distance* stand. Ich versperrte ihnen absichtlich den Weg, und sie schlängelten sich kichernd an mir vorbei. Plötzlich standen wir mitten in einer Rentnergruppe. Die rüstigen Senioren trugen T-Shirts mit der Aufschrift *Spotkania* in Einheitsgröße, sodass bei manchen Männern der Bauch hervorlugte, während einigen Frauen der Stoff fast bis in die Kniekehlen hing. Sie sprachen lebhaft auf Polnisch und Deutsch miteinander. Almut erklärte mir, dass *Spotkania* »Treffen« bedeute.

»Dahinten, da lagen die großen Schiffe!«, rief eine Frau in pfälzischem Dialekt. »Ach, und diesen markanten Rundbau aus den Zwanzigern hab ich auch gleich wiedererkannt!« Almut und ich waren offenbar nicht die Einzigen, die sich auf Spurensuche begeben hatten.

Die Promenade war von unzähligen kleinen Buden gesäumt und führte an einem Sandstrand entlang. Trotz der einbrechenden Dämmerung tobten noch viele Kinder im Wasser herum. Eine Gruppe junger Männer warf lachend nasse Handtücher nach einigen Mädchen und veranstaltete eine Verfolgungsjagd.

Ich bemerkte, wie meine Tante sich vorsichtig umschaute, als wäre ihr das Treiben nicht geheuer. Einen Moment lang hatte ich Angst, dass sie von der Situation überfordert sein und einen Asthmaanfall bekommen könnte. Aber ich war ja gewappnet, ich wusste, was dann zu tun war. Als wir am Meer standen, zog sie hastig eine ihrer Sandalen aus und tauchte einen Fuß prüfend ins Wasser. Sie sah sich um, ob jemand sie dabei beobachtet hatte, und zog sich eilig ihren Schuh wieder an.

»Als ich das letzte Mal hier war, im April damals, war es richtig kalt«, sagte sie leise und fuhr fort: »Für mich ist es schon etwas befremdlich, dass wir jetzt im Hochsommer hier sind. Die Fotos und meine Erinnerungen an damals ... was ich sagen will, ist ... mir kommt es so vor, als ob jemand gleich eine Leinwand hochziehen könnte, hinter der die *Goya* zum Vorschein kommt, und vor dem Schiff stehen wieder dicht gedrängt all die Menschen in dicken Mänteln, Mützen und Schals ... Es könnte jeden Moment passieren!«

Ich legte kurz meine Hand auf ihre Schulter. »Wollen wir noch weiter bis zum Hafen laufen?«

Sie zuckte die Schultern, eigentümlich unentschlossen. Wir schlenderten an den vielen Büdchen entlang. Tatsächlich erkannte ich sofort den Bau mit dem runden, halb gläsernen Turm, der auf jedem Foto von Gotenhafen, das Almut mir gezeigt hatte, zu sehen gewesen war und von dem die Pfälzerin gesprochen hatte. Im Hafen lagen viele große Schiffe. Motoren brummten, Männer liefen hin und her, machten Handzeichen, brüllten sich etwas zu. Weiter am Horizont sahen wir riesige Hebewerke. Der Frachthafen schien sich endlos hinzuziehen. Durch mein Fernglas beobachtete ich, wie zwei mächtige Schiffe – die *Arctica* und die *København* – in See stachen. Als ihr tiefes Hupen ertönte, lief mir ein Schauer den Rücken hinunter. Almut borgte sich mein Fernglas.

»Dahinten kommt noch ein Tanker«, murmelte sie und reckte das Kinn in Richtung Horizont, wo ich mit bloßem Auge nichts als die roten und violetten Töne der Dämmerung erkennen konnte.

Am Kai lagen einige Restaurant- und Hotelschiffe, deren Eingänge mit Lichterketten geschmückt waren. Vor einer Kneipe mit dem schönen Namen *Bar Uniwersalny* drängelten sich namensgerecht die Massen. Volksmusik drang aus vor der Reling aufgebauten Lautsprechern, ein Mann mit Zylinder spazierte an Deck auf und ab, wobei er ohne Unterbrechung palaverte.

»Hier war's«, sagte meine Tante knapp. Ich starrte auf den Strom von Menschen, der in die *Bar Uniwersalny* hinein- und wieder hinaus auf den Kai drängte; ausgelassene Samstagabendstimmung. »Hier genau sind wir damals an Bord gegangen, völlig am Ende unserer Kräfte, mehr oder weniger ohne Gepäck und nur mit dem, was wir am Leib trugen.« Und danach, übergangslos: »Lass uns einen Happen essen gehen, Jakob.«

Nachdem wir beide in einer Kawiarnia Wurst, Salat und Bernsteinbier bestellt hatten, fragte ich Almut: »Wann hat man das Wrack der *Goya* eigentlich entdeckt?« Von der *Gustloff* war ja bekannt, dass sie in nur 60 Metern Tiefe vor der Küste Stolps lag. Mit ihren rund 9000 Toten.

»Erst 2002, am 26. August, meinem Geburtstag.«

»Und wo liegt das Ding?«

»So genau weiß ich das nicht ... die *Goya* ist auf dem Weg nach Kopenhagen torpediert worden. Der russische Kapitän hat später die höchste Auszeichnung der Sowjetunion, den Titel ›Held der Sowjetunion‹, dafür erhalten. Dass der Russe uns nicht schonen würde, nach allem, was passiert war, war klar ... Wir an Bord der *Goya* hatten allerdings unglaubliches Pech: Die *Goya* hatte wie fast alle großen Flüchtlingsschiffe zum Schutz auch Begleitschiffe, die *Kronenfels* und die *Ägir*. Die drei Schiffe sind damals abgedunkelt in Richtung Swinemünde aufgebrochen. Mit von der Partie waren noch zwei Minensuchboote. Dann gab es eine Kursänderung, es sollte nun nach Kopenhagen gehen. Egal. Es war ja eine Fahrt ins Nirgendwo. Obwohl die *Goya* selber schneller als die sowjetischen U-Boote war, musste sich der Konvoi natürlich am langsamsten Fahrzeug orientieren, der *Kronenfels*. Dieses Begleitschiff wurde der *Goya* zum Verhängnis. Denn es hatte mitten auf der Fahrt einen Maschinenschaden. Deshalb musste auch unser Schiff zwanzig Minuten stoppen. Ein unglaublicher Zeitverlust in solch einer gefährlichen Situation. Kaum war der Schaden behoben, kam es zum Angriff auf die wartende *Goya*. Sie sank innerhalb von sieben Minuten. Es ging alles so schnell. Ich weiß nur noch, wie ich völlig durchnässt an Bord eines der Minensuchboote gehievt wurde, der *M 328*. Saukalt war es. Den Rest kennst du.«

Ich starrte auf die Ostsee, über die sich lila-rotes Licht ergoss. Sie blinkte und glitzerte wie von Tausenden Unterwasserseelen bewohnt. Wir tranken rasch unser Bier aus und machten uns auf den Rückweg.

Die fliegenden Händler waren von der Strandpromenade verschwunden, dafür grölten einige angetrunkene Jugendliche in bunt bedruckten T-Shirts herum, kickten nach Bierdosen und taten so, als wollten sie einander von der Brüstung stoßen. Irgendwie gefielen sie mir, ich schaute ihnen eine Weile zu. Vor allem ein Junge stach mir ins Auge, weil er ein T-Shirt mit der Aufschrift *Gdynia Horizons* trug – die geschwungene Horizontlinie bestand aus den prallen Brüsten einer liegenden Frau. Auf einmal tippte Almut mich an: »Komm schon, was interessieren dich diese Proleten.«

Als sich mit lautem Tuten ein großer Frachter ankündigte, blieb meine Tante wieder stehen. »Du kannst dir nicht vorstellen, wie der Hafen damals ausgesehen hat, als fast die gesamte deutsche Kriegs- und Handelsflotte hier versammelt war«, sagte sie.

»Und, hat's dir gefallen?«, fragte ich skeptisch.

»Um Gottes willen, es hat mir Angst gemacht.«

Ich zog einen Stadtplan aus der Hosentasche, den ich im Hotel eingesteckt hatte, und warf einen Blick auf die Hafenanlage. Die vielen Hebewerke in der Ferne waren nur Vorboten: Das eigentliche Gelände samt Frachtbahnhof, Lagerhallen und Zufahrtswegen war größer als die gesamte Stadt.

»Guck mal, Jakob, der große Pott kommt langsam näher ...«

»Kannst du mich nicht Jack nennen?«

Almut ignorierte meinen Einwurf und geriet stattdessen ins Schwärmen: »Schau mal auf das leuchtende Meer am Horizont ... Es sieht aus, als hätte die Sonne für das riesige Schiff einen roten Teppich ausgelegt.«

Ich schwieg und dachte an die beiden Mädchen mit den *Keep your distance*-T-Shirts. Wir gingen ins Hotel. Meine Tante wollte mir noch alte Fotos zeigen, aber ich war so müde, dass ich mich sofort in mein Zimmer zurückzog.

Nach dem Frühstück in einem riesigen, trotz seines maritimen Schnickschnacks kahl wirkenden Saal (am Buffet trafen wir den *Spotkania*-Rentnertrupp wieder, leider nicht die *Keep your distance*-Mädchen) machten Almut und ich einen Spaziergang. Kaum traten wir aus dem Hotelfoyer, brach uns der Schweiß aus. Die Hitze war heute noch drückender als gestern. Meine Tante hatte einen Fächer aus Elfenbein dabei, mit dem sie sich Luft zuwedelte. Wir waren keine hundert Meter gelaufen, als wir plötzlich vor zwei mannshohen giftgrünen Plastikglühbirnen standen. Im Hintergrund hörte man ein eigentümliches Zischen und Rauschen, und dann sahen wir die aufblasbaren Werbefiguren, grüne Männchen mit zappelnden Armen. Zwischen den Figuren standen, saßen und knieten eine Fülle von Menschen, die an Miniatursegelbooten herumbastelten; sie richteten Masten, strichen Tuch glatt oder hantierten an der Fernsteuerung. Dann ertönte ein dunkles Tuten, und alle Strandgäste bis auf die Bastler stürzten zur Brüstung. Auf dem Wasser begann die erste vom Glühbirnenfabrikanten gesponserte Minisegelschiff-Regatta. Die Bastler hier schienen erst in der nächsten Runde zu starten.

Als die zweite Gruppe drankam, blitzten Kameras auf, ein Mann mit Bauchladen verteilte Schokoladenglühbirnen, einem Kind fiel die Fernsteuerung ins Hafenbecken, es fing an zu weinen. Ich starrte auf das Wasser, das sich in schmutzigen Strudeln unter mir drehte. Im Grunde meines Herzens hatte ich Angst vor Wasser, vor seinem Sog, seiner Tiefe, vor dem offenen Meer, vor großen Schiffen – die Bilder der *Estonia* im Fernsehen hatten einen stärkeren Eindruck bei mir hinterlassen als die vieler anderer Katastrophen. Ich segelte zwar hin und wieder ein bisschen mit Kumpels oder Mädchen, die ich beeindrucken wollte, aber immer nur in großen Badewannen wie dem Wannsee oder dem Schlachtensee.

Almut und ich gingen ein paar Schritte weiter, nicht ohne eine der Schokoladenglühbirnen mitzunehmen. Schließlich fragte ich meine Tante, ob sie hier außer dem Zwanzigerjahre-Rundbau noch irgendetwas wiedererkenne. Sie schüttelte den Kopf, sagte dann aber: »Eigentlich ist es schön, dass die Leute hier so fröhlich sind und man alles vergessen zu haben scheint. Man kann sich doch nichts Besseres für diesen Ort wünschen, oder? Was meinst du, Jakob?«

Immer dieses »Jakob«.

»Ja, sicher«, seufzte ich und hakte mich bei ihr ein.

Als wir später ins Hotel zurückkamen, sprach die ältliche Dame an der Rezeption meine Tante auf Polnisch an. Almut hob die Augenbrauen und machte ein sorgenvolles Gesicht. Schließlich nickte sie, »tak, tak«. Mehr verstand ich nicht.

Am Abend saßen wir in Almuts Hotelzimmer und aßen Apfelschnitze und Stullen aus ihrer Brotdose. Ich hatte angenommen, meine Tante würde jede Sekunde unserer Reise nutzen, um sich ihre alte Heimat anzuschauen, aber sie wollte nicht mehr ausgehen. Kaum im Zimmer, hatte sie die Vorhänge zugezogen.

»Und, wie hat es dir heute gefallen?«, fragte ich.

»Gefallen, gefallen! Jakob, was für eine einfältige Frage!«

Ich schwieg beleidigt.

Almut legte mir einen Arm um die Schultern: »War nicht so gemeint. Ich bin dir ja unendlich dankbar, dass du mich begleitest. Allein hätte ich mir die Reise nicht mehr zugetraut.«

»Eva hätte doch auch mitkommen können«, wagte ich anzubringen.

»Die kann meinen Koffer nicht tragen und macht auch keinen Eindruck auf unangenehmes Volk am Hafen.« Meine Tante hatte also keine Vorurteile gegen Polen, wohl aber gegen Proleten, egal welcher Nation.

Wir schwiegen.

»Ich wünschte, ich wäre nicht hierhergekommen«, sagte Almut plötzlich.

»Wieso denn?«

»Mich deprimiert das alles wieder so. Komm, lass uns die alten Bilder angucken, von unserem Haus und vom Hochzeitstag meiner Eltern ... und von meiner Einschulung.«

Almut öffnete ihren Koffer und förderte einen prall gefüllten Ordner zutage.

Wir vertieften uns in die Schwarz-Weiß-Aufnahmen. Da waren ihre Eltern, Onkel Albert und Tante Heide, als junge Menschen. Meine Tante blickte sie an, als seien sie alte Vertraute, jung, wie sie waren, Jahre vor ihrer eigenen Geburt.

Von draußen hörte ich den Wind. Er schien stärker geworden zu sein. Rufe mischten sich darunter.

»Sieh mal, das waren mein Bruder und ich, als wir noch ganz klein waren, auf dem Weg nach Königsberg ...«

Ich konnte mich nicht richtig auf die Fotos konzentrieren.

»Und hier sind wir –«

»Hörst du das da draußen?«

Almut warf mir einen ungehaltenen Blick zu. »Du meinst, diese Strandproleten? Warum gehen die auch jetzt noch raus, die Dame an der Rezeption hat gesagt, dass es eine allgemeine Sturmwarnung gibt, das wurde sogar per Lautsprecher auf der Promenade durchgegeben – hier, das war mein Bruder.«

»Was schreien die denn da?«

»Ach, die rufen sich nur irgendwas zu ...«

Ich wollte aufstehen, ans Fenster treten, doch Almut hielt mich zurück. »Misch dich da nicht ein. Guck mal hier, dein

Onkel, er war immer so gern schwimmen. Ist es nicht eine schreckliche Ironie, dass er später ertrinken musste?«

Ich nickte. Jetzt hörte ich das Geschrei wieder. Diesmal stand ich sofort auf und lief zum Fenster. Ich hatte die Höhe unseres Stockwerks unterschätzt, von hier aus konnte man die Leute auf der Strandpromenade nicht gut erkennen. Aber dann sah ich etwas am Hafen. Dort waren zwei Gruppen, die sich gegenseitig ins Wasser zu schubsen versuchten. Dazu beschimpften sie einander auf Polnisch.

»Was rufen die da?«, fragte ich Almut.

»Das kann ich hier auch nicht verstehen«, meinte sie abwesend, und dann: »Irgendetwas mit einer Wette ... einer verlorenen Wette.«

Plötzlich wurde ein Junge vom Kai ins Wasser gestoßen. Ich drehte mich zu Almut um. Sie hielt ein Foto in der Hand, und ich sah sie zum ersten Mal in meinem Leben weinen.

»Da ist einer im Wasser!«, rief ich aufgeregt.

Almut hob den Kopf und runzelte die Stirn. »Tatsächlich?«

»Ja, guck!«

Almut blieb sitzen. »Das haben die Jungs damals auch gemacht ... sich gegenseitig im Sommer vom Kai schubsen. Jakob, jetzt komm bitte her zu mir.«

»Hast du nicht gesagt, es gab eine Sturmwarnung?«

Sie hatte ihre Brille abgenommen, ich sah die schwarzen Spuren, die Tränen und Wimperntusche auf ihren eingefallenen Wangen hinterlassen hatten, und bemerkte, dass sie mit einer Hand ihr Asthmaspray fest umklammert hielt. Ich zögerte, dann lief ich aus dem Zimmer, die Treppen mit der Serie von merkwürdigen Holzreliefs hinunter, vorbei an der verblüfft schauenden Rezeptionistin, über die Treppe vor dem Haupteingang, rannte zur Promenade, auf der mir der Wind entgegenschlug, und stand auf dem Steg. Vier der Jungs waren jetzt im Wasser und versuchten sich gegenseitig hinunterzudrücken. Sie prusteten und grölten.

Vielleicht hatte Almut doch recht gehabt. Warum war ich nur so hysterisch? Ich sollte sofort zu ihr zurückgehen. Plötzlich aber wurden die Rufe hinter mir lauter. Ich drehte mich um und sah, wie einer der Jungen zu einem Kumpel schwamm und versuchte, ihn aus dem Wasser zu hieven. »Pomoc! Pomoc!«

Der Junge röchelte, sein Kopf glitt immer wieder unter Wasser.

Auf dem Steg hatten sich einige Strandpromenadengänger versammelt. Einer der Jungen rief ihnen etwas zu. Neben mir stand ein kräftiger Pole, der sich schon Hemd, Hose und T-Shirt ausgezogen hatte. Und auf einmal sah ich die beiden *Keep your distance*-Mädchen, die erwartungsvoll von mir zu dem Polen und von ihm zu mir blickten. Ich zögerte nicht lange. »Me – I – help«, sagte ich zu den Umstehenden. Nach meinen Worten ließ der Pole mir den Vortritt. Ich riss mir mein T-Shirt über den Kopf, streifte die Jeans ab und sprang ins Wasser. Es war lauwarm. Mit schnellen Zügen schwamm ich zu dem Jungen, der versuchte, seinem Kumpel das Leben zu retten. Jetzt sah ich, dass der Kumpel bewusstlos war. Es war der mit dem *Gdynia Horizons*-Shirt.

»Here ...«, ich bemühte mich, ihn unter den Schultern zu erwischen, sein Gesicht hatte eine seltsam graue Farbe angenommen. Was hatte ich noch mal in diesem gottverdammten Erste-Hilfe-Kurs gelernt? Stabile Seitenlage ... Aber dafür musste er erst mal an Land sein. Plötzlich wurde mir bewusst, dass ich mich hier überhaupt nicht verständigen konnte. »Tiefer greifen, tiefer! Deeper ... deeper.« Ich redete hilflos auf den anderen ein. Ich hatte den Ertrinkenden an der rechten Schulter gepackt, was hieß noch mal »links«? Ich griff nach der Hand des anderen Jungen und sagte »Uwaga«. Der verstand nicht, was ich wollte. »Przepraszam«, versuchte ich ein anderes Wort. »You – idiot«, sagte er nur und zerrte seinen Freund in Richtung Ufer. Hilflos blickte ich mich zum Steg um. Mir wurde alles Mögliche zugerufen. Ich verstand kein Wort, mir war zum Heulen. Noch hoben und senkten sich die roten Brüste auf dem T-Shirt des Jungen, er lebte, lebte noch. Jetzt sprang der Pole, der sich vorhin schon vor mir ausgezogen hatte, ins Wasser und schwamm in unsere Richtung.

Er hat nicht mehr helfen können. Vielleicht wäre er erfolgreich gewesen, wenn ich mich nicht vorgedrängelt hätte. Wenn ich die Mädchen nicht hätte beeindrucken wollen. Immer wieder gehen mir diese Gedanken durch den Kopf.

Nach einigen Wiederbelebungsversuchen der mit Blaulicht angerückten Rettungsmannschaft lag der Junge unter einer schwarzen Plane. Nie werde ich das Bild vergessen: wie die roten Brüste auf seinem T-Shirt aufhörten, sich zu heben und zu senken, keine Bewegung mehr, nichts. Sein Gesicht, seine Haut war so fahl, so grau. Und dann die Plane auf dem Körper des Jungen, als wäre er kein Mensch mehr, nur noch ein Gegenstand. Wie alt er wohl gewesen war? Fünfzehn, sechzehn? Ein paar Jahre jünger als ich.

Neben mir begann einer seiner Kumpels zunächst zu seufzen, dann zu weinen. Die beiden Mädchen hockten in sicherem Abstand mit hochgezogenen Schultern fröstelnd auf einer Bank. Ich stand nass, wie ich war, herum und sah auf die Wasserlachen, die sich um meine Füße bildeten. Dann tat ich etwas vollkommen Bescheuertes: Ich warf meine auf dem Steg verstreute Kleidung ins Hafenbecken und ging nur in Boxershorts zurück ins Hotel. Als ich in unserem Zimmer stand, blickte Almut zu mir hoch. Sie war nicht mehr traurig, sondern zornig.

»Ich dachte, du kümmerst dich hier um mich!«, sagte sie atemlos. »Stattdessen musst du mit diesen Proleten bei Sturmwarnung schwimmen gehen!«

Ich sagte nichts und nahm mir ein Piwo aus der Minibar.

»Ich habe mir Sorgen um dich gemacht. Einmal dachte ich, ich bekäme keine Luft mehr, ich musste zwei Hübe nehmen!« Sie zeigte auf ihr Asthmaspray.

Wortlos ging ich in mein Zimmer und stellte mich ans Fenster. Die See war ruhig. Der Mond hatte einen endlosen silbernen Teppich ausgebreitet.

## Leif Randt

# Wir Kinder vom Planeten Blossom

1 Es war die erste Woche der Sommerferien. Wir saßen im Reisebusshuttle, wir tranken Cola-Biere und hörten Musik. Einige von uns lümmelten quer über mehreren Sitzen, manche balgten miteinander, es gab genügend Platz. Draußen zog die Küste vorbei, eine menschenleere Region voller Palmen und Kliffs, wenige Wolken. Die Scheiben waren getönt. Sonnenbrillen brauchten wir nicht.

Am frühen Morgen hatten wir uns vor dem Wohnheim in Ost-Blossom-City versammelt, zwölf Jungs in weißen Shorts. Es bestand keine Uniformpflicht, trotzdem mochten wir es, einheitlich gekleidet zu sein. Es war der Sommer unseres zweiten Jahres, wir kannten uns bereits gut.

Duncan gab als Erster zu, dringend aufs Klo zu müssen. Er war schon ziemlich angetrunken, ich glaube, er hatte zum Frühstück zu wenig gegessen. Auf dem Weg zur Fahrerkabine baumelten seine Arme an ihm herunter. Ich habe diese schlackernden Gliedmaßen noch genau vor Augen, obwohl er heute, nach mehreren Jahren Kraftsport, völlig anders aussieht. Der dürre Duncan von damals und der kompakte Duncan von heute sind für mich kaum zusammenzudenken. Unser Fahrer war sehr geduldig, auch wenn wir mal laut wurden, er beklagte sich nie. Wir waren schließlich nicht irgendwelche Jungs, und er trug die alleinige Verantwortung. Dass unsere Dozenten in einem anderen Busshuttle saßen und wir also, seitdem wir auf Planet Cromit gelandet waren, scheinbar von niemandem beaufsichtigt wurden, kam uns vollkommen normal vor. Fabelhafte Jahre waren das.

Die Tankstelle, an der wir hielten, hatte zwei Zapfsäulen, beide waren von feinem Sand bedeckt und anscheinend außer Betrieb. Draußen war es viel windiger, als ich es im Bus angenommen hatte. Unsere blütenweißen Shorts, deren Schnitt für unsere jugendlichen Stockbeine etwas zu weit war, plusterten sich auf. Selbstverständlich fotografierten wir uns in diesen vom Wind deformierten Hosen. Wir posierten mit erhobenen Daumen oder streckten unsere Cola-Biere ins Bild, und ich weiß noch, dass ich einmal absichtlich gerülpst habe. Und das war damals noch kein reflexives Rülpsen, das sich selbst veralbert, sondern ein ganz schlichtes Aufstoßen, das sich aus der Gruppendynamik ergab und für unser Alter typisch war. Wir wussten, was man von uns erwartete, und wir spielten mit diesen Erwartungen, und die Dozenten wussten, dass wir mit ihren Erwartungen spielten.

Beim Betrachten des Fotos, auf dem mein Rülpsen zu erahnen ist, erinnere ich mich heute vor allem an das Glück, das ich damals empfand. Die Busfahrten ins Sommercamp stifteten Momente vollständiger Identifikation. Ich genoss es, diesem Jahrgang anzugehören. Von den Cola-Bieren bekamen wir Schluckauf, wir prusteten und grinsten über anzügliche Gags, es war Sommer, und wir waren Jungs.

An der unverputzten Tankstellenaußenwand hing eine Werbung für Tabak. Ein Mädchen in unserem Alter war auf dem Plakat abgebildet, es hatte rötliches Haar, vermutlich leicht gefärbt, lehnte an einer Hausfassade und trug ein halb offenes Hemd. Das Mädchen rauchte zwar nicht, denn rauchende Teenager durften zu dieser Zeit auf Cromit noch nicht gezeigt werden, aber ihr Blick schien zu fragen, ob man nicht eine Zigarette mit ihr teilen wollte, eine Zigarette am Strand, die glasige Augen und ein leicht blümerantes Körpergefühl hinterlässt. Niemand von uns hatte etwas gegen Tabak. Wir waren Rauschmitteln gegenüber offen oder ihnen sogar zugeneigt, das lernten wir früh, das war normal unter Juniordolfins. Bereits am Tag des Akademiebeitritts hatten erste Trinkspiele stattgefunden. Natürlich gab es Einzelne, die bewusst gegen diese Spiele anrebellierten, eine solche Verweigerung kam in jedem Jahrgang vor, das war so üblich und auch erwünscht. Die Mehrheit von uns lernte das Trinken jedoch schnell als *produktiven Schutzraum* kennen, und das bereits Jahre bevor wir mit dem eigentlich produktiven Schutzraum, mit der Flüssigkeit Magnon nämlich, vertraut gemacht wurden.

Trotz unserer Affinität zum Rausch trug niemand Zigaretten bei sich. Auch unser Fahrer rauchte nicht. Er stand neben dem Bus, er stretchte sich und trank zwischendurch ein Mineralwasser aus der Dose. Heute weiß ich, dass er ein unglaublicher Profi war, der ideale Chauffeur, der sich niemals aufdrängt, aber doch immer alles im Griff hat. Allein die Tatsache, dass er unseren damaligen Musikgeschmack, der ja noch ungelenk und voller Ressentiments vor sich hin brütete, perfekt zu bespielen und zu beeinflussen wusste, sprach für ihn. Er war emphatisch und unterkühlt zugleich, ein respektabler Dolfin durch und durch.

Wir sprachen im Reisebusshuttle mehr über Mädchen als normalerweise. Das Model vom Tabakplakat hatte uns den Kopf verdreht. Einige notierten sich in ihre Telefone, dass sie bei Ankunft im Camp in ihren Telefonen nachsehen wollten, wie das Model hieß und welchem Kollektiv es wohl angehörte. Auf den Landstraßen von Cromit gab es kein Netz, zumindest glaubten wir das, dabei hatte es unser Fahrer für die Dauer der Reise bloß vom Busshuttle abgeschirmt.

Im Sommercamp würden uns auch weibliche Juniordolfins begegnen, unzählige Dolfingirls, vor allem aber würden unweit von unserem Camp auch andere Start-up-Kollektive ihren Sommerurlaub verbringen. Die anvisierten Romanzen über ideelle Grenzen hinweg wurden von unseren Dozenten nicht nur toleriert, sie wurden sogar befürwortet, ermöglichten sie doch Austausch und Konflikt und langfristig die Schärfung des eigenen Profils. Kein Dozent fürchtete, dass wir einem anderen Kollektiv verfallen könnten, vielmehr gingen sie davon aus, dass wir durch unser Begehren neue Mädchen und Jungs für die Haltung der Dolfins begeistern würden.

2 In den Campzimmern gab es jeweils zwei Etagenbetten, ein kleines Badezimmer mit Duschkabine sowie einen Kühlschrank, der mit Mineralwasserdosen gefüllt war. Ich sollte mit Duncan, Lando und Gordon zusammenwohnen, es sah wie ein Zufall aus, aber daran glaubte ich schon nicht mehr. Nach der Ankunft waren die meisten etwas überdreht. Aus einigen Duschkabinen hörte man Geschrei, auf dem Flur wurde ein Ball herumgekickt, Flaschen klirrten. Trampelnde Schritte, irgendwann ein Krachen und dann Gelächter. Einige schossen übers Ziel hinaus, aber das durften sie ja.

Ich hatte damals die Vermutung, dass ich vieles schon ein wenig besser verstand als meine Freunde aus der Akademie, dass ich die meisten von ihnen recht schnell durchschaute. Heute bin ich sicher, dass es so war. Ich wusste mehr. Aber ich war nie selbstbewusst genug, um es den anderen deutlich zu zeigen. Viel öfter kam es dazu, dass ich mich ihnen anpasste, um nicht negativ aufzufallen. Vermutlich bin ich deshalb manchmal aggressiv geworden. Aber das wurden die anderen ja auch. In uns allen gab es etwas Zerstörerisches, eine dunkle Seite, es ist zwecklos, das abzustreiten.

*»Ihr seid ein Haufen hochnäsiger Fucker. Ihr werdet niemals zu echten Dolfins«*, rief Duncan am ersten Abend unter Tausenden von Sternen. Er taumelte durch den Sand. Ein dubioses Mischgetränk schwappte aus seinem Becher. Wir hatten uns am Meer betrunken, Duncan ein wenig schlimmer als der Rest, er war ja so dürr und so verbissen. Man konnte ihm seine Unkontrolliertheit kaum übel nehmen, sie war symptomatisch,

Duncan trug Probleme mit sich herum, die für einen Juniordolfin eher untypisch waren.

In der Nacht saß er, wieder einigermaßen nüchtern, auf der oberen Kante seines Etagenbettes. Seine langen, gänzlich unbehaarten Beine hingen in den Raum. Ich stand am Fenster, Gordon und Lando wollten noch etwas länger am Strand bleiben. Plötzlich erzählte Duncan, dass er beim Sport angefangen habe, wie sein biologischer Vater zu riechen. Und das sei keine pauschale Klage über seine Pubertät, er würde ja schon seit fast drei Jahren nach Schweiß riechen, wenn er nicht die besten Deosprays unseres Sonnensystems benutzte, aber es irritierte ihn doch, dass er jetzt tatsächlich den Geruch seines Vaters annahm. Er sagte: *»Gerät damit nicht alles ins Wanken, woran wir Dolfins glauben? Sind unsere Programme nicht die blanke Flucht?«*

Ich verneinte: *»Du nimmst den Geruch deines Vaters bloß viel zu wichtig. So wie die meisten in der alten Welt.«* Schon mit fünfzehn neigte ich im angetrunkenen Zustand zu prägnanten Wahrheiten. Mir war schließlich klar, worum es Duncan ging. Nämlich nicht um eine allgemeingültige Frage, nicht um ein Konzept für unser Kollektiv, nein, der Hintergrund war ein problematisches familiäres Verhältnis. Im Alter von zehn hatte Duncan seinem Vater Vorwürfe gemacht und entschieden, sich um einen Platz an der Akademie zu bewerben. Seinem Vater fehlte eine klar umrissene Geisteshaltung, das hatte Duncan in unseren biografischen Basisseminaren wiederholt angedeutet. Sein Vater sei zwar immer wählen gegangen, aber er habe sich dabei oft für Positionen entschieden, die überhaupt nicht zu ihm passten, aus Trotz gegen sich selbst, gegen die eigene Unbedarftheit, gegen dieses Herumgestochere in der Welt. Ich glaube, Duncan hoffte insgeheim, dass sein Vater eines Tages die Dolfins und damit ihn wählen würde. Aber das gab er natürlich nicht zu. Diese geheime Sehnsucht nach biosozialer Revanche, die war ihm, dem fünfzehnjährigen Schlaks, noch viel zu peinlich.

Heute ist Duncan der wahrscheinlich einflussreichste Dozent der PostPragmaticJoy-Theorie. Sein Almanach-Kapitel ist das am häufigsten zitierte der letzten Jahre, und er hat es tatsächlich über seinen Vater geschrieben. Er hat ihn interviewt und zum Gegenstand gemacht, enorm kühl, wenn auch aus einer Kälte heraus, die nie ganz ernst gemeint scheint und hinter der, wie Dozent Gromwell so malerisch analysiert hat, *eine tiefe Verletzlichkeit zittert.* Mir ist Duncans Almanach-Artikel immer auf eine etwas zu kalkulierte Weise anrührend vorgekommen. Aber das hängt vermutlich damit zusammen, dass ich neidisch werde, sobald ich unzufrieden mit mir selbst bin.

3 Die Recherchen ergaben, dass dem Mädchen vom Tabakplakat eine Nähe zum Kollektiv Zelda nachgesagt wurde. Dies überraschte viele von uns, denn Werbung für Tabak und das Kollektiv Zelda schienen sich zu widersprechen. Uns waren die betont sensiblen Zeldas und ihr Ansatz dauerhafter Fürsorge mehr als nur suspekt. Entsprechend verwirrt saßen wir in unseren Campzimmern vor den Fotos der

Tabakwerbung. Dass es sich bei der Plakatierung um eine Zelda-Imagekampagne handeln mochte, um ein bewusst eingesetztes Mittel der Verwirrung, das ahnte zunächst niemand. Wie sich später herausstellte, gab es den beworbenen Tabak nirgendwo zu kaufen. Dafür aber wurde über das Model reichlich spekuliert, nicht nur bei uns, und das sicher auch, weil von ihr kein einziges Zitat im Umlauf war. Das Mädchen mit den rötlich gefärbten Haaren äußerte sich nicht. Den Naiven unter uns gefiel das. *»Sie wahrt ihr Geheimnis«*, raunte Gordon während eines Fahrradausflugs zwischen den Kliffs von Cromit, *»so bleibt sie interessant!«* Gordon hatte wirklich noch nicht viel verstanden, aber er hatte eine beeindruckende Kondition. Auf seinem Rad fuhr er bald sogar unseren Athletikdozenten davon.

Im Verlauf des Camps suchte Duncan immer wieder meine Nähe. Er brachte mir Kaltgetränke und Eiscreme, er nahm mich mit in den Palmenschatten oder hinter den Zaun der Sportanlage, sodass nur ich ihm zuhören konnte. Oft dachte er laut über seine Kindheit nach, was meistens nicht sehr interessant war, größtenteils ging es um längst verhandelte Themen. Mitunter nahm er aber auch Seminarinhalte späterer Jahre vorweg.

An einem besonders übernächtigten Tag, ich glaube, es war der drittletzte, kam Duncan vom Schwimmen im Ozean zurück und setzte sich zu mir auf die Stranddecke. In der Nachmittagssonne trocknend, fing er an, mir seine Gänsehautfähigkeit zu erläutern. Er beschrieb sie als Talent: *»Gib mir zwanzig Sekunden und ich erschauere.«*

*»Aber das kommt doch vom Meereswind«*, sagte ich, als er mir seine beiden dünnen Unterarme hinstreckte. *»Nein. Schau zu.«* Duncan aktivierte seine Gänsehaut nach Belieben. Er musste nur kurz die Augen schließen oder für einen Moment leicht verloren aufs Meer hinausblicken, schon stellten sich seine hellblonden, kaum sichtbaren Armhärchen auf. Duncan brauchte dafür nicht einmal Musik, er brauchte überhaupt keinen äußeren Impuls, ihm genügte ein kurzer Augenblick der Versenkung. *»Es lässt sich trainieren«*, sagte er, *»ich glaube, ich könnte das vielen von uns beibringen. Ich würde dann nur ein anderes Wort dafür benutzen wollen. Gänsehaut trifft es nicht.«*

Ich kann mich noch ziemlich genau an den Blick erinnern, mit dem mich Duncan ansah, als er das sagte. Eine kompromisslose Strenge lag darin, von der ich zu diesem Zeitpunkt noch nicht wusste, ob sie mir imponieren oder ob ich sie fürchten sollte.

Die Sonnenuntergänge auf Cromit hatten in der Ferienzeit eine besondere Qualität. Man sah dann nämlich die Planeten Sega und Blink am Horizont entlangwandern, einen fahlgelben und einen dunkelgrünen Himmelskörper, der eine kaum besiedelt und klar vom Kollektiv der Shifts dominiert, der andere übervölkert und ideell kaum zu definieren. Von unserem Ferienstrand aus betrachtet, sahen diese beiden Lebensräume völlig friedlich und gleichbedeutend aus.

An unserem letzten Abend tranken wir noch einmal sehr viel, und unser Fahrer spielte lautere Musik als zuvor. Es waren auch Jungs und Mädchen aus anderen Kollektiven gekommen, junge Talente, die sich uns gerne anschließen wollten. Sie würden sich in den Tagen nach ihrer Heimkehr an unserer Akademie bewerben, sie würden um die Möglichkeit eines Quereinstiegs bitten, und auch wenn die allermeisten von ihnen postwendend abgelehnt würden, so trugen sie an jenem letzten Abend doch eine große Hoffnung in sich. Sichtlich beseelt wippten sie im Rhythmus der Musik, die bis weit aufs Meer hinausdonnerte. Und als sich Planet Blink für einen kurzen Augenblick vor die Sonne schob, so wie es nur an wenigen Tagen im Jahr geschah, als das glühende Abendlicht kurz flackernd verschwand und plötzlich gelacht und gejubelt wurde, da überflutete mich eine Gänsehaut, in mehreren Wellen vom Nacken her. Es sollte die letzte Gänsehaut sein, die ich noch als solche bezeichnete. Ich blickte in Duncans Richtung, der merkwürdig nüchtern blieb in dieser letzten Nacht, und Duncan nickte mir zu.

Stefan Moster

# Der Hund von Saloniki

Als ich den Fuß auf die Treppe setzte, die vom Strand zur Stadt hinaufführte, blieb er stehen. Langsam ließ er die Ohren sinken, dann auch den Kopf fallen, resigniert, enttäuscht, hätte man gesagt, wäre er ein Mensch gewesen, aber er war ein Hund, sodass man nicht wusste, was er empfand. Womöglich setzte in dem Augenblick, da ich ihn Stufe für Stufe hinter mir ließ, bei ihm schon das Vergessen ein. Hunde, heißt es, besitzen kein Zeitgefühl, vielleicht kommt das Vergessen bei ihnen abrupt.

Auf der obersten Treppenstufe schaute ich noch einmal zurück. Der Hund hatte sich abgewandt und trabte in die Richtung, aus der wir gekommen waren; auf dem ungeheuer breiten, so früh am Morgen grau gebeizten Strand lief er nach Osten, dabei schräg die Wasserlinie ansteuernd. Ich war jung und sentimental, ich dachte, was für eine Schlussszene, und schon erfüllte mich die Melancholie des Achtzehnjährigen, weshalb ich mich anschließend in den Straßen von Saloniki fühlte wie der Held des Films, den ich im Kopf gerade drehte. Der Umstand, dass ich barfuß ging, verstärkte meine melodramatische Gestimmtheit noch, ich würde den Hund, der sich so traurig trollte, nie vergessen, und den Kampf mit ihm schon gar nicht, dachte ich, und als ich später an der Ausfallstraße darauf wartete, von irgendjemandem irgendwohin mitgenommen zu werden, führte ich mir das Geschehen vom Erwachen durch den Hundebiss bis zum Abschied an der Treppe immer wieder vor Augen, um später davon erzählen zu können. Undenkbar, eine solche Geschichte je zu verlieren.

Dass ich sie verloren hatte, erkannte ich dreißig Jahre später und ein Land weiter östlich. Der Schreck über meine Vergesslichkeit wurde durch das Zucken eines Muskels meiner Tochter ausgelöst, des Muskels, der Schulter und Hals verbindet, denn dort lag meine Hand, als wir am Ufer des Goldenen Horns entlangschlenderten, auf dem Weg zum Schiffsanleger Sirkeci. Ich probierte die Rolle des stolzen Vaters, was sich auf meine Körperhaltung auswirkte, ich trug das Kinn höher und die Schultern breiter als gewöhnlich und bildete mir ein, in der linken Hosentasche eine Glasperlenkette durch die Finger laufen zu lassen. Meine Tochter schien mir kaum weniger stolz zu gehen, jedenfalls hatte sie bereitwillig den Rhythmus meiner Schritte angenommen und fand es offenbar nicht störend, ein Kopftuch zu tragen. Neben dem neuen Stolz und Einvernehmen verband uns die Mattigkeit des Mittags, wir blinzelten auf das Glitzern und sahen uns nach einer Bank zum Ausruhen um. Bis der Halsmuskel unter meiner Hand zuckte und sich gleich darauf anhaltend verkrampfte. Meine Tochter blieb stehen, erstarrte, drehte sich zu mir um, mit offenem Mund, stumm vor Empörung.

Inzwischen hatte ich erkannt, was ihr den Atem nahm. Am Ufer aufgereiht standen junge Männer und warfen Hunde ins Wasser.

Sie packten die Tiere umstandslos, hoben sie übers Geländer und schleuderten sie wie Gegenstände die Ufermauer hinab. Wenn sie ergriffen wurden, zappelten die Hunde, wehrten sich, doch während des Flugs hielten sie still, gespannt auf das, was kommen würde, und was kam, war der harte Aufprall, war ein kurzes Untertauchen und gleich darauf der Drang, sich ans Ufer zu retten. Sobald ein Hund wieder auf festem Boden stand, schüttelte er sich, dass es nass in alle Richtungen stob, dann trabte er die Treppe hinauf und begab sich, wenn auch auf den letzten Metern zögerlich, ausgerechnet zu seinem Peiniger zurück.

Meine Tochter mochte nicht glauben, was sie sah, ihre Fassungslosigkeit war vollkommen, als sich ein Hund erneut vom selben Mann ergreifen und ein zweites Mal ins Wasser schleudern ließ.

Natürlich fragte sie mich, warum tun die das, und natürlich fand oder erfand ich eine Antwort: Um ihren Hunden die Flöhe aus dem Fell zu spülen.

Meine Worte vermochten die Spannung im Halsmuskel meiner Tochter nicht zu lösen, ich zog die Hand weg, weil sie mir grob erschien wie meine Antwort. »Wie kann man das tun«, empörte sich meine Tochter noch Minuten später, als wir bereits unser Schiff ansteuerten, »ein normaler Mensch bringt es doch nicht übers Herz, einen Hund ins Meer zu werfen, und auch noch mit Schwung, die sind doch krank, und wenn nicht krank, dann böse!«

Sie suchte mit geweiteten Augen Bestätigung, doch ich enttäuschte sie, indem ich die jungen Männer am Kai verteidigte, von räudigen Hunden und Krankheitserregern sprach, mir etwas zusammenreimte von Tierliebe, die sich auch in pragmatischem Handeln äußern könne, und natürlich wurde meine Rede immer hastiger, je mehr sich der von lila Rohseide umrahmte Blick meiner Tochter verfinsterte, ich ziehe mir ihre Verachtung zu, konnte ich gerade noch denken, als sie sich auch schon von mir abwandte, in die Menge eintauchte und sich vom Gedränge auf die Fähre führen ließ, die uns auf die asiatische Seite übersetzen sollte.

Ich hätte Zuspruch aufbringen müssen, doch war mein Sinn für Beistand außer Kraft gesetzt, weil mir beim Anblick der rabiaten Männer an der Ufermauer der Hund von Saloniki in den Sinn gekommen war und ich erkennen musste, dass ich jene Szene, die mir damals wie ein unauslöschlicher Bestandteil meiner künftigen Lebenserinnerung erschienen war, vollkommen vergessen hatte.

Das Kopftuch meines schmalen Mädchens leuchtete zwischen den Passagieren, ich folgte ihr mit Abstand aufs überdachte Achterschiff, wo sie sich an die Reling stellte und das Kielwasser betrachtete. Möglicherweise zeigten sich Delfine, wie oft im Bosporus, warum nicht heute, die Freude darüber würde ihren Unmut mildern, und sie würde gar nicht anders können, als sich nach mir umzudrehen. Ich setzte mich zwischen zwei Fremden auf eine Bank, hoffte auf die Delfine, gab mir Mühe, mich mit der Aussicht auf die sieben Moscheen auf den sieben Hügeln abzulenken, doch der Schreck darüber, das Unvergessliche vergessen zu haben, ließ mich nicht los, denn war dieser Anblick der bald Siebzehnjährigen mit dem lila Kopftuch an der Reling der Bosporusfähre nicht auch unvergesslich, eine kleine Lebenskostbarkeit, die ich nie wieder hergäbe?

Der Hund von Saloniki biss sich in den Erschöpfungsschlaf, dem ich mich nach langer Reise wehrlos unter freiem Himmel hingegeben hatte.

Drei Tage zuvor hatte mir mein Vater Geld in die Hand gedrückt, damit ich mir ein Interrail-Ticket kaufte, mein Abiturgeschenk. Doch ich fuhr nicht zum Bahnhof, sondern zur Autobahnauffahrt, wo ich mich mit dem Mädchen traf, das meine Eltern nicht kannten und von dem sie folglich auch nicht wussten, dass es erst siebzehn war, die Reise unter dem Vorwand eines Jugendlageraufenthalts im Westerwald antrat und sich kein Interrail-Ticket leisten konnte, weshalb ich ihr das Geld für meine Bahnfahrkarte als Reisekasse an die Autobahn mitbrachte, wo wir nach mehrminütigem Kuss den Daumen raushielten, wie es damals hieß.

Allein wäre Charlotte, die große Langhaarige, schneller weggekommen; ein Paar mit zwei sperrigen Rucksäcken musste sich gedulden. Trotzdem schafften wir es noch am selben Tag bis in die Karawanken und krochen nach Einbruch der Dunkelheit im Heckkasten eines R4 den Wurzenpass hinauf, im Rücken zweier männlicher Marihuanaraucher, die abwechselnd flehten und fluchten, weil bis zuletzt nicht sicher schien, ob ihr motorschwaches Auto die achtzehnprozentige Steigung zur Grenze hinauf schaffen würde, zumal Charlotte, ich und unsere Rucksäcke für zusätzlichen Ballast sorgten. Am Straßenrand lauerten Allradfahrzeuge auf Abschleppbedürftige, und gegen eine horrende Gebühr solche Hilfe in Anspruch nehmen zu müssen, war die große Angst unserer Gastgeber, der wir jedoch keine Aufmerksamkeit schenkten, denn wir lagen auf der Schaumstoffmatratze und küssten uns bereits seit Villach.

Die beiden Männer trugen enorme, süßlich riechende Haare und waren auf dem Weg nach Griechenland wie wir, doch mochten sie nicht länger ein Jungpärchen in ihrer Sänfte beherbergen, weswegen sie uns nach Erklimmen des Passes kurzerhand auf die Straße setzten, bei strömendem Regen. So passierten wir zu Fuß die Grenze und sprachen unmittelbar hinterm Schlagbaum eine Fahrzeugbesatzung nach der anderen an, jede Menge Volk, dem wir uns zugehörig fühlten, mit dem üblichen Aufklebersortiment am Wagen, nein danke dies, ja bitte das, legalize it und Petting statt Pershing – Leute mit der richtigen Einstellung; wir staunten sehr darüber, dass sie uns ignorierten. Nach vier, fünf Stunden bekamen sogar die jugoslawischen Grenzer Mitleid und lächelten uns aufmunternd zu, bis lange nach Mitternacht die Insassen eines bunt bemalten Bundeswehrfahrzeugs Erbarmen hatten und uns bis Ljubljana mitnahmen, obgleich auch sie, die Angehörigen einer Wohngemeinschaft aus Ingelheim, sich auf dem Weg nach Griechenland befanden.

Charlotte mochte mich vor Kälte, Groll und Müdigkeit während der kurzen Etappe nicht einmal flüchtig küssen.

In Ljubljana hörte immerhin der Regen auf, und wir fanden im erstbesten Park Schlaf, freilich, wie sich nach Anbruch des Morgens zeigte, an ungünstiger Stelle, da sich der Park als Rasenstück unmittelbar vor dem Eingang einer Fabrik entpuppte und die gesamte Frühschicht gezwungen war, über uns hinwegzusteigen, um ans Fließband zu gelangen.

Charlotte schämte sich und hatte Hunger, Vollkornbrot war morgens um sechs in Jugoslawien nicht aufzutreiben, auch um sieben und um acht nicht, schließlich musste weißes Brot genügen, und es genügte auch, denn als wir an der vielspurigen Straße standen, von der man uns gesagt hatte, sie führe direkt zum Autoput und also entlang der Balkanküste bis nach Griechenland hinunter, schoss wieder Euphorie in Charlottes Adern, und sie schlängelte sich beim Küssen auf eine Art um mich herum, dass die vorbeiknatternden Ladas fast ohne Ausnahme hupten.

Bloß halten wollte keiner.

Vier Stunden später zog ich los, um Proviant zu holen. Nach weiteren vier Stunden und vierzigtausend Ladas stellte mich Charlotte vor die Wahl, sie zum Bahnhof zu begleiten oder nie wiederzusehen.

Natürlich ging ich mit, trotzdem sah ich sie an diesem Tag zum letzten Mal.

Zwei Frauen in lila Latzhosen beobachteten im Bahnhofscafé unseren Streit, sahen Charlotte vom Tisch aufspringen und zur Toilette rennen, nachdem ich nur einen Augenblick lang ihr Handgelenk etwas zu fest gedrückt hatte, folgten ihr, führten sie eine Viertelstunde später zu ihrem mit Aufklebern verzierten Kleinbus und retteten sie für immer aus meinen Klauen.

Zum Glück war ich jung und hielt es darum nicht lange im Selbstmitleid aus. Ich riss das Buch, das Charlotte mir geliehen hatte, aus dem Rucksack, warf es in den Müll, damit er auf der nächsten Halde verrottete, der ohnehin schon tote Märchenprinz, und wenige Stunden später drängte ich mich ohne Fahrkarte in den überfüllten Zug, der über Belgrad und Skopje nach Thessaloniki fahren und dafür unglaublich lange brauchen sollte.

Ich stand auf dem Gang, ich saß auf dem Gang, lag irgendwann auch auf dem Gang, zwischen lauter anderen, die mir ähnlich waren, doch kein Interesse zeigten, sich mit mir abzugeben, dann kam der Mann mit dem Getränkewagen, einer Wanne auf Rädern, gefüllt mit Eiswürfeln, zwischen denen Coca-Cola-Flaschen steckten, Schmelzwasser rann herab, wir zogen uns an den Gepäckgittern hoch, damit er vorankam, der Wagen, der einen nassen Boden hinterließ, auf dem niemand mehr liegen wollte. In den folgenden Stunden staunte ich darüber, wie quälend es war, als müder Mensch nur stehen zu können. Es war so quälend, dass ich nach Mitternacht keine Hemmung mehr hatte, mich auf der Toilette einzuschließen und mich, um die Schüssel gewinkelt, auf den Boden zu legen.

Im Morgengrauen holten mich Uniformierte unter Einsatz eines Vierkantschlüssels heraus. Sie wirkten irritiert, als sie eine gültige Fahrkarte bei mir fanden. Ich hatte sie kurz nach Belgrad gekauft, weil es mir nicht länger gelungen war, der Kontrolle auszuweichen. Mir schmerzten alle Glieder, und ich roch unangenehm, wie mir das Verhalten der Mitreisenden verriet.

So kam ich mir nach der Ankunft in Thessaloniki in der erstaunlichen griechischen Helligkeit und Hitze vollkommen verlassen vor. Ich war in einer Welt gelandet, in der mehrere Sonnen schienen. Mein Gepäck nahm mit jedem Schritt an Gewicht zu, Durst und Hunger sperrten in mir den Rachen auf, was mich auf den Gedanken brachte, dass ich ja kein Ziel hatte und mich darum nirgendwo hinzuschleppen brauchte. Ich blieb einfach stehen, erblickte ein Lokal, vor dem ein Koch stand, und steuerte ihn an. Sobald ich nah genug herangekommen war, warf er ein Lächeln nach mir aus, dem ich prompt an den Haken ging, obwohl ich im selben Moment die Flecken auf seinem Hemd sowie die Mottenlöcher in der Baumwolle erkannte und überdies sah, dass über dem beleibten Mann Insekten kreisten wie in einem Comic. Es brummte und schillerte ununterbrochen um seinen Kopf, noch während er mich in die Küche führte, die unterste Ofenschublade aufzog und mir einen Auflauf präsentierte, der dort mutmaßlich seit Tagen schmorte.

Auf dem Weg zum Meer dachte ich den Satz »Die Sonnen stehen im Zenit«, und gleich darauf dachte ich schon, ich fantasiere, das Essen aus der Ofenschublade beanspruchte alle Organe, ich hatte das Gefühl, eine Fabrik mit mir herumzutragen, in der energieaufwendige Prozesse abliefen. Die Nahrung raubte meinem Körper die letzten Kräfte, anstatt ihn zu stärken, ich muss schlafen, dachte ich, schlafen, ich muss zum Strand, um dort zu schlafen. Ich ließ mir den Weg zum Wasser zeigen, es war nicht weit, doch war es abgezäuntes Wasser in Hafenbecken, dann Wasser vor einer Uferpromenade im Blickfeld hoher Häuser und unter dem Lärm mehrerer Fahrbahnen, die Hitze schien die Zeit zu dehnen, ich murmelte noch immer »Die Sonnen stehen im Zenit«, als die eine den Zenit bereits verlassen hatte. Es wurde Nachmittag, bis ich einen Strand erreichte, wo mir der Abstand von den Häusern das Gefühl gab, sicher zu sein.

Ich breitete meinen Schlafsack aus, schob mich hinein und hörte Charlottes Stimme: »Es war einmal einer, der hatte niemanden und nichts ...«

So fing das Kinderbuch für Erwachsene an, das sie mir zum achtzehnten Geburtstag geschenkt hatte, und da ihr das Geld fehlte, es mir zu kaufen, nahm sie mich in die Buchhandlung mit und las es mir im Schatten der Regale flüsternd vor, ihr Mund bei jedem zweiten Satz so dicht an meinem Ohr, dass die Muschel warm und feucht beschlug. Sie las von einem Mann, der nichts besaß, dennoch eine Frau fand, bald ein Kind mit ihr zeugte, sie, gedrängt von seiner Vagabundennatur, im Frühling aber verließ, mit dem Versprechen, im Herbst zurückzukehren, was die Mutter dem Kind mit dem Satz erklärte, einer, der wiederkommen solle, müsse zuvor weggegangen sein.

Halb traurig, halb verständlich kam mir das im Halbschlaf am Strand von Saloniki vor, ich versuchte, darüber nachzudenken, um der Angst, die mich beschlich, etwas entgegenzusetzen. Es gingen Menschen über den Strand, nicht viele und in großem Abstand zu meinem Lagerplatz, doch woher wollte ich wissen, ob nicht irgendwann im Lauf des Abends oder der Nacht welche mit finsteren Absichten darunter waren, darum nahm ich Portemonnaie und Pass aus meinem Gepäck und steckte sie mir zwischen die Beine. »Es war einmal einer, der hatte niemanden und nichts«, sagte ich innerlich vor mich hin, als wäre es ein tröstlicher Satz, versuchte, mich auf das Geräusch des Meeres zu konzentrieren, um mich einwiegen zu lassen, zuckte trotzdem jedes Mal zusammen, wenn eine menschliche Stimme zu mir herübergeweht wurde, und schlief dann doch irgendwann ein, weil die Müdigkeit die Angst am Ende vollkommen zersetzt hatte.

Das Einschlafen hatte sich lange hingezogen, das Erwachen kam abrupt, mit einem Biss. Ich schlug die Augen auf, wusste sogleich, dass ich durch einen Schreck erwachte, setzte mich auf und sah den Grund des Schrecks: den Hund, der sich durch den Schlafsackstoff hindurch in meinem Bein verbissen hatte.

Er benötigte die ganze Spannweite seiner Kiefer, um meinen Oberschenkel zu umfassen, aus seiner Kehle drang ein anhaltender, monotoner Laut. Es war ein kniehoher Hund von nicht bestimmbarer Rasse, ein Streuner zweifellos, vermutlich voller Schmutz und Ungeziefer, und er lenkte alle Energie in seinen Biss, so sehr, dass seine Beine zitterten und der hintere Teil des Rumpfes hin und her zuckte wie unter Strom.

Am Abend hatte ich die Menschen gefürchtet, jetzt blickte ich mich Hilfe suchend nach ihnen um, doch sah ich niemanden. Es musste noch sehr früh am Morgen sein, es herrschte graues Licht, das an die nasse Haut eines Delfins erinnerte, und in diesem Licht zeichnete sich auf dem ganzen unwahrscheinlich langen, breiten Strand nirgends eine Silhouette ab.

Kaum hatte ich begriffen, dass ich auf mich allein gestellt war, spürte ich den Schmerz. Das half mir, etwas zu unternehmen. Ich sprach den Hund an, zunehmend lauter, bis ich schrie, doch ohne Folgen. Ich streckte eine Hand nach ihm aus, berührte ihn, stupste ihn an, stieß ihn, was ebenso wenig wirkte. Die Schmerzen nahmen zu, ich packte Ober- und Unterkiefer des Hundes, bog sie mit Gewalt einige Millimeter auseinander, genug, um meinen Oberschenkel aus der Zange zu befreien, sofort schlug der monotone Hundeton in hysterisches Jaulen um, dann, als ich losließ, in wütendes Bellen und gleich darauf in grimmiges Knurren, im selben Moment, in dem er sich erneut auf mich stürzte.

Hundespeichel war mir auf die Hand getrieft, mich ekelte, und meine Aggression wuchs weiter. Wieder packte ich das Tier, noch gröber als zuvor, entschlossen nun, mit ihm zu kämpfen, ihm gar die Kiefer aus den Angeln zu reißen, ich hielt es fest, befreite mich durch Tritte von meinem Schlafsack; jetzt verspürte der Hund noch stärkere Lust, in mein Bein zu beißen, oder es zu fressen, er entwand sich mir, ich erwischte ihn gerade noch am Hals, bevor er mir die Zähne ins Gewebe schlagen konnte, er wimmerte, als ich zudrückte, aufstand und ihn weit von mir warf. Damit war ich ihn jedoch nicht los, er schüttelte sich nach der Landung kurz und rannte erneut auf mich zu, ich trat nach ihm, traf ihn mit dem zweiten Tritt, trat noch einmal zu, worauf er zurückwich, mich schief von unten ansah und sich schon zu trollen schien, es sich dann aber anders überlegte und mich ansprang, sobald ich ihm den Rücken kehrte.

In dem Moment, in dem er mein Bein wieder im Biss hatte, sah ich, dass kein Gepäck mehr neben meinem Schlafsack auf dem Strand lag. Man hatte mich bestohlen, mir außer dem Geld und dem Pass zwischen den Beinen alles weggenommen, auch die Schuhe, ich hatte nichts und niemanden, alleine und beraubt stand ich auf einem grauen Strand, bei mir nur ein räudiger Hund, der sich in meinem Bein verbissen hatte.

Inzwischen war meine Hose nass vor Hundegeifer. Ich beschloss, etwas Endgültiges zu tun, packte das Tier erneut am Hals, würgte es und trug es ans Wasser, rannte mit ihm in die Dünung und warf es mit aller Kraft ins Meer hinaus.

Damit hatte der Hund nicht gerechnet. Er musste mit den Wellen kämpfen, vermutlich brannte das Salzwasser in seinen Augen, er brauchte lange, bis er zurückgeschwommen war. Am Ufer schüttelte er sich ausführlich und richtete zögernd den Blick auf mich. Ich saß barfuß auf meinem Schlafsack, hielt Portemonnaie und Pass in der Hand und heulte.

Auch damit hatte der Hund nicht gerechnet. Zwar kam er wieder näher, doch zaudernd, und sah mich unverwandt an. Er schien mir den groben Wurf ins Wasser kein bisschen krummzunehmen. Hatte er nicht gespürt, dass ich ihn ein für alle Mal loswerden wollte?

Ich wischte mir Rotz und Wasser von der Oberlippe, mein Handrücken stank nach nassem Fell. Der Hund setzte sich in vier, fünf Metern Entfernung hin, er fügte sich dem Stärkeren, erkannte ich, für ihn war ich kein barfüßiges Häufchen Elend.

»Wer hat dich geschickt?«, sagte ich vor mich hin.

Nach einer Weile gelang es mir, trotz Übelkeit und Verwirrung aufzustehen und zum ersten Mal aufs Meer hinauszublicken. Aufs Mittelmeer, auf die Ägäis, auf ihr angeblich magisches Blau, von dem jedoch jede Spur fehlte. Wie Luft und Strand und Häuser in der Ferne, so war auch das Meer durch und durch schimmernd delfingrau.

Auf dem Weg zurück in die Stadt bröckelte nach und nach der Sand von meiner nassen Hose, ich hielt mich an die Wasserlinie und steuerte erst nach einer langen Weile die Treppe an, die in die Innenstadt zu führen schien.

Beim Gehen wuchs in mir die Entschlossenheit des Wanderers ohne Schuhe, ich blickte stur nach vorn, doch meinte ich den Hund in meinem Rücken wahrzunehmen. Erst als ich die Treppe erreicht hatte, drehte ich mich um. Da stand er, etwa zehn Meter entfernt, vielleicht erwartete er etwas von mir, doch ich stieg die Treppe hinauf, verließ sein Revier und sah ihn von der obersten Stufe aus vor einer wachsenden Linie aus Pfotenspuren davonschnüren.

Lange sah ich ihm nach, noch als er sich bereits im grobkörnigen Morgengrau aufgelöst hatte, ich musste mir einen Ruck geben, um mich in Bewegung zu setzen – doch das war gar nicht ich, der mir den Ruck gab, sondern mein Banknachbar. Er hatte sich mir zugewandt und inspizierte aus nächster Nähe wie ein Notarzt mein Gesicht, und dann stand schon Charlotte neben mir und zog mich hoch. Die Fähre machte gerade in Üsküdar fest, nun drangen auch wieder Verkehrsgeräusche zu mir durch, mir war schwammig zumute wie nach einem ungewollten Mittagsschlaf, ich lächelte meine Tochter an, vermutlich übertrieben breit, und fragte, ob sie Delfine gesehen habe.

Sie verdrehte die Augen in der Art, die ihr das Alter vorschrieb, sagte »Hallo« mit langem o und wedelte mit der Hand vor meinen Augen.

»Hast du oder hast du nicht?«

»Ich habe nicht.«

»Schade.«

»Aber ich habe Durst.«

Wir kauften Wasser am ersten Kiosk und schlugen den Weg zur großen Moschee ein. In ihrem Garten warfen alte Bäume Schatten, Familien lagerten auf dem Rasen, kein Mensch saß oder lag alleine, alle hatten Taschen, Tüten, Proviant dabei, die Kinder spielten, und von der Stelle aus, an der wir uns mit unserer kümmerlichen blauen Plastikflasche niederließen, sah man Männer sich an Messinghähnen Hände und Füße waschen, bevor sie die Moschee betraten.

Hier wäre der Ort gewesen, jeglichen groben Umgang zu vergessen, doch konnte ich mir bei meiner Tochter keineswegs sicher sein. Sie sah sich gründlich in dem Moscheegarten um. Ob ihr gefiel, was sie sah, hätte kein Fachmann der Welt an ihrem Gesicht ablesen können.

Da sie mit Schauen beschäftigt war, wagte ich es, sie zu mustern. Es blieb ihr nicht lange verborgen.

»Ist was?«

»Nun wirst du schon siebzehn«, sagte ich.

»Na und?«

»Ich möchte dir was erzählen.«

## Thomas Pletzinger

# The Great Pacific Garbage Patch

Martin Kummerbund weiß nichts von seinem Tod. Er sieht aus dem Fenster auf Kanada hinab, und die Stewardess stellt ihm ein weiteres Glas Wein auf den Tisch. Unter dem Fenster liegt etwas, das Kummerbund für Vancouver Island hält, felsiges Land und die Farbe von Nadelbäumen. Den Pazifik hat das Flugzeug anscheinend schon hinter sich gelassen. Kummerbund will seinen Sohn besuchen, den er seit Monaten nicht gesehen hat, seit der Beerdigung der Mutter des Jungen. Kummerbund ahnt ein klärendes Gespräch, er befürchtet Vorwürfe. Der Flug hätte längst gelandet sein sollen, aber sie drehen seit fast zwei Stunden ihre Runden über der Pazifikküste, das Flugzeug neigt sich nach links, es neigt sich nach rechts, Kummerbund hat die Orientierung verloren. Zwei Stunden über der Zeit, die Motoren hier oben klingen normal, denkt Kummerbund, aber unten am Boden scheint etwas nicht zu stimmen. Die Durchsagen der Piloten helfen niemandem weiter. Sein Sohn wird am Flughafen von Vancouver am Taxistand stehen und warten. Kummerbund sieht wieder aus dem Fenster, unter ihm plötzlich der metallene Pazifik, leicht zerkratzt. Während des Fluges ist Kummerbund mit der Dame neben sich ins Gespräch gekommen, einer Meeresökologin mit Perlenkette, sie war es, die den Airline-Chablis bestellt hat, die Wartezeit müsse gefüllt werden. Sie hat Kummerbund den Ozean erläutert, den Kuroshio-Strom aus Richtung Japan, den Davidson-Strom entlang der Küste, den Strom nach Alaska und den riesigen Wirbel aus Plastikmüll dazwischen, 135 bis 155 Grad West, 35 bis 42 Grad Nord, *The Great Pacific Garbage Patch*, zerriebene Fischernetze, Kreuzfahrtmüll und Strandgut, *flotsam* und *jetsam*, sagt die Dame, Tsunamireste und Schleifmittel und organisches Material. Interessant, denkt Kummerbund und nickt der Dame zu, er spürt die lang gezogenen Achten des Flugzeugs, er denkt an die Unendlichkeit.

Kummerbund wartet an der kanadischen Passkontrolle, als wäre nichts geschehen. Kummerbund drückt den Rücken durch. Er schätzt, dass er mittlerweile etwa vier Stunden zu spät dran ist. Er studiert die Werbetafeln an den Wänden, er zählt die Menschen in der Schlange vor ihm, zweiundsechzig Weiße, einunddreißig Schwarze, vierzig Asiaten, dreizehn Kinder, aber er findet keine Uhr. Nirgendwo. Vor wenigen Minuten hat man um ihn herum noch von ernsthaften Technikproblemen geredet, tausend Meter über dem Pazifik, von ausbleibenden Informationen und schwammigen Formulierungen, die Stewardess hat ein weiteres Glas Wein vor ihn hingestellt. Aber vielleicht ist das alles auch schon Stunden her, seine Armbanduhr ist mitten im Schleifenflug stehen geblieben. Terror, Kerosin, klemmende Steuerelemente. Kummerbund hat überlegt, nach vorn zu gehen und von den Piloten eine Erklärung zu verlangen, aber die Ozeanografin hat nachsichtig gelächelt, und Kummerbund ist sitzen geblieben. Er hat in Ruhe aus dem Fenster gesehen, einer nervösen Ruhe, einer verbissenen Ruhe, er hat mehrfach auf die stehenden Zeiger seiner Armbanduhr gestarrt. Er ist sich mit der Hand über das Kinn gefahren, er muss sich dringend rasieren, er hat an seinen Sohn gedacht. Andreas Steyer. Der Vorname war Kummerbunds Idee, den Nachnamen hat er von der Mutter. Kummerbund stellt sich vor, wie er mit seinem Sohn an einer Bar sitzt und Whisky trinkt, wie sie über sein Studium reden, über seine Freundin, über die Depression der Mutter. Kummerbund sieht sie beide lachen. Kummerbund hat die Augen geschlossen, er wird kurz eingenickt sein. Als ihn der Unterdruck in den Ohren geweckt hat, ist Vancouver zu erkennen gewesen. Erst die Berge im Hintergrund, dann die Tanker und Lotsen, dann der Stanley Park mitten in der Stadt mit der weltweit höchsten Lebensqualität.

Kummerbunds letzter Flug ist gelandet, als wäre nichts gewesen. Niemand hat die Verspätung erklärt, niemand hat um Entschuldigung gebeten. Die Ozeanografin hat ihm zugenickt und sich in einem Rollstuhl abtransportieren lassen, Rollstuhl gehe schneller, hat sie gesagt und ein leichtes Hinken angedeutet. In unserem Alter darf man keine Zeit mehr in Warteschlangen verlieren, hat sie gesagt. Kummerbunds Beine fühlen sich weich an. Er hat die Dame für jünger gehalten als sich selbst, und jetzt ist sie außer Sicht, man hat sie durch die Express Lane ins Freie geschoben. Kummerbund hält seinen Pass in der Rechten und seine Reisetasche in der Linken wie immer. Er könnte jemanden nach der Uhrzeit fragen, aber für ihn sind Fragen nach der Uhrzeit Orientierungslosigkeiten. Dass er warten kann, denkt Kummerbund. Er hält sich eigentlich für einen geduldigen Menschen, für einen soliden und gelassenen Mann. Jetzt sucht er nach einer Uhr. Kummerbund glaubt eigentlich an die Medizin, er glaubt eigentlich an Statistik und Wahrscheinlichkeitsrechnung und an das Leiden der anderen. Er blättert in seinem Pass: Dr. Martin Kummerbund, Jahrgang 1948, dreiundsechzig Jahre also, geboren in Lüneburg, aber weit herumgekommen. Kummerbund ist überrascht von der befremdlichen Erleichterung, in einer Warteschlange auf festem Boden zu stehen und Menschen zu zählen.

Kummerbund tritt zum letzten Mal aus einem Terminal auf die Straße, aber sein Sohn ist nirgends zu sehen. Kummerbund ist vier Stunden zu spät. Die Nachmittagssonne blendet ihn, die Taxifahrer lehnen an den Motorhauben und warten auf Kunden. Mein Sohn, denkt Kummerbund, ist nirgendwo zu sehen. Kummerbund denkt »mein Sohn«, weil er seit Jahren nur *über* seinen Sohn gesprochen hat, mit Kollegen, Bekannten, sogar mit den Professoren seines Sohnes. Mit der Mutter seines Sohnes hatte Kummerbund bis zu ihrem Tod im Sommer letzten Jahres nur noch schriftlichen Kontakt über verschiedene Anwälte. Aus der gemeinsamen Sorge ist eine Alleinverantwortung geworden. Nach ihrem plötzlichen Tod schwankt Kummerbund wie ein einsamer Tauzieher, auf einmal fehlt ihm der Gegner am anderen Ende des Seils, ihr Widerstand, und auch der Name seines Sohnes ist in den letzten Jahren ausgefranst, er kann ihn nicht mehr greifen. Andreas Steyer hat Martin Kummerbund vor vollendete Tatsachen gestellt: Er habe sein Studium ohne den Master of Business Administration abgebrochen, er sei jetzt für eine Weile in Kanada. Was er denn in Kanada wolle? Er arbeite bei einer Umweltorganisation mit Tätigkeitsschwerpunkt English Bay, Vancouver. Kummerbund hat das Gefühl gehabt, dass sein Sohn am Telefon grinst. Frech grinst. »Greenpeace, nehme ich an?«, hat Kummerbund in den Hörer gefragt und an Aufstiegschancen und Perspektiven gedacht. Im Hörer hat es geknackt. Kleiner, hat sein Sohn in das Knacken gesagt, viel kleiner.

Kummerbund ist eine Ikone auf seinem Gebiet. In zwei Tagen soll er beim World Congress of Nephrology sprechen, er soll schon wieder seine Thesen zusammenfassen und aktualisieren, das volle Programm, Poster und Präsentation und Publikation. Er wird sich den Fragen stellen, und keine einzige wird ihn überraschen. Kummerbund hat sich einmal für unanfechtbar gehalten. Er hat ein Talent für Sprachen, Deutsch und Englisch und Französisch spricht er fließend, er spricht Spanisch in seinem Fachgebiet, er spricht Schwedisch und Italienisch und wird verstanden. In der Dritten Welt werden ihm Dolmetscher gestellt. Kummerbund kennt Kongresse, Flughäfen und Taxipreise, er versteht Weine und Zigarren und handgenähte Schuhe, er kann taktvoll und unnachgiebig diskutieren, je nachdem, mit wem er spricht. Politik ist für ihn ein rhetorisches Spiel. Kummerbund hat sich im Flugzeug über Vancouver belesen, die Lebensqualitätsstatistiken, Restaurantkultur, Drogenprobleme, die Sportstätten der Olympischen Winterspiele 2010, Skisprung in Whistler, Eisschnelllauf in Richmond. Bisweilen hat er den Faden verloren. Als die Einladung zum Kongress kam, hat Kummerbund gezögert, dann aber seinen Sohn angerufen und ein Treffen vorgeschlagen, in aller Beiläufigkeit hat er angeregt, man könne doch gemeinsam zu Abend essen. Ja, hat Kummerbunds Sohn geantwortet, es gebe ein Restaurant am Fluss. »Freut mich«, hat Kummerbund gesagt und sich einen hellen Pazifikfisch ausgemalt, dazu Wein, ein versöhnliches Stillleben mit Vater und Sohn. Kummerbund würde zahlen, sein Sohn würde sein Studium abschließen, Kummerbund hätte die Dinge im Griff (seit ein paar Wochen nimmt er Cipralex, sein Serotoninhaushalt ist unausgewogen). Jetzt steht er allein am Terminal. Kummerbund spürt den Wein als leichten Schwindel in seinem Kopf. Er wartet noch zwei Minuten, er blinzelt in den grellen Himmel, dann winkt er ein Taxi heran.

Auf dem Weg zum Hotel packt Kummerbund die Müdigkeit. Er unterdrückt ein Gähnen, der Fahrer betrachtet Kummerbunds aufgerissenes Gesicht im Spiegel, sagt aber kein Wort. Kummerbund hat seit fast vierundzwanzig Stunden nicht mehr richtig geschlafen, er hat im Nichts über dem Pazifik drei Gläser Wein getrunken und an der Passkontrolle das Stolpern seines Herzens bemerkt. Er weiß, dass er schlafen sollte, aber Kummerbund weigert sich. Er wusste einmal, wie man den Jetlag besiegt. Kummerbund betrachtet die Stadt, die am Taxifenster vorbeizieht. Vancouver ist wie San Francisco, Palmen, Veranden, steile Hügel hinunter zum Hafen, Longboarder in kurzen Hosen. Die Ozeanografin hat vom sogenannten Pineapple Express gesprochen, dem warmen Wind aus Hawaii, und dem subtropischen Klima dieser Gegend. Kummerbund gibt dem Fahrer ein großzügiges Trinkgeld für seine taktvolle Verschwiegenheit. Als er aussteigt, trifft ihn die Wärme der Stadt wie ein viel zu weiches Kissen mitten ins Gesicht.

Am Empfang des Hotels wartet eine Nachricht seines Sohnes auf ihn, aber Kummerbund öffnet den Umschlag nicht. Er lässt die Koffer auf sein Zimmer bringen, ordert Kaffee und stellt die Dusche an. Es wird Kummerbunds letzte Rasur sein. Er spürt sein Herz leise taumeln, als das kalte Wasser Kanadas über seinen Körper zu laufen beginnt. Kummerbund verzichtet auf Schaum, er reibt sich die Hotelseife ins raue Gesicht, er braucht keinen Spiegel. Kummerbund kennt sein Gesicht genau, seit Jahren rasiert er sich so: Rasiermesser, eiskaltes Wasser, tastende Finger. Durch das Rauschen des Wassers und das Schaben der Klinge hört Kummerbund das Klopfen an der Zimmertür nicht, »Room Service?«, fragt schließlich eine Stimme, und Kummerbund steht plötzlich klatschnass und halb rasiert im Flur der Suite. Er unterschreibt seine letzte Rechnung, dann trinkt er seinen letzten Kaffee. Das Wasser tropft auf den teuer aussehenden Teppich, im Spiegel sieht Kummerbund einen alten, zerrupften Herrn mit Kaffeetasse.

*Sandbar, Granville Island, 9:00 pm* steht auf dem Zettel seines Sohnes, und Kummerbund betritt um kurz vor neun das Restaurant am Wasser. Seine Finger zittern, als er seinen Hut abnimmt und ihn der Garderobiere reicht. Kummerbund bemerkt ein Zittern in den Oberschenkeln, das er nicht kennt. Er blickt sich um. Dunkles Holz, Schwertfischattrappen, Fischernetze, Taue, Kopfschläge, Taue, Palsteks. Durch die riesigen Panoramafenster sieht Kummerbund einen Hafen voller Segelboote, eine vehemente Brücke über dem Fluss, kleine bunte Fähren, auf dem Wasser Haken schlagend. In den Wohntürmen am anderen Ufer gehen nach und nach die Lichter an. Kummerbund bemerkt, dass im Restaurant keine Musik läuft. Zwei Techniker verkabeln ein elektronisches Klavier und Mikrofone, die Tische sind eingedeckt, weiße Tischtücher, die Gläser glänzen. Kummerbund betrachtet das Schlagzeug, *The Leaking Submarines* in roter Glitzerschrift auf der Bass Drum, er lehnt sich kurz an die Bar, er sucht seinen Sohn. Andreas wird am Rand auf mich warten, denkt Kummerbund, an einem der weißen Tische, ein Glas Wein vor sich, ein Buch in der Hand. Er stellt sich vor, wie sein Sohn trinkt, wie er blättert, hin und her, als wolle er einen Gedanken noch einmal denken. Kummerbund hat seinen Sohn seit der Beerdigung nicht mehr gesehen, im Grunde haben sie sich schon viel früher verabschiedet, und jetzt rechnet der Vater mit dem Kind, das er einmal kannte. Aber das Restaurant ist leer, die Gäste stehen in Abendgarderobe auf der Terrasse hinter den Scheiben. Kummerbund wäre angemessen gekleidet, aber er kann seinen Sohn nicht entdecken. Er stößt sich vom Tresen ab und tritt auf die Terrasse. Jemand hält eine Rede, Kummerbund steht mitten im Applaus. Ein Kellner in Schwarz und Orange drückt Kummerbund ein Glas in die Hand, und Kummerbund trinkt.

Kummerbund unterhält sich mit einer freundlichen Dame, einer ausgestiegenen Soziologin, die im Hafen von Vancouver auf einem restaurierten Lotsenboot wohnt, der *Sea Maid*, grob gewebtes Abendkleid und kanadisches Lächeln. Sie hat Kummerbund angesprochen und sofort von der Route erzählt, die sie und ihr Hund täglich mit den Touristen abfahren, rund um den Stanley Park, vorbei an den Schwefelhaufen und Industriekais, die Ferngläser auf die fröhlichen Robben gerichtet, der offene Pazifik nicht sichtbar, aber die Strömung jederzeit spürbar. Kummerbund erzählt von seinem Sohn, mit dem er heute hier verabredet sei, er arbeite für eine Umweltorganisation, die ihre Zentrale in Vancouver habe. Mehrmals schlingert das Gespräch, weil Kummerbund den Faden verliert. Die Soziologin spricht einfach weiter, als Kummerbund unkontrolliert zu gähnen beginnt. Sie tauschen Visitenkarten, sie heben die Gläser, aber just in dem Augenblick, als Kummerbund sich für eine Sonderrundfahrt anmelden will, *Sea Maid's Breakfast on the Bay*, steht sein Sohn hinter ihm.

Als Andreas ihm die Hand auf die Schulter legt, fährt Kummerbund herum. Sein Sohn trägt ein schwarzes T-Shirt mit dem orangefarbenen Schriftzug des Restaurants, er hat sich die Haare kurz geschoren, nicht kahl, aber viel kürzer als früher, in der Hand hält er eine braune Papiertüte mit Fettflecken. »Papa«, sagt Kummerbunds Sohn. »Andreas«, sagt Kummerbund. Vater und Sohn umarmen sich ungelenk, die Papiertüte knistert zwischen ihren Körpern. »Geschlossene Gesellschaft«, sagt Kummerbunds Sohn, hebt die Tüte und nickt der Soziologin zu. »Ich bin fertig, gehen wir?«

Und dann sitzen Kummerbund und sein Sohn in einem Motorboot mit Außenborder, der Sohn im Heck, der Vater eine Galionsfigur mit Tintenfischringen und deutschem Dosenbier. Das Motorboot treibt langsam zwischen dem kleinen

Segelhafen und dem Stanley Park entlang, der Motor tuckert im Leerlauf vor sich hin, das Maritime Museum zieht vorüber, der beleuchtete Weg mit vereinzelten Joggern und flackernder Straßenbeleuchtung. Kummerbund hat sich Kanada kälter vorgestellt, es ist eine laue Sommernacht. Kummerbunds Sohn hat wie selbstverständlich die Garderobiere auf den Mund geküsst, als er Hut und Mantel seines Vaters vom Haken nahm, dann sind der junge und der alte Mann zwischen Imbissbuden, Müllsäcken und Straßenmusikern hindurch zum Wasser hinuntergegangen.

An einer Holztür neben dem Tourismusbüro ist Kummerbunds Sohn stehen geblieben und hat seinem Vater die Tüte in die Hand gedrückt. Kummerbund hat in einer Broschüre für nachhaltige Tagestouren zu den Walgründen Vancouvers geblättert, während sein Sohn einen Schlüssel im Schloss hin- und herdrehte, als gebe es einen geheimen, nur ihm bekannten Trick. *Don't Disturb the Whale* stand auf der Rückseite. Kummerbund hat seinen Sohn beobachtet, er ist viel dünner gewesen als in seiner Erinnerung, viel dünner als auf den alten Kinderbildern. Sein Sohn ist Kummerbund hungrig vorgekommen.

Vater und Sohn sind eine metallene Treppe hinuntergestiegen, einen Bootssteg entlanggegangen, durch beißenden Gestank nach Fisch und Möwendreck, und der Sohn hat zum Vater gesagt, dass er hier vom frühen Morgen bis zum Nachmittag Deutschen und Franzosen die Welt der Wale erkläre. Er ist an einem Luftkissenboot stehen geblieben. Bei starkem Seegang entferne er das Erbrochene der Touristen, hat er gesagt, und nachmittags mache er im Fischrestaurant die Logistik, die Einlagerung und Nachbestellung von Frischfisch und Schalentieren. Kummerbund hat nicht gewusst, dass sein Sohn Schalentiere bestellen kann. Der Sohn hat seinem Vater dann in ein kleines Motorboot geholfen, er hat die Taue gelockert und den Motor gleich beim ersten Versuch angerissen. Kummerbund hat das müde Seil mit seiner Hand umklammert, als suche er Halt. Auf dem Weg aus dem Hafenbecken hat sein Sohn die Tüte geöffnet: Sandwich mit gegrilltem Lachs, frittierte Austern, Pommes frites, Tintenfisch, ein Hummer für zwei. Er hat seinem Vater eine Dose Beck's zugeworfen und ihm zugeprostet.

Vater und Sohn unterm Sternenhimmel. Sie treiben aus der Stadt hinaus, der Wellengang wird gleichmäßiger, die Ruppigkeit lässt nach, die Sprunghaftigkeit, das Flatterhafte, denkt Kummerbund, das Unruhige. Kummerbunds Sohn hat plötzlich einen Joint in der Hand. Kummerbund lehnt sich zurück und sieht nach oben. Sein Sohn wirft eine Hummerschere über Bord und öffnet eine weitere Dose Bier, er reicht den Joint weiter. Kummerbund legt Hut und Mantel über die Reling, der Hut weht über Bord, aber Kummerbund sieht seinem schwimmenden Hut noch nicht einmal nach, er kann plötzlich seine Müdigkeit nicht mehr von Betrunkenheit unterscheiden. Der Junge lacht.

»Das ist nicht komisch«, sagt Kummerbund.

»Doch«, sagt der Junge.

Die warme Luft fährt ihnen über die Gesichter, sie fährt über das Meer, sie rauscht auf die Berge zu. Der Wind aus Hawaii. Kummerbund ist warm, fast heiß, er hat den Geschmack von Fisch auf der Zunge und spült ihn mit Bier zur Seite. Kummerbunds Sohn erzählt von den Entscheidungen, die er getroffen habe, von Horizonten und von Meeresluft, sie sprechen von Geld, aber nicht auf die übliche Weise, es geht um Ströme und Flüsse, es geht um Netze und Tiefe. Kummerbund und sein Sohn unterhalten sich, zum ersten Mal seit Jahren reden sie miteinander, aber Kummerbund könnte nicht sagen, worüber genau. Die Mutter des Jungen, die Jahre vor ihrem Tod, die Wochen danach. Es geht um irgendeine Katastrophe, die Kummerbund nie bemerkt hat, weil er seine eigenen Katastrophen hatte, seine eigenen Ruinen und Ziele. Kummerbund sieht zu, wie sein Sohn eine Bierdose über Bord wirft. Er hört auf zu sprechen, dann hört er auf zu hören. Die Wellen werden größer. Sein Sohn legt ihm die Hand auf die Schulter. Die Lichter der Stadt sind noch zu sehen, ein Frachter tutet in einiger Entfernung, ein Tuten in Kummerbunds Knochen, ein Signal, denkt Kummerbund, ein Hinweis.

Er öffnet die Augen, es ist heller als erwartet, die Sterne hängen um ihn herum am Himmel. Dass er schlafen müsse, sagt Kummerbund und richtet sich auf. Sein Sohn sitzt rauchend und schweigend daneben. Es gehe ihm gut, sagt Kummerbund, es sei ihm noch nie besser gegangen. Die Wellen schaukeln ihn aufs Angenehmste. Dass er schlafen müsse, sagt Kummerbund, er wolle zurück ans Ufer, ob er das schaffen könne, fragt er. Sein Sohn nickt. Vielleicht nickt er auch nicht. Kummerbund steht im pazifischen Schwanken, die Lichter am Ufer tanzen dazu. Zum letzten Mal knöpft Kummerbund sein Oberhemd auf. Er übergibt es dem warmen

Wind, er wirft seine Hose ins Wasser. Seine Uhr. Seine Brille. Sein Sohn lacht, als Kummerbund auf die Reling steigt, er lacht, als Kummerbund sich umdreht und Anstalten macht, er lacht, als Kummerbund springt. Oder schreit der Junge? Das Wasser greift Kummerbund in den Nacken. »Mit spitzen Fingern«, denkt Kummerbund, das Wort »Klammer« geht ihm durch den Kopf, ein vages Bild von medizinischem Gerät, ein diffuses Geräusch von Metall auf Metall. Beim Absprung hat Kummerbund mit einer Ganzkörperkühle gerechnet, einer umfassenden Kälte von Kopf bis Fuß, aber unter Wasser spürt er nichts davon, er spürt nur einen spitzen, metallenen Griff um seine Brust. Kummerbund atmet aus, er taucht, er öffnet die Augen und durchbricht die Oberfläche. Aber da ist nichts. Kein Ufer in Sicht, keine Lichter. Er hört die Stimme seines Sohnes, aber er kann ihn nirgendwo sehen. Kummerbund will antworten, aber er hat tonloses Wasser auf der Zunge. Er rudert mit den Armen, er rudert mit den Beinen, er rudert, aber er weiß nicht, wohin. Er hört, wie sein Sohn den Motor anreißt, beim ersten Versuch, er hört das hilflose Tuckern. Kummerbund taumelt durch ein Wellental, er streicht über eine Woge, er spürt die warme Luft, er spürt den Sog des offenen Wassers, English Bay, er ahnt die Netze, Plastikreste, Schleifmittel und zerriebenen Kanister, er sieht seinen Hut in einiger Entfernung, Kuroshio, Davidson, *jetsam* und *flotsam*, sein Hemd, seine Schuhe, seine Uhr.

Mirko Bonné

# Ennid Muldoon

*Romanauszug*

Weit oben in der geziegelten Mauer lag der Ausguck seines Kontorzimmers, von dort bot sich Merce Blackboro ein beinahe lebendiger Anblick. Wo schräg gegenüber die Reihe der Bauruinen endete, ging die überspülte Kaistraße ins Hafenbecken über, und drüben bei den Alexandra Docks, in dem Dunst, den der Regen aus dem Wasser aufsteigen ließ, machte ein verrosteter Frachter fest.

Angestrengt starrte Merce hinüber, er saß auf dem Fensterbrett, einen Fuß auf dem Boden, den anderen auf dem Sims, doch der Schriftzug am Bug ließ sich nicht entziffern. Ein paar Minuten lang beobachtete er das Manöver. Das Schiff drehte bei, und die Ladebäume schwenkten aus. Der letzte Schlepper des alten Ferguson, es war die *Lilith*, aus deren blauem Schornstein mächtig Rauch quoll, bugsierte den Dampfer an die Kaimauer.

Dann aber musste er eingeschlafen sein. Oder die Zeit war stehen geblieben an diesem Februarnachmittag. Denn als er erneut hinsah, lag das Frachtschiff stumm, ohne dass sich ein Matrose an Deck blicken ließ, im Zwielicht unter der Transporterbrücke. Auch das alte Stahlungetüm bewegte sich nicht. Nur der endlose Regen stürzte weiter in den Usk, der dunkel wie der Meeresgrund war.

Der Usk und der Ebbw, die zwei Nebenflüsse des Severn, in denen Regyn, Dafydd und er als Kinder im Sommer nach Krebsen getaucht hatten, waren zu reißenden Strömen geworden. Schlierig grün trat der Ebbw über die Ufer und überschwemmte die Felder von Caldoen bis Mynyddislwyn. Von Mai bis August tummelten sich Forellen in der warmen Strömung des Usk, den sein Vater so liebte. Die Fische standen leuchtend gepunktet im Wasser, versteckt hinter Steinen; erschien der Schatten eines Menschen, schossen sie davon. Jetzt spuckte der Usk schon seit Wochen öligen Morast in Werften und Kranstraßen.

MONSUN ÜBER SÜDWALES

Auf dem Schreibtisch lag die Tageszeitung. Der *South Wales Echo* suchte sein Heil in hilflosem Zynismus und berichtete von Männern, Frauen und Kindern, die landauf, landab zwischen Merthyr Tydfil, Cardiff und Swansea ertrunken seien in ehemaligen Bächen oder Tümpeln. Keinem Reeder, keinem Kapitän, seien sie halbwegs bei Verstand, könne man es verdenken, wenn sich da nur selten noch ein Frachter aus Irland oder Übersee den Severn herauf nach Newport verirre – düster, mit nervös zuckenden Lidern hatte das sein Vater gesagt und selbst den Kopf darüber geschüttelt. Emyr Blackboro und die anderen Hafenpatriarchen waren nach zwölf Wochen andauernder Unwetter genauso mit ihrer Weisheit am Ende wie der *Echo*, der fast nur noch aus dem Wetterbericht bestand.

KOTAU VOR WOLKENBRÜCHEN

Die Herren mit dem Gehrock überm Overall zogen sich in ihre Ledersesselkontore zurück und überließen ihren Söhnen – zumeist Sakkoträger – die Abwicklung der Pleiten durch den Dauerstarkregen.

So weit war es noch nicht mit Blackboro & Son, Schiffszimmerer seit 1743. Merce hob das Knie vom Fensterbrett und humpelte, weil ihm das Bein eingeschlafen war, hinüber zum Schreibtisch. Er sah auf das Chronometer, das sein Großvater in eine Verdickung der Kirschholzplatte eingelassen hatte. Tisch, Uhr und Großvater waren 1865 auf der *Mimosa* nach Patagonien gesegelt, um den übervölkerten Kohlebergwerkstälern zu entfliehen, nachdem die Unabhängigkeitsbewegung gescheitert und das Walisische als Unterrichtssprache verboten worden war. Fünfundsiebzig Kolonistenfamilien aus Südwales hatten gehofft, einen noch nicht von Engländern abgesteckten Fleck Erde zu finden. *Biddmyrd os syrfeddod* lautete, nach einem Choral der Mystikerin Anne Griffith, ihr Wahlspruch, »Viele Wunder werden geschehen«, und tatsächlich, die Großeltern waren zwei Jahre später auf wundersame Weise nach Casnewydd, wie sie Newport noch nannten, zurückgekehrt, und mit ihnen der Tisch aus Kirschholz und das darin eingelassene Chronometer.

Der Minutenzeiger zitterte seit fünfundfünfzig Jahren, bevor er auf die nächste Ziffer sprang. Merce warf einen Blick auf den Brief, den er am Mittag begonnen und irgendwann am Nachmittag liegen gelassen hatte. Er bestand aus einem kurzen, sehr freundlichen Schreiben an einen Reeder aus Swansea, von dem bekannt war, dass er kurz vor dem Ruin stand, sowie einer tabellarischen Kostenauflistung. Der Brief endete allerdings mit einem Strichmännchen, das einen Vogelkopf hatte und an einer großen Blume schnupperte – eine Zeichnung, die wie die Unterschrift eines Verrücktgewordenen wirkte.

Merce trat wieder ans Fenster. Nichts hatte sich getan. Der namenlose Frachter lag im prasselnden Regen am Kai. Boyo, der Thronfolger des alten Newporter Schlepperkönigs Ferguson, Boyo Ferguson, das Mensch gewordene Schleppschiff, hatte Woche um Woche einen weiteren Bugsierdampfer aus der Flotte stillgelegt, bis nur noch die *Lilith* übrig geblieben war. Merce war mit Boyo zur Schule gegangen und kannte dessen Rechenkünste. Auf Oberarmen und Schultern hatte der junge Ferguson schon als Junge mehr Haare gehabt als er am ganzen Körper.

Verglichen mit den Stürmen, die er selber auf Elephant Island erlebt hatte, war der Wind ein Lufthauch. Und das gesamte Wasser, das seit Monaten herniederrauschte, würde kaum mehr als den kleinen See füllen, der bei Trelech-a 'r-Ryddws unmittelbar an der Küste lag und dessen Wasser schwarz von Aalen war. Als wollte er sich seine Fische zurückholen, rollte der Atlantik dort gegen die Deiche. Früher, an öden Herbstsonntagen, wenn sie mit dem Zug und ihren Fahrrädern nach Trelech-a hinausgefahren waren, hatte Regyn immer irgendwann die Panik ergriffen, der Ozean könnte ausgerechnet in diesem Moment den schmalen Küstenwall durchbrechen und sich die dahinter verborgene Pfütze voller Glasaale einverleiben – eine Angst, die Merce seiner Schwester nie ganz hatte nehmen können. Er verstand ihre Befürchtungen besser, als Regyn ahnte. Offenbar verglich sie sich selbst mit dem kleinen See, und weil ihn diese Vorstellung rührte, hatte er sie einmal gefragt, wovon sie sich eigentlich derart bedroht fühle. Wer oder was, hatte er wissen wollen, könne ihr so gefährlich werden wie das Meer dem See von Trelech-a ’r-Ryddws?

»Was wohl?«, hatte sie erwidert. »Manchmal bist du so ein Idiot.« Und sie hatte kräftig in die Pedale getreten und war dann eine Stunde lang, ohne ein weiteres Wort mit ihm zu wechseln, vor ihm hergefahren, fast bis zum Stadtrand, während er, einfältig, aber ihr Bruder, überlegte, was sie mit »Was wohl?« gemeint haben könnte.

Apokalyptische Bilder verdüsterten ihm seit Längerem die Arbeitswochen. Allein saß er im Kontor, kritzelte Vogelfiguren, von denen er nicht wusste, woher sie kamen, auf begonnene Geschäftsbriefe, zerknüllte sie und grübelte, ob es gut war, von einem Einsatz im Schützengraben an Marne oder Somme verschont geblieben zu sein. Regyns erster Mann Herman war nach Frankreich verschifft worden und nie von dort zurückgekehrt. Merce aber hatten zu Beginn des Krieges der Zufall und der Trotz seiner damals siebzehn Jahre ans vergletscherte Ende der Welt geführt. Er war mit Shackleton auf der *Endurance* gefahren, im Eis war das Schiff zerdrückt worden und gesunken, und etwas tief in seinem Innern, das er nie jemandem gezeigt hatte, aber das ihn lange hatte begierig sein lassen auf die Weite und die Fremde jenseits von Südwales, musste in der Antarktis geblieben und dort mit ihrer Dreimastbark verloren gegangen sein.

Er wusste nicht, was es sein konnte: Antrieb, Selbstverständnis, Sicherheit, Ziel? Er wusste bloß, dass nur Shackleton der Lösung des Rätsels einmal nahegekommen war. Im vergangenen Jahr war der Sir auf einer Vortragsreise nach

Newport gekommen und hatte während einer kurzen Unterhaltung an seinem Wagen zu ihm gesagt, er solle nicht vergessen, wer ihn gerettet habe – keiner habe Merce Blackboro gerettet außer Merce Blackboro selbst.

Selbst Shackleton hatte er das nie abgenommen. Nur eine Aneinanderreihung aberwitziger Zufälle hatte ihn und die anderen vor dem sicheren Tod bewahrt. Wie hätte er sich auch selber retten sollen. Er hatte Regyn nie danach gefragt, irgendwann aber war er überzeugt gewesen, dass sie mit ihrem »Was wohl?« von Trelech-a 'r-Ryddws nur das Leben gemeint haben konnte. Wenn das Leben ein Meer war, unergründlich, unbeherrschbar, das gefräßige Reich der Kraken, Quallen und Haie, das Schiffe und Küsten verschlang, wie es sich selbst verschlang und dabei doch das blieb, was es seit Urzeiten war, Hort allen Lebens, dann konnte er in diesem Albtraumatlantik bloß ein hundemüder Schwimmer sein. Checker, der Hund, der durch den Ärmelkanal schwamm, war, als man ihn in Calais aus dem Wasser zog, nicht so müde gewesen wie Merce, wenn er an seinem Kontorfenster saß und in den Himmel blickte. Eine große Dreipropellermaschine tauchte silbern glänzend zwischen den Wolken auf und verschwand dann wieder wie ein Fisch. Fischlos und grau ergoss sich der Ozean seit Monaten als Regen über die Stadt, in der Merce aufgewachsen war und die er nur ein Mal verlassen hatte, ausgerechnet um im Packeis des Südpols zu stranden. Er war ein erschöpfter, blasser junger Mann ohne besondere Merkmale außer den Narben von polaren Frostbeulen.

Er habe Liebeskummer, hieß es, und wahrscheinlich stimmte, was seine Mutter und seine Schwester, die Erfahrung in Liebesdingen hatten, behaupteten. Er hatte immer nur das eine Mädchen geliebt, das jetzt eine Frau war und mindestens so unglücklich wie er selbst. Kummer, das wusste er, konnte keine Grundlage für das sein, was zwei Menschen miteinander verband, zumal, wenn sein Kummer in Wahrheit eine Schwermut war, der nicht einmal er selber traute. Er wusste um die Zeit, die er in den Fängen einer Familie und Firma vergeudete, für die er rettungslos verloren gewesen war. Seit seiner Rückkehr aus der Antarktis rang er damit, alles, was er erlebt und von der Welt gesehen hatte, Buenos Aires, Tafeleisberge, Südgeorgien, die Weite einer See, über die Albatrosse segelten, für wertlos, unbedeutend und lächerlich zu erklären – oder es sich zu bewahren als letzten Abglanz seiner Jugend.

Was er von ihr wusste, hatte ihm fast alles Regyn verraten. Seine Schwester war ein paar Jahre älter als Ennid, doch die beiden hatten schon als Mädchen miteinander gespielt und sich aufgrund der Geschäftsbeziehungen ihrer Väter nie aus den Augen verloren. Sie waren alte Bekannte (»liebe Freundinnen«, würde Ennid es nennen), im Grunde aber mochte Regyn Ennid nicht (was Ennid nicht glauben würde), denn Regyn hielt Ennid für großspurig, ichbezogen und allürenhaft (»Ernsthaft?«, würde Ennid sagen. »Wenn sie es behauptet, wird es wohl stimmen ...«).

Wenn er nachrechnete, und das tat er so oft, bis er einsehen musste, dass immer dasselbe dabei herauskam, dann hatte er selbst sich in den Jahren, die er sie kannte – siebeneinhalb Jahre –, zusammengenommen knappe vier Stunden lang mit Ennid Muldoon unterhalten – was grotesk war und ihn daran zweifeln ließ, dass Mathematik irgendetwas über das Leben aussagte.

Von Regyn wusste er, dass Ennid, wenn sie allein war, sich gern vorstellte, was keiner sehen konnte: die Toten. Dabei glaubte sie nicht an Geister – wenngleich die Gespenstergeschichten ihrer gemeinsamen Freundin Mari Simms über den blonden Mann, der angeblich immer sonntagmorgens durch ihr Spiegelbild ging, wenn sie am Frisiertisch saß und sich kämmte, auch Ennid verstörten.

Sie glaubte vielmehr an die Kraft der Erinnerung, die in ihren Augen die Lebendigkeit bewahrte oder sogar erst stiftete, und so stellte sie sich ihre tote Mutter und ihren toten Vater vor, wie sie bei Tisch saßen und lachten. Sie dachte an die Schiffe, die sie gemeinsam mit ihrem Vater ausgerüstet hatte und die auf den Severn hinausgefahren und nie nach Newport zurückgekehrt waren. Und natürlich erzählte sie Regyn oft von Mickie Mannock, davon, wie sie ihn sich ausmalte: im Luftkampf über Paris, mit einem knatternden MG, das Regyns erster Mann Herman entwickelt und an Mickies Dreidecker montiert hatte. Das MG spuckte Funkenblitze, die am Himmel über der Seine davonschossen und im Leeren verloschen. Manchmal meinte Ennid, Mickies Hand zu spüren, wie sie in ihr Haar fasste und ihren Hinterkopf umfing, und mit geschlossenen Augen hörte sie ihn immer noch flüstern. »Komm her«, sagte er, ehe er sanft ihren Kopf zu sich heranzog, um sie zu küssen.

Während eines Spaziergangs am Ebbw vor zwei oder drei Jahren hatte sich Ennid mit seiner Schwester über Turmsegler unterhalten. Dass diese Vögel im Flug schlafen, erzählte sie Regyn, und dass sie deshalb gerade im Herbst oft an Turmsegler denke, schlafend in der Luft über dem Atlantik, unterwegs nach Afrika. Ennid war nie weit gereist. In Dun Laoghaire südlich von Dublin war sie gewesen und in Sussex. Vielleicht deshalb las sie viel, mehr als er selbst, und eine Zeit lang lieh sie Regyn Bücher, die diese aber bloß auf dem Marketerietischchen im Kaminzimmer in Pillgwenlly herumliegen ließ und nicht weiter beachtete.

Ennids Bücher waren voller Unterstreichungen. Merce erinnerte sich an Algernon Blackwoods schaurig-fantastische Beschreibung der Weidenbäume in den Donausümpfen (»eine ungeheure Meute lebendiger Geschöpfe«), an Darstellungen der Ringe des Saturn und der Relativitätstheorie, an Beschreibungen der Dschunken von Hongkong und der Märkte von Timbuktu. Alle waren sie versehen mit Ausrufezeichen, Fragezeichen oder Abkürzungen, die Merce rätselhaft blieben und die ihm auch keiner erklären konnte, da sich niemand sonst für die Lektüre von Quiltyn Muldoons Tochter interessierte. Und nach ein paar Wochen, wenn sich Regyn mit Ennid zum Tee oder zu einem Spaziergang traf (»Notgedrungen, was soll ich machen?«, fragte Reg), war jedes der Bücher für ihn viel zu schnell wieder verschwunden. Seine Schwester hatte keine Zeile aus Keats' *Endymion* gelesen, Hopkins' Gedicht *Das Wrack der Deutschland* nötigte ihr ein »blabla, blabla« ab (immerhin jambisch), aber um Ausreden, die sie für ihre Treffen mit Ennid parat hielt, war Reg nie verlegen.

Einmal hatte es in Pillgwenlly Streit über Napoleon Bonaparte gegeben. Nach einem Nachmittagstee mit Ennid erzählte Regyn, eine Freundin behaupte, der französische Kaiser sei einmal irrtümlich am Strand von Portsmouth gelandet, allerdings könne sich »die Freundin« nicht entsinnen, wo sie davon gelesen hatte, im *Tatler* oder doch in der *Times*?

Dafydd fand die Vorstellung lachhaft, Napoleon in England, eine neumodische Schnurre. Ausgerechnet ihr Vater, beileibe kein Franzosenfreund, verteidigte die Geschichte. Emyr Blackboro sagte, auch er habe davon gehört und er glaube daran, gleichgültig, wie abwegig die Vorstellung sei. Merce beteiligte sich nicht an dem Disput. Von heißen Schaudern durchlaufen, saß er in seinem Teller stochernd bei Tisch, verfolgte wie aus weiter Ferne die hitzige Debatte und behielt zugleich schuldbewusst und sehnsuchtsvoll das Wissen für sich, dass er selber Ennid von dem perplexen Napoleon an einem Strand in Südengland erzählt hatte. Sieben Jahre war es her, und sie hatte es offenbar nicht vergessen, nur ihn hatte sie aus ihrem Gedächtnis gelöscht.

In einem Roman von Henry James, den Ennid einmal Regyn lieh (damit das Buch einstauben konnte), war ein einziges Wort dick unterstrichen gewesen: »Komplementärmenschen«. Wochenlang hatte ihn dieser Begriff beschäftigt, zumal auch Regyn ihn einmal benutzte. Wenn er sich recht erinnerte, war es an einem Sommertag vor vier oder fünf Jahren gewesen. Die Königsfamilie hatte Newport besucht. Die ganze Stadt war auf den Beinen, um König George, Königin Mary, dem Prinzen von Wales, dessen Schwester und dreien seiner Brüder zuzuwinken, die in einem Automobilkorso nach Caldoen hinausfuhren, wo ihnen zu Ehren eine Flugschau mit neuen Aeroplanen der Gebrüder Harper stattfand. Nur Prinz John fehlte. Der jüngste Spross des Königs, Epileptiker und Autist, nach Ansicht seiner Geschwister ein

Monstrum, die Schande der Familie, musste in Schloss Sandringham bleiben.

Regyn hatte Gonryl Frazer und Mari Simms nach Caldoen begleitet, während Merce von seinem Ausguck aus dem Jahrmarkttreiben auf den Straßen zusah und keine Lust verspürte, sich dem Trubel anzuschließen. Er dachte an Prinz John und erklärte sich auf diese Weise solidarisch mit ihm. Aufgekratzt und beschwipst kam Regyn abends ins Kontor, spöttelnd berichtete sie von Ennid Muldoons neuestem Hut, der wie eine Brombeere aussehe, und von Ennids allerneuestem Spleen: dem Liebesleben der Windsors. In Regs Augen war das lächerlich, und es war *shocking*. Ennid frage sich ernsthaft, sagte sie, wie der König es angestellt hatte, mit der Königin so viele Nachkommen zu zeugen. Wie oft, müsse man sich fragen, schlief wohl König George mit Königin Mary?

Ein bohrender Schmerz hatte sich in ihm breitgemacht, eine absurde Eifersucht auf den König von England, als Regyn erzählte, dass Ennid genug habe von ihrem selbst verordneten Witwendasein und sich Kinder wünsche, viele Kinder, mindestens so viele wie Königin Mary. Über den Wiesen von Caldoen wurde ein Feuerwerk gezündet, mit Regyn stand er am Fenster, sah den Harper-Doppeldeckern dabei zu, wie sie aufstiegen, überm Stadtrand kreisten und Kondensstreifenlettern an den Himmel schrieben, und dann hatte es seine Schwester gesagt: Komplementärmenschen. Sie hatte das Wort zitiert. Wie weltfremd und verstiegen (»entsetzlich!«) sie auch sei, in einem Punkt habe Ennid recht: Den Kindern gehöre die Zukunft.

»Vielleicht fliegen dein Sohn und mein Sohn irgendwann

mit Raumschiffen zum Mars«, hatte Ennid in Caldoen zu Regyn gesagt. »Oder sie forschen unter Glaskuppeln auf dem Meeresgrund. Egal, welche Musik sie hören und wie sie tanzen werden, auch 2020, in hundert Jahren, werden die Leute überwältigt sein, in Augen blicken zu können, die einem Komplementärmenschen gehören.«

Im Dunkel des Zimmers in der Skinner Street trieb ihm das Tränen in die Augen. Eine Zeit lang lag er dann bloß gedankenleer und erschöpft in seinem Bett. Er horchte auf Mrs. Splaines leises Schnarchen, das durch die Wand drang, wartete, dass der Ansturm weiterging, und war schon fast eingeschlafen, als ihm etwas einfiel. Sogar, woran Ennid dachte, wenn sie selbst im Bett lag und nicht einschlafen konnte, hatte ihm Regyn einmal erzählt – und seiner betrübten Miene wegen hatte ihn seine Schwester ausgelacht: »An dich leider nicht!«

Vielmehr versuche sich Ennid zu erinnern, was sie von ihrem Vater gelernt hatte. Dass Regen nie schlecht war. Dass zwischen zu faltenden Segeln und zu faltenden Hemden nur ein Größenunterschied bestand. Ein namenloses Schiff war kein Schiff, ein betrunkener Kapitän kein Kapitän. Und ein Streit war kein Gewitter, nichts entlud sich durch ihn. Wozu führten düstere Gedanken? Bloß zu noch düstereren.

Als ihr Komplementärmensch verstand er das auf Anhieb. Eher glich ein Streit einem Feuer in einem Kohleflöz. Im Verborgenen schwelte das Feuer weiter, oft jahrzehntelang (so war es in einem ihrer Bücher angestrichen gewesen). Daher musste man sich von Menschen abwenden, in denen so ein Schwelbrand wütete. Sie verzehrten sich selbst. Und Ennid, sagte Regyn, glaube oft, ein solcher Mensch, der sich selber verzehrte und in nicht enden wollendem Streit mit sich lag, so einer sei sie selbst.

Manchmal lag sie wach und versuchte sich im Dunkeln zu vergegenwärtigen, was sie schon so lange quälte: dass Schmerzen nicht kamen und gingen, sondern immer da waren. Hätte sie drei Wünsche frei, sagte sie zu Regyn, keiner davon wäre, dass der Schmerz aus ihrem Bein verschwand. Er war ja ein Teil von ihr. Nur dass sie selbst bestimmen könnte, wann er kam und ging, würde sie sich wünschen. Regyn hatte sie gefragt, was sie sich noch wünschen würde, und Ennid hatte geantwortet, zuerst würde sie ihre Eltern und Mickie auferstehen lassen. Sie hatte gelacht und den Kopf in den Nacken geworfen (Reg hasste es) – als Drittes würde sie sich drei weitere Wünsche wünschen.

War sie wirklich, wie ihre Mutter immer gesagt hatte, eine Pragmatikerin? Selbst herausgefunden hatte Ennid, dass sich der wahre Zustand eines Schiffes nicht an Deck, in den Mannschaftsunterkünften oder den Frachträumen feststellen ließ. Einzig die Takelung eines Seglers verriet ihn, so wie auf einem Dampfer der Maschinenraum. Sie war überzeugt, dass man Geld machte, indem man kaufte, und nicht, indem man verkaufte. Und sie war sich sicher, dass immer gegen den Strom zu schwimmen zu nichts führte. Man musste den Rand des Stromes suchen, von dort aus die Strömung einschätzen lernen. Liebe und Vernunft, in ihren Augen waren sie ein und dasselbe.

Sie erzählte Regyn, was sie liebte: Möwen, je größer, desto besser. Ihr Geschrei klang wie das Quietschen von Türen, mit denen sich die Ferne auftat. Sie liebte das Jaulen der Pontons, das von den Werften herüberdrang. Und Bücher, besonders

Gedichte und Romane über den Wind und das Meer, Shelleys *Ode an den Westwind*, am meisten aber *Moby-Dick* (zwei Monate lang rührte Reg das Buch nicht an), weil das einzige weibliche Geschöpf von Bedeutung darin Ahabs Schiff war, die *Pequod*.

Doch sie liebte es ebenso, wenn es still war im Hafen, wenn die Stahlpontons nicht sangen und keine Möwengeschwader auf Beutezug über dem Severn unterwegs waren. Bücher, die ihr nicht gefielen, legte sie ohne Skrupel weg. Auch von Büchern sollte man sich keine Unverschämtheiten gefallen lassen. Wann immer möglich, gehe sie barfuß, sagte sie eines Sonntags, umgeben von lauter Spaziergängern am Ebbw, und zog Stiefel und Strümpfe aus, obwohl Oktober war und jeder ihre Beinschiene sehen konnte. Und dass sie manchmal fliehen wolle vor einer namenlosen Angst. Man sollte einfach weggehen und nicht mehr zurückkommen.

## Jochen Missfeldt
# Die Befreiung der Steinkönigin

Der Lorenbahnhof liegt verlassen. Da ist das Betriebsgebäude, da die Garage für die beiden Loks, da sind die Gleise, die Schienen, die Weichen und die Weichenstellhebel. Da kommen Ark und Ork aus dem Büro. Wir begrüßen uns stumm, wir müssen nicht viel sagen, wir wissen Bescheid. Ich sage nur: »Hier ist die Kiste Flensburger.«

»Die nehmen wir«, sagen die Brüder zu unserem Mitbringsel wie aus einem Munde, beide friesisches Urgestein von der Hallig Langeneß, beide mit langen weißen Bärten. Sie betreiben hier den Lorenladen, fahren über den Damm nach Oland und Langeneß mit Post für die Halligbewohner; Steine, Sandsäcke und Büschel aus Nadelholzzweigen fahren sie für den Küstenschutz. »Wie hoch ist der Damm inzwischen?«, fragt Joe den älteren Ark. Ark mustert ihn, dann mich, Bruder Ork lacht: »Das kannst du dir ja mal ansehen.«

»Alles klar?«, frage ich. »Alles klar«, sagt Ark, und Ork fügt hinzu: »Haltet euch an den Plan!« Er richtet seinen Blick nach Dagebüll-Mole, Richtung Deich und auf das geschlossene Betriebsgeländetor. Dann betrachtet er den Himmel. Ich frage: »Schietwetter?«

»Unser Wetter«, sagt er. Dann überreicht Ark den Zündschlüssel und die Checkliste für die neue kleine Diesellok,

Joe nimmt sie entgegen, ich kriege die drei Seiten Operationsplan; in den Rucksack damit. Die beiden verschwinden im Betriebsbüro, sie machen sich an die Arbeit. Briefe, Päckchen und Pakete müssen zur Post, Funkverbindungen müssen überprüft, der allgemeine Lorenverkehr auf dem Damm muss ab sofort verboten werden.

Joe und ich haken einen Punkt nach dem anderen auf der Checkliste ab. Wie in meinen alten Fliegerzeiten lese ich vor, und mein Enkel erledigt, was zu erledigen ist. Vierzehn Tage Ochsen und Üben hier in der Garage waren der Preis für den Lohn, der uns jetzt winkt. Noch einmal im Uhrzeigersinn um die Lok herumgegangen. Wir prüfen den Füllstand der Tränengasflasche, den Sicherungshebel für die Blendgranaten und den festen Sitz unserer Ramme, die Arks und Orks Leute montiert haben.

Während Joe den Motor startet und der blaue Dieselqualm uns einnebelt, werfe ich einen Blick zurück, dann noch einen auf den Erste-Hilfe-Kasten mit Sauerstoffmaske und Sauerstoffflasche. »Fertig«, ruft Joe, ich setze mich neben ihn auf den harten Klappsessel, bin Beifahrer und Bremser, er dreht das große Rad, die Lok fährt los. »Wenn wir erst mal über den Deich sind, haben wir schon was geschafft«, sage ich. »Logisch«, sagt Joe. »Wenig Platz hier, aber es ist sehr schön.«

Wir schreiben den 10. August, zehn Uhr morgens. Ark und Ork sind in Funkbereitschaft, das sehen wir, denn das grüne Licht leuchtet im Empfänger. Wir haben freie Fahrt. Die Lok dieselt den Deich hoch. Von hier oben geht der Blick weit hinaus. Dicke schwarze Kumuluswolken treiben im Himmel. Der Horizont liegt wie mit dem Lineal gezogen auf dem Meer. Wir sehen den Südzipfel von Sylt, die Windräder von Föhr, die Warften auf Langeneß und Oland. Über Oland öffnet gerade ein Wolkenkoloss seine Schleusentore. Die Regengardine hängt, vom Wind in Schräglage geblasen, bis auf den Lorendamm herunter. Regen, Gewitter und starke Windböen sind angesagt. Da jagt man keinen Hund vor die Haustür, auch keine Badegäste; günstig für uns.

Dort spaziert ein Menschenpaar eingehakt und eingemummt an den Badehütten vorbei Richtung Mole. Wir winken nicht, wir haben unseren Auftrag. »Weg, ihr Schafe«, ruft Joe. Die Schafe hören ihn nicht, sie hören und sehen nur unsere schön dieselnde Lok und hauen ab. Unten am Deichfuß, kurz vor dem Damm, auf dem wir das Watt nach Oland und Langeneß überqueren werden, legen wir einen kurzen Zwischenhalt an der Ausweichstelle ein, und ich hänge den geparkten rollenden Pavillon an, einen Wagen mit Rundumsicht, in dem sich schon der Bundespräsident von Ark über den Damm hat fahren lassen.

»Nun aber Vollgas«, rufe ich, wie der Plan es verlangt, Joe dreht das Steuerrad bis zum Anschlag, wir kommen gut in Fahrt. Sollten wir unverhofft bremsen müssen, würde ich aus dem randvollen Eimer eine Schaufel voll Sand nehmen und diesen durch das Loch im Fußboden auf die Schienen rieseln lassen. Joe würde das Steuerrad bis zum Anschlag nach links drehen, der Sand würde den Bremsweg um ein gutes Stück verkürzen. Dieses und anderes haben wir in der Garage und auch zu Hause immer wieder besprochen und uns eingebläut.

Keine Zeit für Naturschönheiten, für Wolken und Regengüsse. Donner und Blitz sollen donnern und blitzen. Sollen die Schwalben, die uns wie Abfangjäger links und rechts begleiten, ihre Fliegen und Mücken fangen. »Sollen sie doch«, sagt Joe, als zwei von ihnen im Zickzackflug über die Motorhaube jagen. Wir haben Niedrigwasser, Austernfischer hocken in Scharen am Boden, laufen los und suchen Muscheln, um sie mit ihren starken roten Schnäbeln aufzuschlagen. Wie auf ein geheimes Kommando hin lassen sie Muschel Muschel sein und fliegen auf zu Hunderten. Da, bei den weißen Kunststoffkanistern, haben sie bis eben im Watt gesessen, Queller wächst dort dicht an dicht. Das Grünzeug schmecke salzig, es mache sich vorzüglich in einem Salat. Das kriegt mein Enkel zu hören, er antwortet: »Wir müssen uns auf unsere Aufgabe konzentrieren, auf sonst nichts!«

»Aye, aye, Sir.«

Ich kann mich auf diesen umsichtigen und zuverlässigen jungen Kerl verlassen. Fest hat er seine Hände am Steuerrad, die 60 PS hat er im Griff. Weit voraus blickt er mit seinen großen blauen Augen, das Haar ist ordentlich gekämmt. Neulich haben wir mittags um zwölf eine Eule durch den Garten fliegen sehen, dann plötzlich: Blitz und Donner. Joe sah nur kurz auf, um sich wieder in unseren Papierkram zu vertiefen. Er lässt sich nur schwer von der Arbeit ablenken. Berechtigter Großvaterstolz erfüllt mich angesichts dieses Enkels. Er soll in zehn Jahren unsere Abbruchfirma übernehmen. In Nordfriesland und weit darüber hinaus ist *Rammen und Räumen* ein Begriff. Gebe Gott, dass ich ihm den florierenden Betrieb aus meinen alten Händen in seine jungen werde übergeben können. Schon jetzt zeigt er sich belastbar und verantwortungsbewusst, das wird dem Unternehmen zugutekommen.

Wir nähern uns mit unserem Schiff auf Schienen der vielbesagten heilen Halligwelt. Da kann ich jetzt schon mal in ein vorgezogenes Großvaternickerchen versinken, ich höre noch, wie mein Enkel »Oland auf zwölf Uhr, alles in deutscher Hand« ruft. Dann setze ich die Flasche mit dem blauen Mixgetränk an und nehme einen Schluck.

Ich sehe mich unter dem blauen Sylter Himmel auf meiner Weihnachtswanderung durch Sand und Schnee stapfen, am Ellenbogen bei List, vor vier Jahren. Ein großer Brachvogel begegnete mir, ich hatte mein Vogelbuch vergessen und wusste seinen Namen nicht, er sah mich lange an mit seinen Vogelaugen. Es waren die Augen der Steinkönigin, deren Ruf ich gefolgt war und die ich in ihren Edelsteingewölben zu besuchen mich anschickte. Ich hörte das ferne Rauschen der Brandung am Strand vor Westerland. Ich sah die beiden mächtigen Grabhügel, wo unsere Altvordern einen ihrer Könige und einen ihrer Seehelden begraben haben. Dort, im Morsumer Kliff, zeichnete sich das Eingangstor in der Dunkelheit ab, ich spürte scharfe Abendluft und Winterkälte.

Schnee und Eis gab es in der Welt unterhalb des Kliffs nicht, weder Mensch noch Tier lebten hier, nur Steine, Halbedelsteine und Edelsteine gehörten dieser glitzernden und glänzenden Unterwelt an, die hier von der Steinkönigin hunderttausend Jahre vor unserer Zeitrechnung begründet worden war, aufgebaut in der seitdem verflossenen Zeit, von ihr bewacht, verwaltet und veredelt.

Keine Fantasiegeschichte aus der nordfriesischen Sagenwelt, sondern die Wahrheit. Belegen lässt sich alles mit einem Bericht unserer Zeitung, Heiligabend 2008: *Sie sitzt auf einem Thron aus Edelsteinen, und über ihr funkeln hängende*

*Steingärten das Licht auf den Tisch. Die geschliffenen, blanken Steine gilt es zu betrachten und in die Hand zu nehmen. Ihre Zukunft ist ins Auge zu fassen. Dabei ist der ungeschliffenen Steine zu gedenken, der rauen und grobschlächtigen, der messerscharfen und nadelspitzen.*

Die Erwähnung ihrer Zukunft wurde damals als ungünstige Prognose gedeutet. Wie war das gemeint? Was sollte geschehen? Wer wollte dieser an Schönheit und Ebenmaß Unübertroffenen ein Leid zufügen? Zweimal im Jahr saß sie zur Tagundnachtgleiche in der Brandung am Sylter Strand, kämmte ihr langes blondes Haar und ließ die schneeweiße Haut in der weißen Gischt noch weißer werden. Sie begrüßte den Frühling und verabschiedete den Sommer.

An einem dieser Badetage verschwand sie und ward nicht mehr gesehen.

Mit ihr verschwanden die glitzernden und glänzenden Steine; dunkel, stumpf und unansehnlich lag herum, was übrig geblieben war. Kälte und Staub zogen ein in die einstmals heiligen Hallen. Nur die Schwalben waren geblieben. Der Niedergang des Tourismus wurde befürchtet; die Angst, plötzlich vor dem Nichts zu stehen, ließ die Zimmervermieter keine Nacht ruhig schlafen. Polizei mit Spürhunden, Feuerwehr mit Tauchern wurden eingesetzt. Inselbewohner und Touristen wurden aufgefordert, die Augen offen zu halten. Der Kurdirektor schaltete mehrere Anzeigen in der *Wochenschau*. Alles vergeblich.

Von den Schwalben kam dann die Nachricht. Diese wunderbaren Tiere brachten die Kunde, die treuen, jährlich wiederkehrenden Vögel. Sie bauen immer noch ihre Nester in den Gängen und Gemächern der Steinkönigin, sie schießen jetzt wieder neben uns und über uns hin und her, um Beute zu fangen und ihr Gefieder zu wärmen in der warmen Luft über dem Dieselmotor. Ihr gezieltes Gezwitscher hat Ark und Ork eines Tages auf die richtige Spur gebracht: Die Steinkönigin wurde Opfer einer Entführung. Ein Sargfisch raubte die Schöne im Auftrag des Grafen Rudolf von Bökelnburg, als sie in den Fluten badete. Der Sargfisch stieß sie, trotz heftigster Gegenwehr, mit seinen Stromschlägen in den Sarg, den er auf seiner Rückenflosse trägt. Dann schloss er den Sargdeckel und schwamm mit ihr zum Amrumtief, wo die untermeerischen Diener dem Grafen und seiner Gemahlin zwanzig Meter unter dem Meeresboden ein Lustschloss gebaut haben. Hier erholt sich das Paar am Wochenende, wenn es der Schinder- und Sklavenarbeit auf seiner Burg in Dithmarschen den Rücken kehrt. »Was man am Tag erbaut, das wird nachts umgestoßen«, so steht's im Wappen. Den Christengott haben die beiden damit nicht gefunden. Es ist ihnen aber geweissagt: Wenn ihr gestorben seid und zur Hölle fahret, dann wird der Teufel euch eigenhändig wieder rausschmeißen. Auf diese Zukunft hin feiern sie schwarze Messen unterm Amrumtief, dort wollen sie die eigene Hölle finden, dort lassen sie ihrer Lust an Grausamkeiten freien Lauf, erfreuen sich an Marter, Qual und Pein der Gefangenen.

Eine der Gefangenen ist die Steinkönigin. Sie war der Gräfin schon lange ein Dorn im Auge. Warum? Sie ist schöner, sie ist auch klüger und freundlicher, während die Gräfin böse, hässlich und giftig ist. »Die müssen wir haben«, sagte sie eines Tages zu ihrem Gemahl. Dieser beauftragte den Sargfisch, und der tat, wie sein Herr ihm geheißen.

Nun schmachtet die Steinkönigin unten in den Katakomben des Lustschlosses in mörderischer Haft. Man hat ihr wie einem Stück Vieh ein Joch um den Hals gelegt. Sie sitzt gefesselt auf einem Thron aus scharf gewetzten Haifischzähnen. Das Essen, das man ihr vorsetzt, kann sie nicht essen; man will ihr nur den Mund wässrig machen.

Abends lösen die Diener ihre Fesseln. Sie stellen ihr ein Spinnrad vor die Nase und geben ihr Wolle. Die Steinkönigin macht sich an die Arbeit, sie tritt den Fußtritt, das Schwungrad dreht sich, die Spindel dreht sich mit, und der gesponnene Faden wickelt sich um die Spule. Ist sie mit ihrer Arbeit fertig, wickeln die Diener ihr die gesponnenen Fäden um die königlichen Finger. Die Gräfin reißt ein Streichholz an, steckt die Fäden in Brand und lässt sie brennen. »Schrei, so gut du kannst, dich hört ja doch keiner!«, ruft sie und ergötzt sich doppelt: am Lachen des Gemahls und am Leid der Steinkönigin. Die königlichen Schmerzensschreie durchdringen den Meeresboden, das Nordseewasser und die ersten elfhundert Meter Nordseeluft. Nordsee ist Mordsee, sagen womöglich deshalb die Insel- und Halligbewohner. Nicht die aufgewühlte Brandung eines Sommersturms steckt dahinter, es sind die Schreie der Steinkönigin. Sind sie erst mal bis nach oben gedrungen, dann unterscheiden sie sich kaum vom Lachen der adeligen Herrschaften. Nur den Schwalben ist es gegeben, den feinen Unterschied herauszuhören.

»Da kannst du wieder sehen, dass es mit unseren fünf Sinnen nicht weit her ist«, sage ich zu meinem Enkel, als wir rechter Hand die Warft auf Oland passieren. »Ja«, antwortet er, »wenn wir Augen wie ein Bussard hätten, dann bräuchten wir kein Fernrohr.«

»Gib mir mal das Ding«, sage ich und sehe durch das Glas.

Ein paar Möwen hocken links und rechts auf dem Damm, sonst nichts. Der Damm ist in den letzten drei Jahren von Ark und Ork und den angestellten Küstenschutzarbeitern um einen Meter erhöht worden. Ein Bagger zog sich mit der eigenen Schaufel über den Schlick, Steine wurden aus Transportloren auf den Damm geschüttet, Betonschwellen und Schienen wurden verlegt. »Opa, möchtest du auf einer Hallig leben?«, fragt mich mein Enkel. »Ja, so eine kleine heile, friedliche Welt mit Büchern und Musik, das wär was, da könnte ich direkt ins Träumen kommen und schwach werden«, antworte ich.

»Krieg bloß keinen Halligkoller, Opa, wir müssen aufpassen«, werde ich zur Ordnung gerufen.

Jetzt fahren wir in die andere Welt. Der laut Plan zur Unzeit balzende Brandgans-Erpel signalisiert uns das mit Scheinputzen und auffälligen Auf- und Abwärtsbewegungen seines Kopfes. Die von Ark und Ork via Fernbedienung ausgelösten Blitze zucken, es knallt und rollt der nachfolgende Donner. Am schwarzblauen Himmel sehe ich ein weitverzweigtes Blitzegeflecht. Joe meint, er erkenne darin das Mündungsgebiet des Amazonas. Eines ist gewiss: Graf und Gräfin sind da in ihrer Luftkutsche auf Heimatkurs Richtung Dithmarschen unterwegs, beschleunigt und getragen von elektrischen Ladungen, von Donnerschall und Rauch. Das Wochenende ist gewesen, der Lust ist Genüge getan, die Schinder- und Sklavenarbeit auf der Bökelnburg erwartet sie. Uns aber erwartet die Steinkönigin.

Nördlich der Hunnenswarft fahren wir ein. Ark und Ork haben hier einen alten Brunnen benutzt, den die Sturmflut von 1962 freispülte, um von dort aus in Richtung Amrumtief und Lustschloss graben zu lassen. Die Norderaue wurde unterquert, man hörte von unten das Dröhnen der Schiffsmotoren, wenn die Fähren oben sommers wie winters bei Ebbe und Flut, bei Schnee und Regen ihren Weg nach Föhr und Amrum und wieder zurück nach Dagebüll suchten. Eine lange Tunnelstrecke unterm Meer war zu schaffen, aber man hatte drei Jahre Zeit. Sand und Steine wurden ans Tageslicht befördert und nach und nach auf den Damm geworfen.

Nun brennen die Fackeln, die alle fünfzig Meter in der Tunnelwand stecken. Es glänzen die Schienen im Fackellicht. Die Küstenschutzarbeiter haben ihr Bestes gegeben, sie heißen Fiete und Jürgen, Boni und Loni, sie gruben den Weg zur Befreiung der Steinkönigin, sie taten etwas für den Tourismus, sie taten etwas für die Halligbewohner. Der höhere Damm soll besser vor dem langsam steigenden Meeresspiegel schützen, und die Fahrten zum Festland und nach Hause auf die Halligen soll er sicherer machen.

Alle Scheinwerfer auf »Fernlicht«, das verlangt die Checkliste. Joe betet sie weiter herunter, zuletzt heißt es: »Ramme auf ›Fertig‹, Tränengas und Blendgranaten auf ›Bereit‹.« Noch ein allerletzter Punkt: »Sicherheitsgurte und Schutzmasken anlegen.« Die Stoppuhr läuft. Fünfzig Sekunden sind mit 40 km/h – macht rund fünfhundertfünfzig Meter – noch zu fahren. Ich prüfe den hydraulischen Druck auf der Ramme. »Im grünen Bereich«, rufe ich Joe zu. Der nickt und hält unter der Maske seinen Blick fest geradeaus gerichtet. Jetzt. Wir prallen auf den letzten Rest, den die Tunnelbauer stehen gelassen haben. Die Beschleunigungskräfte schleudern uns nach vorn in die Gurte, das Kinn fliegt uns auf die Brust. Als wir die Köpfe heben, sehen wir, was los ist. Wir haben den verbliebenen zwei Meter starken Rest durchstoßen und stehen mit laufendem Motor im Lustschloss. *Rammen und Räumen* sei Dank.

Dann geht alles ganz schnell. Blendgranaten und Tränengas tun ihre Wirkung. Die Diener liegen wehrlos, blind und mit tränenden Augen am Boden. Joe legt der ohnmächtigen Steinkönigin die Sauerstoffmaske an, wir heben die zum Skelett Abgemagerte aus ihrem Folterthron und tragen sie in den Aussichtswagen, dort legen wir sie auf die Krankentrage. Im Kontrollfenster des Sauerstoffreglers blinkt es schwarz auf weiß. Die Königin atmet. Was will man mehr.

Ich reiße zwei Bretter aus der Tunnelverschalung, fünf Meter weit muss unsere Lok sich darüber hinwegquälen, dann bekommen ihre Räder wieder die Schienen zu fassen, und aufwärts fahren wir mit der kostbaren Fracht. Wie Schneewittchen liegt sie da. Kein Grund zur Trauer, denn sie lebt. Nördlich der Hunnenswarft sehen wir wieder Tageslicht.

Um Ark und Ork hat sich ein kleines Empfangskomitee gebildet. Da liegt die Steinkönigin auf ihrer Trage. Glockenblumen und Hallig-Enzian hat man ihr zur Begrüßung gepflückt. Ihre Schönheit ist nicht vergangen, sie ist nur vorübergehend verschwunden. Noch ist die ehemals weiße Haut grau und knittrig, noch sind die Wangen eingefallen und fleckig, das Haar strähnig und einer Wäsche bedürftig. Alles wird sich zum Guten wenden, denn die Schwalben melden sich mit ihrem Gezwitscher, vor lauter Wiedersehensfreude schießen sie noch schneller hin und her, sie öffnen der Steinkönigin die Augen, und die Steinkönigin fragt: »Wo bin ich?«

»Bei uns auf Langeneß«, sagen Ark und Ork. Sie tragen die lang Entbehrte, endlich Gerettete in die Ferienwohnung. Sie kann noch nicht Danke sagen, für Höflichkeit und Freundlichkeit fehlt ihr die Kraft. Wer weiß, wie schlimm alles tatsächlich ist? Hat sie schwer an Leib und Seele gelitten? Die nächsten Tage soll sie hierbleiben. Die Halligschwester soll sie pflegen und aufpäppeln, der Halligpastor soll aus Hilligenley kommen und seinen Segen spenden. Die Küstenschutzarbeiter sollen das Haus bewachen, Neugierige über den Damm zurück aufs Festland befehlen, und die Schwalben sollen die Steinkönigin mit ihrem Gezwitscher aus ihrem Tief holen. Erst mal ausruhen und Kräfte sammeln, dann sehen wir weiter, so lautet die Losung.

Mein Enkel klopft sich den Sand aus Hose und Hemd. Ich folge seinem Beispiel. Wir haben unsere Arbeit getan. Wir wollen weder Geld noch Lorbeeren. Wir wollten nur das Gute vom Bösen trennen. Das haben wir getan. Wir würden es morgen wieder tun. Mein Enkel hat dabei kräftig mitgeholfen. Wer wissen will, was Gut und Böse ist, der soll ihn nur fragen. Ohne ihn hätten wir die Steinkönigin nicht retten können. Wenn sie wieder gesund und schön ist, wenn die Steine in ihrem Palast wieder glitzern und glänzen, dann wird sie ihn einladen und sich mit einem Edelstein bei ihm bedanken.

Der Tunnel hat ausgedient, Schienen, Schwellen und Fackeln liegen im Betriebshof. Die Steinkönigin ist gerettet, der Damm ist erhöht worden. Mit dem Tourismus wird es wieder aufwärtsgehen. Nun soll das Unterwasserbauwerk mit Nordseewasser geflutet werden, auch das Lustschloss wird damit für immer zerstört. Was aus den untermeerischen Dienern wird, wissen wir nicht. Sie werden wohl losschwimmen und sich neue Arbeit suchen. Wer will, der findet überall Arbeit.

## Tina Uebel

# Danilo, damals

*Marstal, Dänemark 2008*

Ich habe nicht nach Dänemark gewollt. Wer will schon nach Dänemark. Puppenstubenhafte Inselhafenstädtchen mit diminutiven Häuslein an Straßen, auf denen jeder Pflasterstein aussieht wie von straffälligen Jugendlichen in Sozialstundenableistung saubergeleckt. Fehlfarbene Würstchen. Surreale Bierpreise. Possierlich nuschellautintensive Eingeborene. Unangeschlossene Fahrräder allüberall. Meine zwei Mitmatrosen aber, mit denen ich im Spätherbst auf Kaperfahrt fahre, die Ostsee trotz Saisonende ein bisschen zu besegeln, meuterten ob meines Bestrebens, Kurs nach Osten zu setzen, weil, dort kommt der Wind her, der Wind weht derzeit stark, wir werden alle sterben oder zumindest leiden, hieß es, meine spöttische Geringschätzung von Ostseeunbilden wurde zwei zu eins überstimmt, nun also sind wir in Dänemark. Laufen über geleckte Pflastersteinstraßen, der Impuls, einfach ein oder drei Fahrräder zu nehmen, verebbte mangels meiner kriminellen Energie. Es ist alles geschlossen, jede einzelne Würstchenstube. Die Fassaden der Häuslein zeigen sich farbenfroh und zutiefst verdunkelt. Wenn sich wer wundert über Dänemarks jüngste rechtsradikale Tendenzen, ich bin es nicht. Zu viel Bullerbü weckt den Kim Jong-il in mir. Maulend trotte ich meiner danophilen Peergroup hinterher und wundere mich, beim Betreten des Landes nicht zum Ausziehen meiner Schuhe aufgefordert worden zu sein.

Downtown Marstal gibt es noch nicht mal einen Hund, der sich hier begraben ließe. Kein lebender Pølser lässt sich blicken. Biestig beäuge ich die Straßen, die eine wie die andere. Ein Guinness-Schild führt uns zu einer geschlossenen Kneipe. Sven, mit den fremdländischen Gegebenheiten vertraut, hat ein weiteres solches am Ende der anderen Straße gesichtet, wir trotten zurück, Rainer, als gebürtiger Flensburger Wahl- und Herzensdäne – was bloß ist mit meinem sozialen Umfeld los –, schlägt sich durch obskure Hinterhofbungalowgänge, während ich mich bereits an das rückwärtige Fenster vorgepirscht habe und von dort mein Auge auf ein exklusives Kaputtnik-Environment werfe. Partykellerflair, hinten Billardtisch, vorne Rockmusikbühnchen, zentral ein Tresen mit trinkenden Fragwürdigen, beige Auslegeware. Bevor ich mir aber Fragen stelle, ist Rainer bereits in der Schuppentür erschienen und gibt ein Thumbs-up, nunja, es stehen immerhin Aschenbecher im Habitat, man sollte nicht allzu wählerisch sein, nicht, wenn man in Dänemark ist.

Nunja. Vielleicht erobert all dies aber auch spontan mein verhärtetes skandinavophobes Herz. Ungeschlachte Eigenbautheke, rustikale Sonderlinge daran, erlesene Hässlichkeit des lebenden wie leblosen Inventars, wir bestellen Bier. Rainer bestellt es auf Dänisch, meine Mitmatrosen trinken das Guinness, das draußen auf dem schwachbeleuchteten Schild avisiert wurde, ich verhandele *øl in flaske* mit beschwingtdänischer Leichtigkeit. Zwei Kaputtniks von Backbord möchten uns umgehend bespaßen. Ich sitze falsch, linksaußen nämlich. Die Kaputtniks sind zu kaputt, als dass man sie noch verstehen könnte, sie sind aber umso zutraulicher. Ich ignoriere sie längstmöglich, ich hätte lieber eine gute Zeit mit meinen Spießgesellen, mit denen ich heute und gestern segelte, dass es reine Freude war. Norddeutsche sind Connaisseurs des Graus, sagte mir mal ein amerikanischer Freund, und wahrlich: das Grüngrau des Meeres, selbst der Ostsee. Das Bleigrau des Unwetterhimmels. Die jagenden, aufreißenden Wolken, die jubilierende Sonne in kurzen Momenten dazwischen, nachts die Sterne. Das wohlgefällige bis rasante Nicken des Schiffes inmitten. Solange man gegenan segelt, jedenfalls. Bevor wir abschwenkten nach Dänemark – ich war dagegen –, und jetzt also hier sitzen, unter Dänen.

Nicht unter Dänen. Ich zumindest nicht. Zur Rechten sitzt meine Peergroup, die sich mittlerweile darüber verständigt, in ihrer Jugend Debbie Harry sexy gefunden zu haben, zur Linken der Besoffene mit seinem noch besoffeneren Kumpel, die mich zu ihrer Freundin erkoren haben und die länger zu ignorieren ich schwerlich in der Lage bin. Sie sind derart besoffen, nicht mal ihre Sprache lässt sich mit Sicherheit determinieren, aber der weniger Schwerverständliche an meiner Seite beginnt, mir von Spitzbergen zu erzählen, wo er arbeitet, und da hat er mich doch, wider Willen, weil, die Polargegenden, dahin weht mein Herz, damit kriegt er mich. Debbie Harry hat mich niemals erregt.

Sein Name ist Danilo, er bestellt für sich, mich und seinen dubiosen Freund eine Runde dänischen Schnaps, *fiske* oder so ähnlich. Ich bin weiß Gott nicht scharf drauf, aber auch nicht in der Position, das abzulehnen. Ich schlucke und denke an England. Danilo erzählt von Spitzbergen, faselt unverständlich, ich dechiffriere, sein Leben lang ist er zur See gefahren, seit fünfundzwanzig Jahren wohnt er, wenn er denn wohnt, hier. Andere Zausel, die unterdes die Bar betreten, herzen ihn und sagen Dinge auf Dänisch. Sein Englisch ist von dänischen, deutschen und spanischen Wörtern zerfressen wie eine Haut von Ekzemen. In Deutschland ist er auch gewesen, in all den Jahren auf See, wie in Frankreich, wie überall. Auf einem Schlepper, vermute ich, arbeitet er jetzt, in Spitzbergen. Wo niemand anders sein will, wo er aber sein will wie nirgendwo sonst. Er redet, so vermute ich mal, von der Leere und Weite des Eises, der nichtendenden Landschaft und der unbedingten Freiheit, die ihn dort ergreift. Vermute ich mal, er ist wirklich sehr schwer zu verstehen. Und von der Bar dort, der einen, in der es eine nichtendende Auswahl an Spirituosen gibt. Letzteres kann als gesichert gelten, denn er holt eine Postkarte der Bar aus seiner Brieftasche und wirft liebende Blicke auf die hohen, langen, bunten Regale voller Flaschen. Eine Frau hat er nicht, nur zottelige Freunde, die hereinschneien und ihn strubbeln.

Sein stationärer Freund an der Peripherie bestellt eine weitere Runde Schnaps, als ich dankend ablehne, weitet er seine Bestellung auf meine Mannschaft aus, und wir alle zusammen können dann nicht mehr dankend ablehnen, sondern trinken, anstoßend, das Gesöff. Sag, wenn ich dich retten soll, raunt mir Rainer ins Ohr, tu ich, sag ich und will dann doch mehr hören von dem besoffenen Mann, der in der polaren Leere das Glück fühlt, das große. Die Leere, die seine Kollegen nicht ertragen können.

Danilo ist aus Chile; mit der Barfrau, der voluminösen,

spricht er Spanisch. Mich textet er zu, bis es mir langweilig zu werden beginnt und ich erwäge, mich für Debbie Harry zu interessieren; ich war mal in Chile, sage ich, um auch mal was zu sagen, ich war noch sehr klein. Ich war auch unlängst wieder in Chile, aber damals, als ich sehr klein war, zwölf oder dreizehn, denke ich, das ist, was mir im Gedächtnis blieb. Unter Pinochet, davon wusste ich nichts, damals, ich fand es nur aufregend und ging abends nach dem Essen hinaus aus dem Hotel, um zu sehen, wie es dort wohl ist, wo ich bin. Zwei Soldaten mit Maschinenpistolen machten mir zwanzig Meter weiter klar, dass Ausgangssperre herrschte. Später fand ich heraus, unser Hotel war jenes, in dem Jack Lemmon in *Vermisst* wohnt, als er nach seinem längst ermordeten Sohn sucht. Es sind die ersten echten Maschinenpistolen gewesen, die ich sah. Die Straßen waren sehr leer, so leer, wie nur die Straßen einer Großstadt mit Ausgangssperre es sind oder das polare Eis. Mit Danilo rechne ich nach, das fokussiert ihn ein bisschen, wann es gewesen sein mag. Wir hätten uns fast treffen können, stellen wir fest.

Danilo ist Anfang fünfzig, seine Tochter Mitte zwanzig, sie lebt in Chile, hat ihn aber vorletztes Jahr besucht, hier, in Marstal. Auch Danilo besucht seine Heimat, alle drei, vier Jahre. Wie war es unter Pinochet, frage ich, weil ich mich langweile, weil Danilo langweiliges Zeug erzählt, das nur sehr, sehr schwer überhaupt zu verstehen ist. Er bestellt weitere Schnäpse, denen ich mich jetzt gnadenlos verweigere, ich ordere stattdessen mehr *øl*. Danilo schenkt mir sein Feuerzeug, ich bin moderat dankbar. Ich war siebzehn, lallt, schnarzt und knuspert es aus seiner Trunkenheit heraus, so denke ich, so glaube ich zu verstehen, ich muss mich sehr konzentrieren, es ist anstrengend, warum eigentlich bin immer ich diejenige, der die Kaputtniks das Ohr abkauen müssen. Ich habe mit meinem Vater – dies die bereinigte Version, die ich mühsam herausklaube aus all dem überweißen Rauschen – einen Machtkampf gehabt und mich freiwillig zum Militär gemeldet. Wer sich unter Allende freiwillig meldete, war nach drei Monaten wieder raus. Dann kam Pinochet, währenddessen, und dann war ich drei Jahre dabei. Nichts davon linear, alles zwischen klaren Schnäpsen, unangerührten Bieren, jedes Wort amorph, jedes Wort eines von viel zu vielen, warum eigentlich hat mich noch nie wer nach meiner Meinung zu Debbie Harry gefragt. Wir segelten heute vor einem Wind, der uns ans Ende der Welt zu tragen versprach, ich hätte nichts dagegen gehabt. Danilo spricht in Zungen, er spricht von Häuserkämpfen und Snipern aus dem Nirgendwo. Er spricht von den Kontrollen, die sie durchführten, und davon, wie die Menschen ohne Papiere in den Bus gehen mussten. *On the bus*, sagt er, *on the bus. We control the students, without papers, they go on the bus. On the bus*, wiederholt er, *on the bus.* Die, die sich nicht ausweisen konnten, gingen *on the bus. On the bus*, er wiederholt es. Ich bin nicht mehr klein, ich denke das Stadion mit, Debbie Harry verblasst. Debbie Harry ist durchsichtig wie der Schnaps, der unangerührt vor mir steht, Danilo trinkt den seinen und wird dadurch nicht notwendigerweise verständlicher. *On the bus. We sent them on the bus.*

Weil ich ihm zuhöre, was immer ein Fehler ist und zugleich das, was man tun sollte, erzählt er und hört auf, mich zu sehen, hört auf, Schnaps zu trinken oder seinen abgestandenen Rest Bier, nur rauchen, das tut er unablässig. Alle rauchen hier. Billard spielt keiner, auf der improvisierten Bühne in meinem Rücken schlafen Drums und Mikrofonständer. Eine großzügige Handvoll Dänen, an die Bar gesprenkelt, lacht und trinkt.

Sein Freund hat, sie waren siebzehn, eine Uhr geklaut. Wem, das kann ich nicht verstehen. Die Uhr aber, so Danilo, war nichts wert. So viel wert wie dieses Feuerzeug, sagt Danilo, hebt das Feuerzeug auf, das er mir geschenkt hat, das auf dem Tresen liegt, hebt es auf, einmal, zweimal, so viel mag sie wert gewesen sein, einen Euro, zwei Euro, so viel wie dieses Feuerzeug, er hebt es auf und auf. So viel war sie wert, die Uhr, sagt er, denke ich. Der Captain seiner Einheit habe sie antreten lassen, in einer Reihe, in einer Reihe, sagt Danilo, in einer Reihe. Er war siebzehn, sein Freund auch, oder achtzehn, wer könnte es sagen. Einen Euro, so viel. Seine Prince Denmark verglüht gedankenvoll in dem großen Ascher aus braunem Glas. Der Captain habe gefragt, wer die Uhr gestohlen hätte. Er habe das mehrfach gefragt, und sein Freund habe gesagt, er sei es gewesen. Er habe die Uhr zurückgegeben und sich entschuldigt und geweint. Die Uhr sei nicht mehr wert gewesen als ein Feuerzeug, ein Plastik-Bic-Feuerzeug so wie dieses, das er mir vorhin schenkte, so viel, einen Euro vielleicht, fünfzig Cent. Das Feuerzeug liegt zwischen unseren Zigarettenschachteln und vor meinem unangerührten Schnaps und neben seinem vergessenen Bier und ist so viel wert, wie es die Uhr vor all diesen Jahren war. Vor all diesen Jahren, als der Freund sich reumütig zum Diebstahl der Uhr bekannte und sich entschuldigte und weinte und der Captain der Einheit ihm die Mündung seiner Waffe an die Stirn hielt und abdrückte. Danilo hält mir die Mündung seines Zeigefingers an die Stirn und drückt ab. Ein Euro, sagt er, ein Euro, höchstens. Er ist schwer zu verstehen, aber wenn man sich anstrengt, ist er zu verstehen. Danilo hält mir die Mündung seines Zeigefingers an die Stirn, wiederum, und drückt ab. Vorn hat man nur ein kleines Loch gesehen, aber Neunmillimetermunition, neun Millimeter, neun Millimeter, und er hält mir wieder seinen Zeigefinger, geladen mit Neunmillimetermunition, vor die Stirn und drückt ab, neun Millimeter. Weißt du, was neun Millimeter machen. Neun Millimeter, er hält mir seinen Zeigefinger an die Stirn und drückt ab, er legt seine andere Hand an meinen Hinterkopf, um mir zu verdeutlichen, wie viel davon weg ist, bei neun Millimetern. Seine Hand ist nicht groß, er ist ein alter Mann, schrumplig wie eine Trockenaprikose. Ein Feuerzeug, sagt er, klaubt das Feuerzeug von der Theke, zündet sich eine Prince Denmark an, höchstens, ein Euro, fünfzig Cent. Wir standen in einer Reihe, wir waren siebzehn oder achtzehn. Der Captain hat seine Waffe gezogen, so, und er bohrt mir seinen Zeigefinger auf die Stirn knapp oberhalb meiner Nasenwurzel, phiijuuh, sagt er, seine Hand zuckt vom Rückstoß zurück, siebzehn, sagt er, er sagt, neun Millimeter, er ist sehr betrunken, und einer seiner vielen dänischen Freunde hat ihm einen weiteren Schnaps bestellt, den er trinkt. So viel wie dieses Feuerzeug, sagt er zu dem Feuerzeug, mit dem er sich eine neue Kippe anzündet, weniger, fünfzig Cent. In einer Reihe. Der Captain, sagt er zu mir, als hätte er mich gerade erst bemerkt, unser Captain, er schritt unsere Reihe ab und nahm dann, einfach so, er muss es mir demonstrieren und drückt mir zu diesem Zwecke seinen geladenen Zeigefinger an die Stirn, zwischen meine Augen, der Captain, sagt er, und Notwendigkeit ergreift ihn, auf dass ich verstehe, der Captain drückte ab, er drückt ab und sagt phiijuuh. Neun Millimeter, sagt er und fasst linkisch nach meinem Hinterkopf, versucht, mit seiner kleinen knorzigen Hand das Terrain zu vermessen, das einem nach einem Neunmillimeterkopfschuss fehlt. Das ist weg, sagt er, neun Millimeter, zieht an seiner Zigarette, die sich geduldig eine lange, krumme Aschestange erglüht hat. Siebzehn, sagt er, einen Euro, oder weniger, nicht mehr als dieses Feuerzeug. Unser Captain hat seine Waffe gezogen, und er setzt mir zum fünfzehnten oder zwanzigsten oder fünfundzwanzigsten Mal eine lang vergangene Waffe an die Stirn, und er drückt ab, wieder und wieder, seine Hand zuckt in einem Rückstoß zurück, phiijuuh, einem Neunmillimeterrückstoß eines Schusses, dessen Geräusch vor dreißig Jahren verhallte. Seit dreißig Jahren fällt sein Freund zu Boden. Er fällt zu Boden. Zu Boden. Siebzehn. Phiijuuh. Neun Millimeter. Ein Euro, höchstens. Der Zeigefinger auf meiner Stirn. Der Rückstoß in Danilos Finger. Er fiel einfach um, sagt Danilo. Neun Millimeter. Danilo betrachtet seine Hand mit Unglauben. Irgendwo, vielleicht in Dänemark, vergeht die Zeit nie, dort sinkt unablässig wer zu Boden, dem ein quasihistorisches Neunmillimetergeschoss in der Stirn bloß ein Loch hinterließ. Dort tritt unablässig ein Captain vor seine in Reihe angetretenen Jungs und schießt einem davon in den Kopf. Dort findet Zeit nicht statt, jedenfalls nicht für alle Beteiligten. Neun Millimeter, sagt Danilo und hält mir seinen Zeigefinger an die Stirn, nur für den Fall, dass ich nicht begreife.

Von außerhalb streunt ein Heiopei an uns vorüber, knufft Danilo, ich entgehe meiner erneuten Erschießung. Danilo nimmt es nur am Rande zur Kenntnis; wenn ich in Santiago bin, sagt er, sagt er mutmaßlich, gehe ich dahin, wo wir damals in den Straßenkämpfen waren, ich setze mich auf eine Bank, und ich kann nicht fassen, dass ebendort die Leute flanieren und einkaufen. Dass die Leute flanieren und einkaufen, wo wir schossen und starben. Ich sitze dort lange, Stunden. Meine Tochter will mitkommen, wenn ich das tue, aber ich erlaube es ihr nicht. Zwischen seinen Fingern verödet eine weitere Zigarette, sein Blick geht durch mich hindurch und durch ganz Dänemark. Ein Ozean und eine Hemisphäre sind unzulänglich weit. Alles ist unzulänglich. Während er mich mit eskalierend unverständlichem Kauderwelsch und einer weiteren Geschichte, in der Weihnachtsglocken und Tränen eine Rolle zu spielen scheinen, niederzuschwafeln beginnt, ziehe ich die Reißleine, knuffe Rainer, steuerbords, das vereinbarte Mayday-Signal. Ich bin heute ausreichend erschossen worden. Ich habe hier nur ein bisschen trinken wollen und reden darüber, wie der Wind weht, und über die verschiedensten Schattierungen von Grau. Rainer ist unklar, wie er mich retten soll, mir auch. Für grau und weit halte ich den Himmel, und für sinnig, mit dem oder gegen den Wind unter ihm zu segeln. In klaren Nächten navigiere ich nach den Sternen und befinde es für gut, weit weg zu sein, weit weg und reduziert. Draußen, wo kein Land mehr ist und nur das Meer. Der Wind und all das. Ich strenge ein wirklich bescheuertes Gespräch an mit meinen Freunden, weil ich ein weiteres Mal nicht erschossen werden möchte. Ich befürchte, dass Danilo es in Grundzügen versteht. Wir reden über Debbie Harry. Danilo guckt wie eine Aprikose, verharrt noch ein Weilchen, zahlt dann und geht. Er zahlt mein Bier mit. Wir umarmen uns kurz, ich floskele mit billiger Innigkeit, die zu ihm durchdringen mag oder nicht. Als er weg ist, gibt ein schrulliger Däne eine Lokalrunde Bier aus, wir haben noch nicht ausgetrunken, bevor eine schrullige Dänin die nächste Runde Bier ausgegeben hat. Dann läutet die Wirtin die Sperrstunde ein, wir zahlen mit zu wenig Kronen, kriegen Rabatt, gehen hinunter zum Hafen über geleckten Kopfstein, und die Unruhe, die mir innewohnt, wird sich morgen unter dem großen lichtgrauen Himmel verblasen, da bin ich mir sicher, fast.

Roger Willemsen

## Das Hotel zum Lebensabend

Kalf stand in einer Landschaft mit zweihundert Kühen, und alle hatten Durchfall. Das war Madeira. Warum er hierhergekommen war, wusste er nicht, wegen der Kühe jedenfalls nicht, gab er später zu Protokoll. Er hatte ein ausgewogenes Feuchtklima erwartet, ein Hotel zum Lebensabend, etwas wie eine Klinik für Schwindsüchtige, ozeannah.

Er beobachtete: Auf einer Landzunge hoch über dem Atlantik gebaut, behauptete der Hotelbau, ein opulentes Felsennest, seine Aussichtsposition, und durch die geöffneten Fenster funkelte das offene Meer, über das die Fächer der Sonnenbänder strichen. Davor ein Steg mit Liegestühlen, auf diesem Felsen fünfzig Meter über dem Wasserspiegel. Davor der türkisfarbene Pool, auf dessen Grund ein einsamer Poolreiniger am langen Schlauch seine gewundenen Bahnen fuhr wie der Holzwurm in seinem Element. Das offene Meer und der Pool, der Ozean und seine faule Filiale, in einem Blick wurden sie zusammengeführt.

Über ihre Mokkatässchen gebeugt fand Kalf vor allem Frauen mit den schwindsüchtigen Augen des Psychopharmaka-Abusus, überragt von der rückwärtigen Hotelfassade mit drei Etagen gelangweilter Gatten, die so gar keine Brüche besaßen. Sie hatten sich den Eintritt in dieses Ensemble durch ihr Leben ermöglicht. Jetzt saßen sie da, angekommen. Der Gatte verlangte eine Diät-Cola, dazu einen Teller Austern. Die Gattin fühlte sich in ihrem Leben durch das seinige gekränkt. Der Preis war zu hoch, fand sie und konnte nicht einmal in seinen stöhnenden Bodenübungen auf ihrem Leib etwas Rührendes entdecken. Die Verachtung hatte sich in ihren Augen eingenistet und blieb da, selbst wenn ihr Blick das Meer traf oder ihren Singapore Sling.

Kalf glaubte, an den Menschen mehr entdecken zu können als am Ambiente. Die Bademeister am Pool trugen das Emblem eines Steuerrads auf der Brust, dazu halblange Shorts in Weiß. Sie blickten auf die Beine der Touristinnen wie auf die Wursttheke. Eben stakste die Deutsche zum Pool mit ihren immensen bleichen Oberschenkeln und einer lächerlichen Taucherbrille. Ihre Technik im Brustschwimmen aber erwies sich als professionell, während ihr Gatte beim Rückenkraul nur planschte. Dann stieg er aus dem Wasser und schlang einen Teller Carbonara herunter. Eine Luftbrücke verband den Tellerrand mit dem Unterkiefer.

Um 12:20 Uhr bewegte sich Kalf zum Mittagsbuffet auf die Terrasse, danach zur Siesta aufs Zimmer, um den Konsum einer halben Flasche Dao, Marke Terras Altas, auszukurieren. Um 15:30 Uhr war er wieder am Pool.

Das deutsche Ehepaar kraulte inzwischen auf gleicher Höhe rückwärts. Das Meer hatte sich verfinstert, während die Sonne immer noch gleißend auf den weißen Oberschenkeln der Frau widerschien. Einmal küssten sich die beiden sogar im Wasser, wozu die Frau ihre Taucherbrille abnahm. Ihr Gesicht war furchtbar freundlich. Sie stemmte ihren drahtigen Mann über den Wasserspiegel. Dabei schrumpfte er in ihren Armen, wurde kurz zum Kind, gewann aber durch einen neuerlichen Kuss auf ihre mit Chlor benetzten Lippen seine Männlichkeit zurück. Sie stieg aus dem Wasser und fahndete nach dem weißen Frotteetuch, ihr Oberschenkel hatte in der Tat die Farbe einer blass panierten Hähnchenkeule. Der Gatte welkte. Er war ihr zu nahe gekommen und ekelte sich plötzlich, so wie wenn man einen Hähnchenknochen abnagt und auf eine frische Blutader stößt.

Dieser Ehemann und Unternehmer, so hatte Kalf herausgehört, wäre gern für seinen Jahresumsatz bewundert worden, wurde aber für das Design seines Freizeithemdes allgemein verachtet.

»Vorsicht«, wollte ihr gutmütiges Gesicht gerade sagen, »ich bin auch kompliziert.«

»Bitte«, antwortete seines, »sei bloß nicht schlicht.«

Kalf las die beiden Zug um Zug, so wie sie da lagen, abgelegt auf den Bahren ihrer Liegestühle, getrennten Gedanken nachhängend. Der Unternehmer hatte sich zwanzig Jahre lang auf den Erfolg vorbereitet und ihn unterdessen mit grandiosen inneren Bildern ausgestattet. Als er dann kam, war der Erfolgreiche über vierzig, blühte zwei Sommer, sah besser aus denn je und empfing seine verheiratete Geliebte zu Rollenspielen in Hotelzimmern. Es war die gute Zeit, in der er seinen Triumph nicht nur hatte, sondern ihn sogar fühlen konnte. Schlechtes Gewissen kannte er nicht.

Einmal wäre er vor Jahren mit einem Flugzeug fast abgestürzt. Da hatte seine Frau sich mitten im Sturz ihm zugewandt und gefragt: »Wie viel haben wir für den Flug bezahlt?«

Kalf stellte sich immer solche Sachen vor. Er stattete Menschen mit idealen Geschichten aus. Schließlich war er selbst Vater eines kleinen Mädchens, das ihn als Vierjährige gefragt hatte: »Gab es vor meiner Geburt schon Spielzeug?«

»Ja.«

»Und warum?«

Kalf musterte das Meer. Als er selbst noch ein Kind gewesen war, ertrank er im Augenschein und dachte: Was wird aus den Dingen, die sich im Meer spiegeln? Sind sie nicht alle noch da, die untergegangenen Schiffe, die Silhouetten der Frachter, der Flaschen sogar, die auf den Wellen tanzten? Ist das Schillern der Wellen also eigentlich der Tanz der winzigen, in ihnen gespiegelten Bilder? Nie wieder war die Brandung wie damals, als sie noch in jeder Welle eine Bilderflut enthielt.

Und der Unternehmer? Er hatte sich aufgesetzt und stierte mit insistierendem Stumpfsinn direkt in die Schwärze über dem Ozean. Nach dem Eintritt in die zweite Lebenshälfte, so spekulierte Kalf, zog sich vielleicht nicht der Erfolg zurück, aber das Gefühl seiner Genießbarkeit. Er versachlichte sich und wollte organisiert werden. Auf seinen Sommerfesten stand der nicht mehr junge Erfolgreiche also unter seinen Freunden und Trabanten, plötzlich ratloser als diese. Er machte sich an den Ausbau der Kulisse und lächelte, wenn seine Frau in Gesellschaft äußerte, dass ihr Mann ihr »wirklich viel zu bieten« habe. Mit fünfzig verlagerte er sein Leben nach innen. Kein Grund also, mit sechzig kein abgeklärter Mann zu sein.

Ja, mit bloßem Auge, dachte Kalf, war der Unterschied zwischen jugendlicher Coolness und dieser Form der Reife eigentlich kaum zu unterscheiden. Was man nicht sah: Bei der

Betrachtung des Mediokren um ihn – der Kissenbezüge der Hollywoodschaukel, der Coffeetablebooks auf den Beistelltischchen, der Herrenkosmetika auf seinem Waschtisch – könnte den Unternehmer der Gedanke beschleichen, dass der Erfolg sich als Fehler seines Lebens erweisen würde. Mit solchen Gedanken spazierte er möglicherweise durch seine abendliche Heimat, eine Kreisstadt, wanderte zwischen Spalier, Hecke, Zaun, bestaunte die choreografierten Häuser in Reih und Glied, auch die Villen, die aus der Reihe tanzten, und er lachte als Einziger nicht, als sein bester Freund mit dem Glas in der Hand einmal dröhnte: »Meine Villa, das ist mein Verständnis von sozialem Wohnungsbau.«

Stattdessen erwanderte er abends selbst die Neubausiedlungen, die Trabantenstädte rund um ein Einkaufszentrum und ein Tierheim, und er sah einen Zusammenhang in alldem: Schlafwagen und Großraumbüro, Doppelhaushälfte und Lebensabschnittsgefährtin, Spind und Sarg. So sah Kalf ihn vor sich und konnte mit Befremden fühlen, wie sich die Enge dieses Lebens um den Mann dort schloss.

Auch der Unternehmer erahnte in den glanzlosen Innenausstattungen dieser Reihenhäuser die einsame Verzweiflung, wenn die Sonne unterging und die Versuchung keimte, unbedingt hier herauszukommen, um das Leben des Unternehmers zu führen auf einer Hotelterrasse am Meer. Er bewunderte diese Hüter der Parzelle und ihre Selbstbeherrschung im Träumen, und so erwischte er sich eines Tages bei dem Gedanken: Ich möchte im Reihenhaus leben, bevor ich sterbe, in einem dieser Reihenhäuser mit den geschlossenen Rollläden, wenn die Kameras davortreten, und der Müll wird nicht rausgebracht, und der freundliche Nachbar hat immer gegrüßt und war hilfsbereit. Ja, er träumte vom Ideal des demokratischen Individuums, von der Gleichheit im Schunkeln.

»Jetzt«, hatte Kalf ihn im Flugzeug zu seiner Gattin sagen hören, »steht mir der Sinn wieder nach dem Nichts.«

Das war ein snobistischer Gedanke, aber die Gattin hatte bloß erwidert: »Auch das Nichts ist instabil.«

Da fühlte sich der Unternehmer offenbar erwischt von der Unüberschaubarkeit des kleinen Gefühls und spielte Klavier in einer Serviette.

In der fernen Wolkenbank war die Nacht zuerst heruntergekommen. Sie grollte dort theatralisch wie auf einem expressionistischen Gemälde. Bisschen dicke, dachte Kalf und beobachtete aus der Distanz immer noch den Unternehmer, der inzwischen allein da saß auf der Terrasse am Pool zum Lebensabend und verfolgte, wie sich der Champagnerrausch in ihm ausbreitete. Kalfs Gedanken kreisten um die akausale Kausalität: Die Tatsache, dass ein rotgesichtiger Bauer vor hundert Jahren einen Schraubverschluss erfand, ermöglicht einem erloschenen Lebemann heute, an diesem Pool eine Kartoffelcurrycremesuppe mit Balsamicoschaum zu essen und sich über die rheinischen Touristen lustig zu machen, die die fremdsprachige Speisekarte nicht lesen können. Der Unternehmer sah dabei überlegen aus, denn er hatte ein Streichholz im Mundwinkel, trank ein zweifach preisgekröntes Bier und dröhnte den Kellner an: »The dinner was perfectly acceptable.«

Der Kellner senkte den Blick auf sein Blöckchen, um die Café-Bestellung zu notieren. In Wirklichkeit machte er sich dort seit Jahren Notizen über die Gäste: breites Handgelenk,

Goldschmuck, angetrunken, sieht aus wie verurteilt für Unzucht mit Objekten. Laut aber sagte er, ein paar Gegenstände auf dem Tisch sinnlos hin und her räumend: »Danke vielmals, bitte höflichst.«

»Diese herrliche Ruhe«, seufzte der Unternehmer und fügte, um den Kellner zu fordern, noch an, »als wäre in der Nähe Krieg!«

Der Kellner notierte: »Ein welkes Herz.«

Der Arzt schlenderte vorbei. Er verlangsamte unaufdringlich am Tisch des Unternehmers. Diesem waren seine Krankheiten peinlich. Der Arzt hatte gesagt: »Sie brauchen mir Ihren Körper nicht unbedingt zu zeigen. Sie können auch ein Polaroid von den Symptomen machen.«

Der Unternehmer hatte zum Spaß seine belegte Zunge fotografiert und unter der Tür durchgeschoben. Der Arzt nickte im Vorbeigehen bloß: »Funny.«

Aber der Unternehmer war in Gedanken schon wieder abgeschweift. Inzwischen hatte er auch ein Auge auf den Luxuskellner, wie dieser so ironisch den Kellner gab, dass man es kaum bemerkte. Immerzu war der livriert alt Gewordene versucht, die Grenzen seines Milieus zu überschreiten. Dem Unternehmer legte er heute ungefragt ein Brötchen neben den Teller, von jener Sorte, die dieser sich zwei Abende lang immer aus dem Körbchen gefischt hatte.

»You are very observant«, sagte der Unternehmer.

»Thank you. You are our family to us«, erwiderte der Kellner und hätte den Gast in einer herzlichen Anwandlung fast an der Schulter berührt.

Der Unternehmer fand das ein wenig vertraulich und blickte wohl so.

»I mean: our rich family«, ergänzte der Kellner beflissen, aber auch das passte nicht und war nicht wiedergutzumachen, weshalb er sich abrupt zum Gehen wandte.

Die Tischnachbarin hatte alles gehört und ergänzte, indem sie sich Beifall heischend dem Unternehmer zuwandte: »Der reiche Onkel aus Amerika!«

Der aber blieb lieber auf der Seite des Kellners und erwiderte mit beinahe unhöflichem Ernst: »An was, Madame, wollen Sie meinen Reichtum abgelesen haben? An meiner Maniküre?«

»An Ihren Umgangsformen«, erwiderte sie, und das war im Augenblick, da er sie vermissen ließ, schlagfertiger, als er es erwartet hatte.

»Entschuldigung«, sagte er. »Ich hab schon einen intus.«

Der Kellner aber trat, wie Kalf bemerkte, an diesem Abend nur noch einsilbig an den Tisch und wurde deshalb überrascht, als ihn der Unternehmer, schon mitten in einem Räuschchen, das er dem Dessertwein verdankte, am Arm fasste und übergangslos fragte: »Sagen Sie, sind Sie nicht zu jung für dieses Hotel zum Lebensabend?«

»Bedaure, Sir, ich bin nicht jung.«

»Sie wissen es nur noch nicht.«

»Ich fühle mich anders.«

»Dann sagen Sie«, insistierte der Unternehmer, jetzt recht kühn, »kann ich im Leben ein ernsthafter Mensch sein, wenn ich auf dem Theater eine lächerliche Figur wäre?«

Darauf gab es keine ironische und keine klassische Kellner-Antwort, deshalb antwortete der Bedienstete als er selbst, und zwar: »Ich gehe nicht ins Theater, aber ich bin sicher, Sie wären auch dort eine ernst zu nehmende Figur.«

Aber weil das nun wieder unbillig tragisch klang, fragte er rasch mit dem offiziellen Gesicht: »You like some more bread, Sir?«

Dann zog er sich zurück und fand den Gast lästig. Der blieb sitzen, starrte in den schwarzen Ozean und hörte einem Inder zu, der eine Europäerin an der Hand durch den Saal führte und gerade sagte: »Frrrom my living rrroom I can walk rrright into the ocean.«

Eine ernst zu nehmende Figur am Ende einer langen Reihe von in den Rausch gekippten Jahren. Er sah dem Hintern einer radebrechenden, langhaarigen Chinesin hinterher, und nichts wollte ihm dazu einfallen als: Auch der will geliebt werden. Das war, seinem Verständnis nach, ein einfühlsamer Gedanke, gab es doch kaum jemanden auf der Welt, der ihn liebenswürdig genannt, und niemanden, der ihn so gefunden hätte. Es dämmerte in ihm etwas wie Bewusstsein, aber es war das Symptom einer Störung, ja, es war eine Wunde, die dauernd Bitterstoffe abgab.

Das Meer meldete sich ab. Die Wellen ebneten sich. Ob das Wasser sich selbst oder der Wind es bewegte, hätte man nicht sagen können. Die Finsternis in der Schwüle nahm immer noch zu.

Lange nach Mitternacht stand nur noch Kalf auf der äußersten Landspitze und fand die Luft gesättigt vom letzten Blick. Alle Plausibilität, dachte er, kommt aus der Bereitschaft, zu enden. Erst von dort aus lässt sich eine Geschichte erzählen. Auch die Vergnügungen treten eine echte Verbindung erst ein, wenn sie letzte sind, und die Sätze, die jetzt nachhallen, haben erst Form und Zusammenhalt, seit sie posthum verstanden werden.

»Er hat noch«, meinte der Kellner, »er sagte noch ... er war doch Unternehmer, ein erfolgreicher Mann ...«

Doch eigentlich war er bloß, wie nur Kalf hätte bezeugen können, aufgestanden, geradeaus gegangen und hatte an der letzten Felsenecke nicht angehalten. Er war einfach in einem einzigen, schlüssigen Schwung der Bewegung geradeaus gegangen, hatte das Spielbein über das niedrige Eisengeländer geschwungen und einer Bewegung nachgegeben, die ihn dem Blickfeld wie dem Leben entriss.

»Sie haben ihn als Letzter lebend gesehen«, konstatierte der Geschäftsführer, der von Kalf gern mehr erfahren hätte.

»Ich weiß nicht«, erwiderte dieser und dachte daran, dass der Ozean erst in Amerika wieder das Land berührte. »Ich weiß nicht, ob er da noch lebte.«

Ulrike Draesner

# Kanalschwimmer

Es machte nichts, wenn es regnete, solange kein Sturm aufkam, der Wind nicht drückte. Die Klippen aschgrau, kalkgrau, die Wolken wie Möwen darüber, das Vogelgeschrei.

Er hatte Karten lesen gelernt.

Sam und seine Crew würden bestimmen, ob die *Henry IV* ausfuhr, ihn im Schlepptau. So würde es zumindest aussehen. Tatsächlich wären sie durch nichts miteinander verbunden. Er hatte sich den Bug des Fischerbootes eingeprägt, breit, dunkelrot, verschrammt, die Silhouette, das Steuerhaus, und keinen Fuß an Deck gesetzt. Das fand er angemessen. Im Inneren war jeder Mensch weiche, warme Finsternis.

Es hieß, ab fünfundsechzig wachse man in den Alterspanzer hinein: halb taub, halb blind, steif. Er lächelte. Man glaubte nicht, wenn man die Alten sah, wie sie einmal jung waren, schlanke, sehnige Männer, die mit entspannten Gesichtern von Klippen pfeilten, die Haut kleinschuppig, glatt. Sie schwammen, surften, segelten, traten in Schulen auf, Wassermenschen. Das Meer brachte sie, wie Blumen oder Algen, in einen Bewegungstakt.

Regel 1: The Channel is not your friend. Er war kein Wassermensch.

In langsamen Schlägen zungten die Wellen auf den Strand. Er wusste, wie weit man hier hinauslaufen musste, bis man schwimmen konnte, er hatte andere aufbrechen sehen, platschend, um sich gegen die Kälte zu wehren. Jetzt, Ende August, war der Kanal maximal warm. 17 Grad.

The Channel: Grau, Dreck, des Teufels Schiss.

Seit elf Tagen wartete er auf seinen Start. Alles musste stimmen, die Tide, der Mond, das Wetter, the mind. Er hatte länger als ein Jahr trainiert, im Winter in eisigen Seen. Hatte schon im letzten Sommer hier auf der Bank am Shakespeare Cliff gewartet, die weißen Kreidefelsen unter sich.

Die französische Küste zum Greifen nah.

Ihn beschlich das absonderliche Gefühl, den Kanal selbst, der doch zu seinen Füßen lag, nicht sehen zu können. Vielleicht spukten ihm zu viele Bilder durch den Kopf: der Ärmel schiefer- und gneisgrau, eine eiskalte Salzbrühe, trügerisch glatt wie gemalt. Vier Mal hatte die Fähre im Februar die Einfahrt in den Hafen von Dover verpasst, so sehr drückten Strömung und Wind das schwere Schiff aus der Fahrrinne, so wenig half es, gegenzusteuern.

Den Kanal durchschwimmen, welche Schnapsidee. Aber sie gehörte ihm selbst. Er lächelte: über sich, Silas und Maude. Silas, der Wunderbare, immer Bewegliche, Silas, der Inhaber von Silas & Barnes Incorporate. Silas Incorporate, der Rundköpfige, Stiernackige, Freundliche, der ihm mit dreiundsechzig die Frau ausspannte, und Maude war zweiundsechzigeinhalb.

Teufels Schiss! Die Aufgabe (»Komm drüben an«, »Schwimm!«) sah für alle gleich aus. Doch den Langsamen trug die Strömung um vieles weiter von der Ideallinie ab, er riss einen Bogen, trieb länger in der Brühe, wurde aufgeweicht. Geradeaus kam keiner durch.

Vielleicht war es das.

Dass er diesen Ärmel ehrlich fand. Lebensecht. Wer einen Nachteil hat, bekommt noch einen draufgepackt.

Zehn Regeln hatte die Channel Swimming Association erstellt. Sie folgten Kapitän Webb, dem ersten Kanalschwimmer, 1875. Antwortete man dem Bootsführer nicht oder trat nur auf der Stelle, zog die Crew einen heraus. Damit nicht wieder einer starb. Wie jüngst der Schweizer. Ein kleines Kräuseln hatte man noch gesehen, sozusagen unter einer Welle. Dann war er fort gewesen, nie mehr aufgetaucht.

Die Tide, der Mond, the mind. The Channel is not your friend.

Silas' glatt rasiertes Gesicht. Um Mund und Nase kompakt wie ein chinesischer Faltenhund, das hatte er, Basil, erst vor Kurzem entdeckt. Darüber die veilchenblauen, vertrauten Augen. Sie kannten sich aus dem Schwimmklub, seit sie zehn waren, hatten gemeinsam trainiert. Beste Freunde. Der eine die langen, der andere die kurzen Distanzen. Silas, der nach Zigaretten roch, auch wenn er nicht rauchte, und lässig in weißen Segelschuhen auf Basils Veranda saß. Wann der Freund arbeitete, blieb ein Rätsel. Silas strahlte Muße aus – und Maude an.

Er, Basil, hatte nichts gemerkt.

Darüber, wie lange nicht, dachte er ungern nach.

Ertappt hatte er sie nicht. Sie hatten es ihm gesagt, hatten es ihm schleichend klargemacht. Als er schon alles wusste und sie einmal nackt zusammen sah, auf dem Wohnzimmerteppich, als wären sie jung, zog er den Kopf aus der Tür. Silas' Blick folgte ihm; Maude bemerkte ihn nicht.

Er überraschte sich damit, was er fühlte. Maude. Der Gedanke tat ihm weh. Er arbeitete als Biologe in einem Labor, kam oft nur fürs Wochenende nach Hause. Maude. Etwas in ihm konnte sie auch verstehen. Die unbegreifliche Stelle war Silas. Ein weiches, dunkles Rucken neben dem Herzen.

Maude traf Silas bei der Arbeit, Silas Incorporate. Nichts veränderte sich, seine Frau lebte bei ihm, er bei ihr, und Silas war ebenfalls da. Die beiden taten, als seien sie nun eben zu dritt. Als sei alles wie zuvor.

Rosafarbene Gipsblumen umrahmten den Spiegel seines B&B-Zimmers. Weich und teigig sah er sich selbst daraus entgegen. Die Haut faltig an den Brüsten, den Armen. Das Gesicht hager; David Bowie, uralt. Die Augen nicht unterschiedlich farbig, aber unterschiedlich groß.

Manche sagten, im Kanal müsse man sich selbst besiegen. Das mochte als Vorstellung gefallen. Die Wirklichkeit war schwieriger: Im Meer gab es keinen Gegner.

Jeden Morgen fuhren Sam und seine Crew hinaus. Wie ein Fisch schwämme er neben ihrem Boot. Wenigstens Haie waren nicht zu befürchten: vernünftige Tiere! Ihnen war der Kanal zu kalt.

Sam und er hatten Pläne gewälzt, Strömungsverhältnisse berechnet. Er würde zwölf Stunden brauchen, wenn es perfekt lief. Es konnten auch fünf Stunden mehr werden. Oder sieben. Etc. Er hatte bezahlt, trainiert, sich Fett gegen die Kälte angefressen, das Robbenprinzip.

Regel 10: Even if everything is perfect, there is no guarantee.

Es war wie Münzenwerfen. Nur radikaler. Die Münze war man selbst. Man flog, man stieg, man sank.

Menschliche Zellreparaturprogramme schalteten sich nach siebzig Jahren ab. Noch saß ein Rest Spannkraft in ihm. Es stimmte nicht, dass Ohren und Nase im Alter weiterwuchsen, sie schrumpften nur nicht. Den Kopf konnte er wie früher drehen, und er dehydrierte nicht mehr so schnell.

Das Gras vor der Tür knirschte, ein verwittertes, grünblau-gelbes Schild, das Shakespeares Kopf zeigte, schaukelte im Wind. Er setzte sich auf eine der Holzbänke draußen und wartete. Letzte Lagebesprechung mit Sam. Die Luft roch nach Seewasser, eilig flog der Himmel dahin.

Es war sein Großvater, der ihn zum ersten Mal ans Meer gebracht hatte, der es ihm sagte: water, der sagte: sea, und er, das Kind, dachte: see! Das Meer sieht.

Ein Schlag, das Blau. Er konnte noch nicht einmal sicher laufen und schwamm doch, ganz von selbst. »Vom Mutterleib in die Badewanne gefallen«, »da hielten die vorher Fische drin«. Seine Mutter habe kurz vor seiner Geburt einen Stör gegessen, erzählte er später den Journalisten, aber schon da war er sich nicht mehr sicher, ob er nicht alles erfunden hatte: das Fischwasser, die Badewanne und die blauen Schmetterlinge am Wassersaum. Das erste Mal, als er schwamm, schwamm er auf seinen Großvater zu, dort, wo das Land nicht aufhörte und das Meer nicht begann, wo das Meer nicht aufhörte und das Land nicht anfing. See, sagte sein Großvater und meinte die Schmetterlinge am Strand, look!, und er, Basil, meinte das Wasser – wie es sehen kann und kühl ist: looks cool.

Die Sonne stand eine Handbreit über dem Ärmel, der in tausend kleinen Wellen silbern glitzerte. Ganz bei sich schien das Wasser in der Windstille. Schäfchen auf und über den Klippen.

Und er, Basil, rannte den Strand auf und ab. Containerschiffe, Riesenkreuzfahrer, Frachter und Fähren zogen über den nahen Horizont. Nur die South-West-Rinne war tief genug für sie. Er würde sie queren.

Hose, Badekappe, Schwimmbrille. Beine und Schultern frei. Keinerlei Hilfsmittel.

Von einem napoleonischen Soldaten hieß es, er sei, nachdem er bei einem Seegefecht mit den Briten von Bord gestürzt war, über den Ärmel nach Calais zurückgeschwommen. Die Regeln wurden erst später aufgestellt: als man begann, nach neuen Rekorden zu suchen. Die weißen Flecken der Erde waren erobert, und man brauchte etwas anderes, das man unsinnigerweise, aber nachweisbar erobern konnte.

Es war ihm eingefallen. Es ließ ihn nicht mehr los.

You've caught the virus!, sagte man am Strand.

Doch es saß tiefer.

Er fühlte sich manchmal nicht echt. Vielleicht, weil er nicht wusste, was er mit Silas tun sollte, mit Maude. Weil er nichts tat, die ganze Zeit über: nichts. Nur diese Idee. Sie hatten ihn bestärkt, obwohl es lächerlich war. Aber sie nahmen

Rücksicht auf ihn. Unterstützten ihn in seiner Leidenschaft, seinem Spleen.

Es war ausweglos.

Vielleicht verhielt es sich aber auch andersherum: Er war nicht echt, empfand nicht mehr echt und wusste deswegen nicht, was tun.

Sam machte Druck, las ihm die Liste aller Gefahren noch einmal vor, länger und schlimmer als für eine Herz-OP. Kein Seewasser schlucken, nicht an die Länge der Strecke denken, Hand um Hand nach vorn. Never give in to drowning, Regel 9.

Er sagte »Ja«, schaute seewärts, gegen den Wind. Den Kanal sah er noch immer nicht richtig, aber seinen Saum. Er würde das Wühlen der Schiffsmotoren spüren.

Er war so ein Idiot.

Der Idiot lächelte Sam an und unterschrieb.

Der Fischer, mindestens zehn Jahre jünger als er, erwiderte den Blick, als wäre er, Basil, nicht da. Sie würden ihn mithilfe einer Stange füttern oder ihm an Schnüren befestigte Flaschen zuwerfen. Alle an Bord wollten, dass er ankam. Scheinbar deckten sich ihre Interessen. Vor allem aber wollten die Fischer, dass er überlebte. Bei der geringsten Gefahr würden sie ihn aus dem Wasser ziehen. Ob er einverstanden war oder nicht. Es war ihnen nicht zu trauen. Er war allein.

Sam rieb ihn mit Original-Kapitän-Webb-Schmierseife ein. Er trug dafür einen rosa Putzhandschuh. Er, Basil, wusste nicht, wie er sich fühlen sollte. Weiße Batzen klebten an seinem Hals, am Gesicht, an den Schultern.

»Oh«, sagte Sam, als er sich den Handschuh von den Fingern zog: »You may become an honourable fish!«

Nur gut, dass keiner, der ihm nahestand, ihn hier sah. Die Channel Swimming Association wartete auch für diese Situation mit einer klaren Anweisung auf: Die Liebsten nicht mitnehmen. Man könne in Zustände geraten, in denen sie einen besser nicht erlebten.

Darüber hatte er gestaunt. Ein kluger Satz. Die Liebe hielt nicht alles aus.

Idiot.

Das Boot tutete. Zehn Uhr. Sein Horizont wackelte, das Wasser fraß ein Stück davon, umspielte ihn. Er lief auf die Kälte zu.

Die Leiter der *Henry IV* ragte schwer in die feuchte Luft. Das Schiff fuhr neben ihm, er sah die Metallstangen, wenn er sich auf den Rücken drehte, um aus einem herübergeworfenen Becher zu trinken. Elektrolyte, 70 Dollar die Dose. Die Wassertäler hinab floss graues Glas, grüne Flächen sammelten sich in den Mulden, als wären es Wiesen, rollende Wiesen, die sich fortschoben oder ertranken in Schaum. Am Himmel hingen graue und weiße Wolken, Tangklumpen kreuzten seinen Weg, ein Ast, mit dänischer Milchtüte und Algen geschmückt.

Er spürte seine Zehen nicht mehr. Im Herbst, bei der Kältegewöhnung, war er wie eine Schnecke ins Wasser gekrochen. Mit dem Gefühl: Es bringt mich um. Nach dem Training hatte er sich manchmal zum Auftauen auf eine Bank gesetzt und die bereiften Bäume betrachtet. Wie schöne Stücke Feldspat ragten sie in den Himmel. Dazu die Felder, die der Schnee der letzten Nacht glatt und weiß bedeckte. Schwarze Spuren darin. Krähen rissen die Schnäbel auf.

»Four hours«, rief Sam.

Nach zwei Stunden war er langsamer geworden, jetzt lag die Schlagfrequenz wieder so hoch wie am Anfang.

Teufels Schiss. Feuer verletzte, die Erde trug, Wasser tat nichts dergleichen, es war nicht freundlich, nicht feindlich, war einfach da. Wie Silas und Maude. Sie hatten ihm die Freundschaft nicht aufgekündigt. Aber er ihnen – und sie merkten es nicht. Es machte ihn wahnsinnig, dass er sie nicht greifen konnte. Dass er verloren hatte, ohne zu verlieren.

Never give in to drowning. Denk nicht daran, was unter dir ist. Er dachte daran. Die Wasserweite glitzerte – war still – glitzerte auf.

Er schwamm in Silber, gekräuselt und klein.

Luft- und Wasserstrudel um ihn, er atmete, tauchte ein, sah seine alte Badehose, schwarz mit gelbem Seitenstreifen. Sie hing am Haken und tropfte. Nach der Jugend-EM, seiner einzigen, hatte er mit dem Schwimmen aufgehört. Sein Großvater war tot, seine Eltern hatten nie an seine Sportkarriere geglaubt. In der vorletzten Bahn hatte Michael Hammerschmidt angegriffen. Das Wasser verriet ihm, dass sein schärfster Konkurrent von hinten heranschwamm. Es strudelte, gluckerte, er spürte seinen Gegner im Wellenschlag, legte sich mächtig ins Zeug. Was dann passierte, fühlte sich bis heute grässlich an: Michael zog nicht an ihm vorbei, sondern schwamm durch ihn hindurch.

Wochenlang träumte er davon. Er wurde verändert, geknackt. Eine Zehntelsekunde trennte sie am Ende voneinander. Lächerlich.

Silas hatte damals am Becken gestanden und alles gesehen.

Sam rief: »Fine! Just swim.«

Er, Basil, presste die Lippen zusammen. Er, Basil, hatte den Ruf erst beim zweiten oder dritten Mal gehört. Sagte Sam.

Kaum drehte er sich auf den Rücken, waren die Schmetterlinge da, ein großes stäubendes, strahlendes Blau um seinen Kopf, vor seinem Kopf, es leuchtete unten, oben, und Teile davon bewegten sich von ihm weg, andere auf ihn zu, ein Schwarm Blumen, fliegendes Kornblumenblau.

Und vorbei. Er sagte »yes« zu Sam, der »feed time« sagte und ihm einen Becher gab, Pfirsichgeschmack.

»Rhythm reduces effort«, rief Sam.

»Ich weiß«, brüllte er zurück, bevor er sich auf den Bauch rollte. Er wollte nie mehr durchschwommen sein.

Von einer Minute zur anderen verschwand das Boot. Er sah ein Stück des Steuerhauses, es fuhr in Watte, war fort. Der Nebel schluckte alle Geräusche, nur die Wellen neben sich hörte er, sie nahmen an Höhe und Dicke zu, als gefalle ihnen die eigene Unsichtbarkeit. Er konnte nur hoffen, dass er in etwa die Richtung hielt. Mehrfach beunruhigte ihn, dass das Wasser so vor ihm wegsprang, die grauen Wellen sich vor ihm schüttelten und der Nebel selbst diese Formen bald verschlang, bald die gewaltigen neuen Wasserberge halb enthüllte; es drängte ihn voran.

Allmählich beruhigte er sich: Auch wenn er lange brauchte, um einen Abhang zu durchtauchen, er musste sich nur leicht machen, treiben lassen. Dann nahm ihn eine Welle mit, und er konnte atmen. Einen bestimmten Punkt erreichte er nicht, wie hätte er ihn fixieren können in diesem geschmolzenen Schiefertablett. Das Wasser war hart wie Stein, was ihn freute. Nicht einmal die Strömung spürte er, die ihn doch, wie er wusste, fest mit sich riss.

His try.

Als er das dachte, war das Boot wieder da, vielleicht fünfzig Meter entfernt. Sam entdeckte ihn im gleichen Moment. Sie tuteten, Lichtsignale hätten sie auch dabeigehabt.

An ihm war nichts außer der Hose, der Schwimmbrille und seinem Fleisch.

Kein Gegner, doch Möglichkeiten zuhauf, nicht anzukommen: Einen Krampf kriegen. Zu viel Salzwasser schlucken (wahrscheinlich). In eine Schiffsschraube geraten (unwahrscheinlich). Erstarren. Einschlafen. Untergehen.

Er dachte, dass die Menschen, nachdem alle weißen Flecken von der Weltkarte getilgt waren, damit angefangen hatten, Besteigungs- und Durchquerungsrekorden hinterherzujagen, um verlieren zu lernen.

Das Boot wartete auf ihn.

Sam klemmte ihm ein Paar Leuchtstäbe an die Badehose.

Er tauchte mit dem Oberkörper unter, hob den Hintern heraus, zappelte für Sekunden an Sams Hand.

Die Stäbe waren grün. Er hatte Maude und Silas verloren. Jetzt leuchtete er.

Ein Schlauchboot schipperte vorbei, ungewöhnlich hier draußen. Alle Insassen schliefen, nur ein Kind, etwa acht Jahre alt, ein Mädchen, war wach. Es hielt die Kamera auf ihn.

Da fühlte er seine Angst. Es war keine Verlustangst, keine Angst um Maude oder sich selbst. Er hatte Angst, dass etwas passierte, das ihn nichts anging. Die Angst zog von unten, wo es nun manchmal schien, als leuchteten Lichter aus der Tiefe zu ihm herauf.

Das war die Müdigkeit.

Am Ende sorgte ausgerechnet sie dafür, dass die Angst wieder verschwand. Er wusste nicht, wie viel später das war.

Einen halben Fuß über dem Wasser kroch die Dämmerung von allen Seiten auf ihn zu. So also ging das? Der Kanal, sauber hier, grau, grün, erdfarben, glänzte wie chinesischer Stein. Gegen den Horizont tuckerte eine Fähre, der Horizont sog sie auf.

Damals nach der Schwimm-EM hatte er eine Schule Quallen in Mutters Kühlschrank gestellt, um zu sehen, was mit ihnen passierte. Er bewunderte und hasste die Anstrengungslosigkeit, mit der diese Geschöpfe durch die Meere schwebten. Sie bestanden zu achtundneunzig Prozent aus Wasser. Die übrigen zwei Prozent: Zellwände, Mitochondrien, Kleinstgehirne – ein paar krumme, wie von Würmern ausgefressene Wege. Nach wenigen Tagen waren sie erstarrt, fast gefroren. Als er sie herausnahm, fielen sie in sich zusammen und lösten sich zu Wasser auf. Mörderischer seeischer Gestank.

Salz verklebte sein Gesicht, die Krusten schmerzten auf den Lippen. Er musste alles Trockene in sich zusammennehmen, um noch in eine Richtung zu schwimmen.

Repetition, stroke. Seine Hochzeit, 1974, in einem roten Londoner Doppeldeckerbus. Er sah Maude, sah Silas, his best man, als er die Braut küsste.

Dass er aus Friedfertigkeit hier schwamm?

Das glaubte er nicht mehr.

Totlachen.

Totlachen.

Totlachen, sagte die See.

Plötzlich war alles still, die Bewegung der Wellen gelöscht. Wie in einer Lagune. Möwen erschienen. Also kam er der Küste doch näher. Er hatte von still seas gehört und nicht daran geglaubt. Seine glich einer Lichtung in einem Wald. Grau hingen ein paar Wolken unter dem dunkelnden Himmel. Seine Beine arbeiteten noch. Zwei Zehen konnte er wieder fühlen.

Sam rief: »Basil!

Basil, listen! You're okeeeeeeyyy?«

Basil, Basilikum. Blödes grünes Kraut. Exakt so hatte er

sich verhalten. Er lächelte, schluckte Salzwasser. Basil, Basilisk. Da lachte er laut, schluckte mehr.

»You're only kicking«, rief Sam.

Die Kälte kroch durch sein Fett wie ein Rissmuster durch Eis. Sie fraß sich durch. Er war wieder da.

»No!«

»Yes!«

$H_2O$. Zwei Teile Wasserstoff, ein Teil Sauerstoff. Und etwas Drittes. Er nannte es: die anschmiegsame Grausamkeit dieses Elements. Er trank, gab Sam Zeichen: »A second ...

... cup!«

Kapitän Webb hatte nach der Überquerung zu Protokoll gegeben, dass er nicht an Muskelkater leide. Konnte aber eine Woche lang nicht laufen, trug eine Woche lang einen nackten rohen Fleischring um den Hals. Wasserfraß. Gertrude Ederle, die erste Frau, die den Kanal durchschwamm, litt für den Rest ihres Lebens an Nervenzusammenbrüchen und einem Gehörschaden vom Dauerklatschen der Wellen.

Regel 11. Die erfand er jetzt. Jetzt. Jetzt. Denke: Es ist warm.

Er dachte: Wenn ich rauskomme, klirre ich.

Jetzt: Das Scheinwerferlicht des Bootes verwandelte das Wasser in eine zusammenhängende Masse, von grünlichem Weiß beleckt.

»Thirteen«, rief Sam. »No, not what's to come. What you've already done.«

Der Silberstrom. Ständig veränderte er sich, bespülte ihn. Die Lichter des Hafens von Dover bei der Ausfahrt, Frachtschiffe, Tankerverkehr, Sandbänke, Positionsleuchten. Der Leuchtturm der Franzosen jetzt. So schön.

Das Wasser grau und grün-achat.

Fern von den Scheinwerfern, bei ihm, ganz für ihn, ein Rest Blau.

Es schwappte auf einer Welle, glich zwei Flügeln, eine Lache von Blau. Fast griff er hinein, so stark war der Anschein. Silas' Augenveilchenblau. Er quetschte, griff.

Von unten und oben strömten die Dunkelheiten zusammen, schlossen sich. Jetzt.

Dazwischen seine Augen, sein Ich.

»Freu dich an Sachen, die du nicht verstehst«, hatte Maude gesagt. Es klang wie ein Silassatz. Teppiche von Plastikmüll kreiselten in den Ozeanen. Die beiden hatten ihm einen Zeitungsartikel über eine Ladung gelber Quietscheenten ausgedruckt, die ein Containerschiff in den Siebzigern verloren hatte. Alle lebten noch.

Er schwamm in einem endlosen Teppich gelber Enten. Wenn man ihn drückte, quietschte er. Endlich spürte er eine Art Wut. Sie würde helfen, nach unten zu treten. Die Wellenberge kamen ihm gneisfarben entgegen. Die Zeit ruckte. Er griff zum sechsten oder siebten Mal nach dem Ende des Seils, das Sam ihm vom Boot aus zuwarf. Koordinationsprobleme. Nachlassende Kraft.

Sein trübes Gefühl, allein zu sein, veränderte sich. Die Wellen glitzerten, glitzerten dunkel, es regnete. Die Teilchen in ihm hatten sich ausgerichtet, das Wasser in seinen Zellen schwappte im selben Takt wie der Kanal.

Er hatte keinen Abschiedsbrief geschrieben und in seinem B&B-Zimmer an den rosa Spiegel gesteckt. Oder zwischen die Nippesschäferin und den vor ihr knienden Jüngling mit Lamm.

Die Tide, der Mond, the mind.

Sein Versuch.

Blau, blue.

Bl … bl …

»SWIM!«, gellte das Boot.

Er sah, wie er an Land kroch, tropfend, dreckig, geschunden, zerschrammt. Alle Schleimhäute schmerzten, er hatte eine Wunde am Ringfinger, der rechte Fuß brannte höllisch, er bemerkte es erst jetzt. Das Land war so fest, der Übergang »zurück« erstaunte ihn, sein Kopf stotterte, schwankte lose auf der Halswirbelsäule, der Atlas drehte sich, ein kleiner Globus, sein Kopf. Salzverkrustet trug er ihn ans Ufer.

Zwanzig Minuten durfte er bleiben, er war illegal eingereist, es galt das Schiffbrüchigengesetz. Kein Witz. Er kletterte die Felsen ein Stück nach oben, stakste wie ein Storch im Salat. Seine Knochen tauten.

Knie wie Christmaspudding. Weich, wo sie hart sein sollten. In den Stellen, die weich sein sollten, Steinchen und Grieß. Zwanzig Minuten auf einem Felsen sitzen, wie eine Robbe.

Sam im Beiboot schaukelte gute vierzig Meter vorm Strand.

Das Land war überirdisch ruhig.

Er dachte an seinen Großvater. Der hatte von Odysseus geschwärmt. The sea, so red. See!

Er sah Odysseus als alten Mann. Wie oft er aus dem Salzmeer gekrochen war. Da saß er nach dem Krieg am Strand von Ithaka, weil er, heimgekehrt, das Reisen nicht vergessen konnte. Nichts hatte er vorgefunden, wie es von ihm verlassen worden war. Der Krieg, das Reisen und das Meer schlugen auf seine Knochen, als spielten sie Xylofon in ihm. Odysseus, ein grauer Mann, den keiner erkannte, mit Meerkratzern bedeckt, reglos auf seinem Stein. Selbst schon fast Muschel, Auster, innen lebendig, außen verkrustet, wo das Meer nicht aufhörte und das Land nicht begann, wo Land nicht aufhörte und Meer nicht anfing, stützte den Arm aufs Bein und den Kopf in die Hand. Der Kopf war vollkommen leer.

War er, Basil, deswegen hier?

Die Sonne schien, Mücken umschwirrten ihn. Welch unfassbar liebliches Geräusch.

Das Rauschen im Ohr: ließ nach. Maude: ließ nach. Silas. Basil. Alles ließ nach. Innen war jeder Mensch weiche, warme Finsternis. Noch schwamm er. Noch wusste er nichts.

# Die Autoren

**Artur Becker**, * 1968 in Bartoszyce (Polen). Er ist der Verfasser zahlreicher Romane, Erzählungen, Gedichte und Essays, darüber hinaus Übersetzer. Seit 1985 lebt er in Deutschland. Seine ersten Gedichte erschienen in polnischer Sprache, seit 1989 schreibt er jedoch ausschließlich auf Deutsch. Zu seinen bekanntesten Werken zählen die Romane *Der Dadajsee* (1997), *Das Herz von Chopin* (2006), *Wodka und Messer. Lied vom Ertrinken* (2008) und die Novelle *Die Zeit der Stinte* (2006). Artur Becker erhielt zahlreiche Preise und Stipendien, wie den Adalbert-von-Chamisso-Preis (2009) und den DIALOG-Preis (2012).

**Mirko Bonné**, * 1965 in Tegernsee, lebt in Hamburg. Neben Übersetzungen von u. a. Sherwood Anderson, E. E. Cummings, Emily Dickinson, John Keats und William Butler Yeats veröffentlichte er vier Romane und fünf Gedichtbände sowie einen Band mit Aufsätzen und Reisejournalen. Für sein Werk wurde er u. a. mit dem Ernst-Willner-Preis, dem Prix Relay du Roman d'Evasion und dem Marie-Luise-Kaschnitz-Preis ausgezeichnet. Sein Roman *Wie wir verschwinden* war für den Deutschen Buchpreis 2009 nominiert.

**Ulrike Draesner**, * 1962 in München, lebt in Berlin. Ihr erstes Buch, *gedächtnisschleifen* (Gedichte), erschien 1995. Es folgten weitere Gedichtbände (zuletzt: *berührte orte*, 2008) sowie Romane (u.a. *Spiele*, 2005, *Vorliebe*, 2010) und Erzählungen (*Richtig liegen*, 2011). Studium der Anglistik, Germanistik und Philosophie, Promotion 1992. Gast- und Poetikdozenturen, mehrere Gastprofessuren am Deutschen Literaturinstitut Leipzig. Ulrike Draesner erhielt zahlreiche Auszeichnungen, zuletzt den Droste-preis 2006 und den Literaturpreis Solothurn 2010.

**Tanja Dückers**, * 1968 in Berlin. Schriftstellerin, Publizistin, Kunsthistorikerin. Zu ihren wichtigsten Veröffentlichungen zählen die Romane *Spielzone* (1999), *Himmelskörper* (2003), *Der längste Tag des Jahres* (2006) und *Hausers Zimmer* (2011), der Essayband *Morgen nach Utopia* (2007) sowie die Lyrikbände *Luftpost* (2001), *Mehrsprachige Tomaten* (2004) und *Fundbüros und Verstecke* (2012). Sie schreibt für verschiedene Zeitungen und Magazine, u. a. als Kolumnistin für die ZEIT. Nach vielen Auslandsaufenthalten, die sie bevorzugt nach Osteuropa führten, lebt sie heute mit ihrer Familie in Berlin.

**John von Düffel**, * 1966 in Göttingen. Promotion 1989 über Erkenntnistheorie in Freiburg im Breisgau. Seit 1991 Autor und Dramaturg an verschiedenen Theatern in Stendal, Oldenburg, Basel, Bonn und Hamburg. Seit 2009 Dramaturg am Deutschen Theater Berlin und Professor für Szenisches Schreiben an der Universität der Künste Berlin. Neben zahlreichen Theaterstücken schrieb er die

Bestseller *Vom Wasser* (1998) und *Houwelandt* (2004). Zuletzt erschien sein Roman *Goethe ruft an* (2011).

**Ulla Hahn**, * 1946, aufgewachsen im Rheinland, Bürolehre, Abitur, Studium der Germanistik, Soziologie, Geschichte in Köln und Hamburg. Promotion. Lehraufträge an den Universitäten Bremen, Oldenburg, Hamburg; anschließend bis 1989 Redakteurin bei Radio Bremen. Seither freie Schriftstellerin. Veröffentlichungen: Gedichtbände, Essays, Romane, u. a. *Das verborgene Wort* und *Aufbruch*. Zuletzt der Gedichtband *Wi(e)derworte*. Auszeichnungen: u. a. Leonce-und-Lena-Preis, Hölderlin-Preis, Dr. h. c. der Universität Heidelberg, Deutscher Bücherpreis.

**Ricarda Junge**, * 1979 in Wiesbaden, studierte am Deutschen Literaturinstitut Leipzig. Sie lebt und arbeitet als freie Autorin und Kolumnistin in Frankfurt am Main und Berlin. Für ihr Debüt *Silberfaden* wurde sie mit dem Grimmelshausen-Förderpreis ausgezeichnet. Zuletzt erschien ihr Roman *Die komische Frau* (2010).

**Jochen Missfeldt**, * 1941 in Satrup/Schleswig. Bis 1982 Fliegeroffizier, danach Studium der Musikwissenschaft, Philosophie und Volkskunde in München und Kiel. Er lebt als freier Schriftsteller in Schleswig-Holstein und veröffentlichte Gedichte, Erzählungen, Romane und Essays. 2006 erhielt er für sein Gesamtwerk den Kunstpreis des Landes Schleswig-Holstein.

**Stefan Moster**, * 1964 in Mainz, lebt als Autor, Übersetzer, Lektor und Herausgeber mit seiner Familie in Espoo, Finnland. Er unterrichtete an den Universitäten München und Helsinki; 1997 erhielt er das Münchner Literaturstipendium für Übersetzung, 2001 den Staatlichen finnischen Übersetzerpreis. Bei mare erschienen seine Romane *Die Unmöglichkeit des vierhändigen Spiels* (2009) und *Lieben sich zwei* (2011).

**Thomas Pletzinger**, * 1975 in Münster, lebt mit seiner Familie in Berlin, wo er als Schriftsteller und Übersetzer im Literaturatelier adler & söhne arbeitet. Für seinen Roman *Bestattung eines Hundes* (2008) erhielt er diverse Preise und Stipendien. 2012 erschien *Gentlemen, wir leben am Abgrund*, eine Reportage aus der Welt des Profibasketballs.

**Leif Randt**, * 1983 in Frankfurt am Main, ist der Autor der Romane *Leuchtspielhaus* (2010) und *Schimmernder Dunst über CobyCounty* (2011), ausgezeichnet mit dem Nicolas-Born-Debütpreis und dem Ernst-Willner-Preis. Er lebt in Berlin und Maintal Ost.

**Claudia Rusch**, * 1971, wuchs auf der Insel Rügen, in der Mark Brandenburg und seit 1982 in Berlin auf. Sie studierte Germanistik und Romanistik und lebt als freie Schriftstellerin in Berlin. 2003 erschien ihr Bestseller *Meine freie deutsche Jugend*, 2009 *Aufbau Ost. Unterwegs zwischen Zinnowitz und Zwickau*. Zuletzt veröffentlichte sie *Mein Rügen* (mare 2010) sowie den Kriminalroman *Zapotek und die strafende Hand* (mare 2013).

**Jochen Schimmang,** *1948, lebt in Oldenburg. Zuletzt erschienen die Romane *Das Beste, was wir hatten* (2009), ausgezeichnet mit dem Rheingau-Literaturpreis 2010, und *Neue Mitte* (2011), ausgezeichnet mit dem Phantastik-Preis 2012 der Stadt Wetzlar.

**Frank Schulz,** *1957 in Hagen bei Stade (Unterelbe). Er arbeitete zunächst als kaufmännischer Angestellter und studierte verschiedene geisteswissenschaftliche Fächer, bevor er zu schreiben begann. Für die Romane seiner *Hagener Trilogie* wurde er mehrfach ausgezeichnet. 2012 erschien sein Roman *Onno Viets und der Irre vom Kiez*, für den er den Kranichsteiner Literaturpreis 2012 erhielt.

**Jens Sparschuh,** *1955 in Karl-Marx-Stadt, lebt in Berlin. Von 1973 bis 1978 Studium der Philosophie und Logik in Leningrad, anschließend Assistent an der Ost-Berliner Humboldt-Universität und seit 1983 freischaffender Schriftsteller. Er veröffentlichte eine Vielzahl von Hörspielen und Kinderbüchern. Zu seinen bekanntesten Romanen zählen *Der Zimmerspringbrunnen* (1995), *Eins zu Eins* (2003) sowie *Im Kasten* (2012). Im Jahr 1990 erhielt er den Hörspielpreis der Kriegsblinden.

**Hans-Ulrich Treichel,** *1952 in Versmold in Westfalen. Nach dem Germanistikstudium an der Freien Universität Berlin promovierte er 1984 mit einer Arbeit über Wolfgang Koeppen. 1993 Habilitation. Seit 1995 ist er Professor für Deutsche Literatur am Literaturinstitut der Universität Leipzig. Er veröffentlichte mehrere Romane, Erzählungen, Lyrikbände und Essays. Zuletzt erschienen *Grunewaldsee* (2010), *Endlich Berliner* (2011) und *Mein Sardinien. Eine Liebesgeschichte* (mare 2012).

**Tina Uebel**, * 1969 in Hamburg. Schriftstellerin, Literaturveranstalterin, freie Journalistin. Seglerin und Allroundreisende. Diverse Veröffentlichungen, u. a. die Romane *Ich bin Duke* (2002), *Horror Vacui* (2005), *Die Wahrheit über Frankie* (2009) und *Last Exit Volksdorf* (2011) sowie aktuell der Reisebericht *Nordwestpassage für 13 Arglose und einen Joghurt* (2013). Wenn sie nicht auf Reisen ist, lebt sie auf der Reeperbahn in Hamburg-St. Pauli.

**Roger Willemsen**, * 1955 in Bonn. Er studierte Germanistik, Kunstgeschichte und Philosophie in Bonn, Florenz, München und Wien. Sein erstes Buch veröffentlichte er 1984. Inzwischen wurde er mehrfach ausgezeichnet und in zahlreiche Sprachen übersetzt. Seine Bücher, darunter *Kleine Lichter, Der Knacks, Die Enden der Welt* und zuletzt *Momentum*, wurden ausnahmslos zu Bestsellern.

## Zitatnachweis
Jochen Schimmang
Das Meer, vom Land aus gesehen

I

*Glanz (...) unerträglich* – aus: Albert Camus, *Der Fremde*, Reinbek bei Hamburg: Rowohlt Verlag 1994, deutsch von Uli Aumüller

*in der ein trübes Rot (...) Regelmäßigkeit selbst* – aus: Jules Michelet, *Das Meer*, Frankfurt/New York: Campus Verlag 1987, Edition Qumran, deutsch von Rolf Wintermeyer

*La mer* – aus: Paul Valéry, *Le cimetière marin*, in: Paul Valéry, *Œuvres*, Tome 1: *Poésies*, Paris: Editions Gallimard, Bibliothèque de la Pléiade, 1957

*Diese ganze ausgestellte Unendlichkeit* – aus: Jochen Schimmang, *Neue Mitte*, Hamburg: Edition Nautilus 2011

II

*regelmäßigen dumpfen Klatschen* – aus: Virginia Woolf, *Die Wellen*, Frankfurt/M.: S.Fischer Verlag 1986, deutsch von Herberth E. und Marlys Herlitschka

*mit den schnellen, erstickten Atemzügen* – aus: Albert Camus, *Der Fremde*, Reinbek bei Hamburg: Rowohlt Verlag 1994, deutsch von Uli Aumüller

*die eine nach der anderen* – aus: Marcel Proust, *Im Schatten junger Mädchenblüte*, Frankfurt/M., Suhrkamp Verlag 1995, deutsch von Luzius Keller

*über den Köpfen* – aus: Virginia Woolf, *Die Wellen*, Frankfurt/M.: S.Fischer Verlag 1986, deutsch von Herberth E. und Marlys Herlitschka

*Buckel (...) Kämme* – aus: Uwe Johnson, *Jahrestage 1*, Frankfurt/M.: Suhrkamp Verlag 1970

*der erste Eindruck (...) die Furcht* – aus: Jules Michelet, *Das Meer*, Frankfurt/New York: Campus Verlag 1987, Edition Qumran, deutsch von Rolf Wintermeyer

*mollig (...) wie ein Tier* – aus: Albert Camus, *Der Fremde*, Reinbek bei Hamburg: Rowohlt Verlag 1994, deutsch von Uli Aumüller

*die Flut* – aus: Claire Keegan, »Am Rand des Meeres«, in: Claire Keegan, *Wo das Wasser am tiefsten ist*, Göttingen: Steidl Verlag 2004, deutsch von Inge Leipold und Hans Christian Oeser

*der Mensch* – aus: Carl Schmitt,

*Land und Meer*, Hohenheim: Edition Maschke 1981

*Erde (...) braucht uns nicht* – aus: Jules Michelet, *Das Meer*, Frankfurt/New York: Campus Verlag 1987, Edition Qumran, deutsch von Rolf Wintermeyer

III

*ungesehen (...) gefressen wird* – aus: Patricia Görg, *Handbuch der Erfolglosen. Jahrgang zweitausendundelf*, Berlin: Berlin Verlag 2012

*sehr wohl* – aus: Michel Foucault, *Die Ordnung der Dinge*, Frankfurt/M.: Suhrkamp Verlag 2003, deutsch von Ulrich Köppen

IV

*An dem leuchtenden Rumpf* – aus: Hans Magnus Enzensberger, *Der Untergang der Titanic. Eine Komödie.* © Suhrkamp Verlag Frankfurt am Main 1978. Alle Rechte bei und vorbehalten durch Suhrkamp Verlag Berlin.

V

*Der Mensch (...) Seeschäumer* – aus: Carl Schmitt, *Land und Meer*, Hohenheim: Edition Maschke 1981

*Der liebe Gott* – Unbekannter französischer Reisender, zitiert nach: Jochen Schimmang, »Die Chinesen Europas«, *FAZ* 15. 7. 2000

VI

*Auf dem noch ruhigen Strand (...) übersät* – aus: Jules Michelet, *Das Meer*, Frankfurt/New York: Campus Verlag 1987, Edition Qumran, deutsch von Rolf Wintermeyer

VII

*Venus (...) Welt* – aus: Jules Michelet, *Das Meer*, Frankfurt/New York: Campus Verlag 1987, Edition Qumran, deutsch von Rolf Wintermeyer

*um 1750 (...) Elite* – aus: Alain Corbin, *Meereslust*, Berlin: Verlag Klaus Wagenbach 1990, deutsch von Grete Osterwald

*den Geruch* – aus: Roland E. Koch, *Ich dachte an die vielen Morde*, Weilerswist: Verlag Ralf Liebe 2009

*Alles (...) Einbildungskraft* – aus: Jules Michelet, *Das Meer*, Frankfurt/New York: Campus Verlag 1987, Edition Qumran, deutsch von Rolf Wintermeyer

VIII

*ungefähr drei Stunden (...) ins näherkommende Meer* – aus: Jürgen Becker, *Erzählen bis Ostende*, Frankfurt/M.: Suhrkamp Verlag 1981

*toujours recommencée* – aus: Paul Valéry, *Le cimetière marin*, in: Paul Valéry, *Œuvres*, Tome 1: *Poésies*, Paris: Editions Gallimard, Bibliothèque de la Pléiade, 1957